美国鸟人

〔美〕洛丽·摩尔 — 著
张晓晔 — 译

著作权合同登记：图字 01-2017-0802 号

Birds of America

by Lorrie Moore

ⓒ 1998 by Lorrie Moore

图书在版编目(CIP)数据

美国鸟人/(美)洛丽·摩尔著；张晓晔译. —北京：人民文学出版社，2016
ISBN 978-7-02-012254-7

Ⅰ.①美… Ⅱ.①洛… ②张… Ⅲ.①短篇小说-小说集-美国-现代 Ⅳ.①I712.45

中国版本图书馆 CIP 数据核字(2016)第 307738 号

责任编辑：叶显灵　潘爱娟
封面设计：李　佳

出版发行	人民文学出版社
社　　址	北京市朝内大街 166 号
邮政编码	100705
网　　址	http://www.RW-cn.com
印　　制	山东德州新华印务有限责任公司
经　　销	全国新华书店等
开　　本	889×1194 毫米　1/32
印　　张	9
字　　数	250 千字
版　　次	2011 年 5 月北京第 1 版
印　　次	2017 年 5 月第 1 次印刷
书　　号	978-7-02-012254-7
定　　价	45.00 元

如有印装质量问题，请与本社图书销售中心调换。电话:010-65233595

献给

我的妹妹、我的父母以及本杰明

……这并非新闻,我们所居住的世界
　　　美无法解释
　　　又顿然毁灭
有它自己的惯例。我们常常远离
家乡,在阴郁的城镇,我们的悲伤
　　　难以译成语言
　　　　为人理解
　　　　　　——查理·史密斯,《鸟的意义》

　　　是噢-咔-哩
或空-咔-嘞,那真是夜莺鸣叫
　　抑或布谷咕咕?——
　　一只鸟的鸣叫是否
有特殊意味,或毫无意义
　　更无法确知
　　　　　——艾米·克兰皮特,《排箫》

目录

乐　意　1
无　语　22
美国之舞　42
社区生活　53
爱荷华的阿格尼斯　73
字谜游戏　90
四只啼鸟，三只母鸡　105
漂亮的分数　116
只要你高兴　137
房　产　171
这儿只有这种人：儿科肿瘤病区咿呀学语的儿童　205
了不起的母亲　242

乐　意

不拿把大剪子干点事，怎么过活？
　　　　　——乔伊斯·卡罗尔·欧茨，《内心独白》

在她的上一部影片中，镜头在臀部逗留，裸露的臀部，尽管这并非她的臀部，她还是赢得了乐意的名声。

"你有那个身材。"在切森①用午餐时，制片方高层这么告诉她。

她看向别处。"人身保护权，"她说道，没有笑容。

"你说什么？"一个懂拉丁文的臀部。上帝。

"没什么。"她说。他们朝她微笑，提起他们认识的名人。斯科塞斯，白兰度。工作对他们而言就是玩乐，头发上喷着发胶的玩乐时间。有时，她为这不是她的臀部而沮丧。本该是她的臀部。一部平庸的影片，一部色情得令人反感的影片：她知道，这让色情愈发不可及了。被篡改的和虚假的。替身。她不知不觉中就已经参与了。让一个臀部介入。一个假的、不可及的、匿名的臀部。她自己则如该死的奶制品一般如假包换——像随时供应的午餐。

可她已奔四了。

她开始在果汁吧流连。在名叫"我爱果汁"或是"甜橙"的

---

① 切森（Chasen's），位于比弗利山的高级餐厅，曾多次举办过奥斯卡金像奖颁奖晚宴。

地方泡上整个下午。她喝果汁，不时地去外面抽根烟。别人曾拿她当回事——一度如此——这她知道。还有人与她讨论过拍摄计划：妮娜，波西亚，化着妆的勇气之母。如今她的手抖得太厉害，甚至在喝果汁的时候，尤其是在喝果汁的时候，她指间的优势牌香烟颤抖得像罗盘指针。寄给她的剧本里，要她说她永远不会说的台词，不穿她永远不会不穿的衣服。她开始接到猥亵的电话，还有署名"噢耶，宝贝"的明信片。她的男友，一位因票房失败的大投资电影而名气见长的导演，一个一周两次对她的孔雀鱼怒目而视，告诉它该去找份工作的男人，变成了天主教徒，回到了他老婆身边。

"就在我们要解决所有磕磕绊绊的时候。"她说，然后便哭了。

"我知道，"他说，"我知道。"

于是她离开了好莱坞，给她的经纪人打了电话道歉，回到芝加哥老家，在戴斯酒店租了间房，按周付租金，喝雪利酒，变得渐渐丰满起来。她让自己的生活变得沉闷——沉闷，不过有巧克力夹心蛋糕。有些时刻，当她展望自己的生活，想到"什么？"时，未免了无生趣，或者更糟。在她思绪不连贯而又感觉倦怠的时候，"什——？"已经套上了糟糕错误的形状。没人给过她正经的谋生手段，给她机会过真正的生活。她认定，就是这样。有人给她一罐肉汤和一把刷子，告诉她："去吧。"她已在那儿站立多年，困惑地眨着眼，用那把刷子刷着罐头。

不过，她毕竟是个小影星，曾得到过一次大奖提名。邮件间接地寄到她手中：通告，账单，感恩节贺卡。不过从未有过派对、晚宴、开幕式或冰茶。她记得芝加哥人从不会在同一时间感到孤独。这才是问题所在。每个人的伤感是独立发生的，踽踽，跟跄，把他们嘶嘶旋转着打回空荡荡的公寓角落，孤绝无依。

她常看有线电视，还经常从一家披萨店叫外卖，过着一种隐匿而极端平静的生活。她租了架钢琴，练习音阶，投资股市，在早晨记录下自己的梦境，以寻找买卖的线索。迪斯尼，有一次她的梦如是说。圣犹达疗法。她小赚了一笔外快。她变得沉迷其中。摇钱树这个词如口香糖紧紧粘在她嘴角。她试图创新——就股票而言不是好事——于是她开始输钱。一只股票跌了，她就继续买进，等反弹。她开始犯糊涂，开始喜欢盯着窗外的密歇根湖看，泛着涟漪的暗蓝色湖面像块用坏了的黑板。

"西德拉，你在那儿做什么？"她的朋友汤米在长途电话里尖叫。"你在哪儿？你居然住在靠近北达科他的某个州！"他是圣莫尼卡的一个编剧，有一次，那是很久以前，摇头丸吃得郁闷了，他们曾一起睡过。他是同性恋，不过他们非常喜欢对方。

"也许我会把自己嫁了。"她说。她不介意芝加哥。她觉得它是伦敦和纽约皇后区之间的一个十字架，克利夫兰是那一横。

"噢，拜托"他又尖叫起来，"你到底在做什么？"

"听海浪和提升自尊的磁带。"她说，朝话筒吹着气。

"听起来像是针尖上的灰尘，"他说，"也许你该去听听蟋蟀唧唧叫的磁带。你听说过蟋蟀唧唧叫的磁带吗？"

"今天我把头发烫坏了，"她说，"发卷才做到一半，美发店的大楼就断电了。外面钻孔的人碰到了一根电缆。"

"真糟糕。"他说。她能听到他敲着手指头。他以一本名为《一个男人的观点》的虚构散文集的虚构作者自居，当他无聊或是灵感突发的时候，就会从中引用，"我曾是一支名为'烫坏头'的摇滚乐队成员。"

"去你的。"她笑了起来。

他的声音变轻了，显得担忧。"你到底在那儿做什么？"他又问。

她的房间是能放进钢琴的角屋。L形，像是一种突然偏离航向改头换面的生活。里面有一张沙发，两张槭木梳妆台，从来不曾像她可能希望的那样整洁。女佣经过时，她总是挂着请勿打扰的牌子，所以情形变得有点失控。尘埃和头发结成的团有小脑瓜那么大，在角落飘来荡去。装饰线开始变得黑黢黢，脏兮兮，镜子污腻。浴室的龙头滴水了，她懒得打电话请人修理，只在尾端缠了根绳子，把滴水安静地引入排水管，这样她就不会再为此心烦了。她仅有的一株植物，面向朝东的窗户，耷拉在爆米花桶上，变成褐色，干枯脆裂。窗台上，她为万圣节刻的南瓜灯已经腐烂、融化、冻僵，如今看上去像是瘪了气的篮球——一个她可能出于感情因素而留着的球，某个大赛的用球！那个每天早晨为她送餐的男人——两个荷包蛋，一壶咖啡——把她的事向经理助理报告了，于是她收到了一张从门缝下面塞进来的书面警告。

每逢周五，她去艾尔姆赫斯特看望父母。她父亲依然很难直视她的眼睛。他现在七十岁了。十年前，他去看她拍的第一部影片，看到她脱掉衣服跳进泳池。电影评级为家长指导级，但他再也没看过别的。她母亲去看了她所有的片子，之后会搜肠刮肚寻找鼓励的话来说，哪怕是很细微的事。但她拒绝撒谎。"我喜欢你说那句离家的台词时的样子，你的眼睛睁得大大的，手摆弄着裙子上的扣子，"她写道，"那件红裙子真是好看。你应该穿亮色！"

"我去看他们的时候，我爸会一直打盹。"她对汤米说。

"打盹？"

"我让他尴尬。他觉得我是个淫荡的嬉皮，嬉皮的荡妇。"

"真是荒谬。正如我在《一个男人的观点》里所说的，你是我认识的人里在性方面最保守的一个。"

"是啊，好吧。"

她母亲总是热情地迎接她，泪汪汪的。这些天，她正在看一个叫罗伯特·瓦利斯的男人写的一本薄薄的简装书，他说在观察了世界上所有的苦难——战争、饥饿、贪婪——之后，他发现了疗法：拥抱。

拥抱，拥抱，拥抱，拥抱，拥抱。

她母亲相信他。她抱得那么久，那么紧，西德拉像个婴儿或恋人一样，迷失在这种感觉和她的气息中——她甘甜、干燥的肌肤，她颈部粉灰色的茸毛。"你离开那个恶棍我太高兴了。"她母亲轻声说道。

可西德拉还是接到了那个恶棍的电话。夜里，有时候，那个导演从电话亭里打来电话，除了指导，也希望能得到原谅。"我想到你可能正在想的一切，然后我说，'噢，上帝。'我是说，你有没有想我有时在想你也在想的那些事？"

"当然，"西德拉说，"我当然会想那些事。"

"当然！当然这个词在本次谈话中完全不合适！"

汤米来电话时，她经常感到一种汹涌而至的快乐，这让她吃惊不已。

"上帝，我真高兴是你！"

"你没有权利就这样抛弃美国电影业！"他会充满爱意地说，而她会放声大笑，好几分钟停不下来。她开始拥有两种生活：昏迷与歇斯底里。两餐：早餐和爆米花。两个朋友：夏洛特·佩维里尔和汤米。她能听到他的波旁威士忌酒杯叮当作响。"你这个人太有天赋了，不该住在北达科他边上的某个鸟不生蛋的地方。"

"爱荷华。"

"乖乖隆地咚，这比我想象得更糟。我打赌他们那儿这么说。

我打赌他们说'乖乖隆地咚'。"

"我住在城里,这儿的人不这么说。"

"你离乌尔班纳香槟城近吗?"

"不近。"

"我去过那儿一次。听它的名字我还以为会是个很不一样的地方。我不停地对自己说:'香槟,乌尔班-纳,香槟,乌尔班-纳!香槟!乌尔班纳!'"他叹了口气,"它就是那种乡下地方。我去了那儿的一家中国餐馆,菜里的味精放得太多了。"

"我在芝加哥,这儿没那么糟。"

"没那么糟?那儿没有电影人。西德拉,你的表演天赋怎么办?"

"我没有表演天赋。"

"喂?"

"你听到了。"

"我不确定。有那么一分钟,我还以为你的眩晕又发作了,那种内耳不平衡。"

"天赋?我没有天赋。我只有愿望。天赋是什么?"孩提时,她总是讲最粗俗的笑话。成年后,她更是如此。简单,明了。没什么能阻止她。为什么没什么能阻止她?"我能扯开衣领,指出我肩上的雀斑。随便哪个在幼儿园里没得到足够关注的人都能那么做,天赋是别的东西。"

"对不起,行吗?我只是个写剧本的。不过别人让你以为自己从一个严肃的演员变成了放荡的半老徐娘,可真是荒唐。你只需再稍微坚持一下,挺过去。还有。我认为下决心去做一件事很勇敢,正是天赋的精华所在。"

西德拉看着自己的双手,它们因为糟糕的天气、糟糕的香皂和糟糕的人生已经皲裂了,变得千疮百孔。她需要听听蟋蟀磁带。"可我没有下什么决心,"她说,"就已经乐意了。"

她开始晚上去布鲁斯酒吧。有时她打电话给夏洛特·佩维里尔,她高中时的朋友。

"西蒂,你好吗?"在芝加哥,西德拉被认为是很土气的名字。不过在洛杉矶,人们觉得它很动听,以为是她自己造出来的。

"我很好。我们喝酒听音乐去吧。"

有时候她自己一个人去。

"我可是在电影里见过你哦。"演出间歇会有男人这样问,对方微笑着,色迷迷地斜瞥着,眼神闪烁。

"有可能。"她会说,于是他会突然显得慌乱,退开身去。

一晚,有个英俊的男人,穿着一件毯状斗篷,斗篷很难看——不过,难道有好看的斗篷吗?夏洛特这么问——他多拿了一杯啤酒在她身旁坐了下来。"你看上去像是该出现在电影里。"他说。西德拉淡淡地点点头。"不过我从不去电影院。所以要是你真的演过电影,我也没有机会看到你。"

她的目光从他的斗篷转到自己的雪利酒,又转了回去。也许他曾在墨西哥或秘鲁待过一阵子。"你是做什么的?"

"我是汽修技工,"他端详着她,"我叫沃尔特·沃特。"他把第二杯啤酒朝她推了过去。"这儿的酒还行,只要你别让他们调酒。什么都别让他们调!"

她端起来抿了一口。他身上有她喜欢的东西:装腔作势之下有朴实的一面。在洛杉矶,装腔作势的背后是牛轧糖或泡沫聚苯乙烯,或是玻璃。西德拉的嘴唇上印着一圈雪利酒。沃特的嘴唇上残留的啤酒闪闪发亮。"你最近一次看的是什么电影?"她问他。

"我最近一次看的电影。让我想想看。"他在想,但她看得出他不擅于此。她好奇地打量着他抿着的嘴、侧着的脑袋:一个不看电影的男人。他的眼睛转得像办公椅上的脚轮,搜寻着。"你猜我看的是什么?"

"不知道。什么?"她有点醉了。

"是一部卡通片。"动画片?她松了口气。至少不是那种某某女星主演的糟糕的文艺片。"一个男人睡着了,梦见了一个美丽的小人国,里面全是小人儿。"沃特往后一靠,环顾着房间,好像这就是全部了。

"然后呢?"她得跟这个男人推拉一番。

"然后?"他重复道。他又凑上前来,"然后有一天这些人意识到他们只是这个男人梦里的人。梦中人!要是那个男人醒来,他们就不复存在了!"

现在她希望他不要往下讲了,她有点改变主意了。

"于是他们全聚集到镇上开会,想出了一个计划。"他接着讲。也许乐队很快就会回来了。"他们要闯入这个男人的卧室,把他带到镇上一个软壁、绝缘的房间里——就是他梦里的那个镇子——他们会在那儿一直看着他,保证他一直睡着。他们就那么干。一直如此,每个人都小心翼翼、战战兢兢地守卫着他,保证他永远不醒过来。"他微笑着,"我忘了片子的名字了。"

"然后他永远没醒来。"

"不。"他朝她咧嘴一笑。她喜欢他。她看得出他看得出来。他喝了口啤酒,环顾了一下酒吧,然后又看她,"这可不是个了不起的国家?"他说。

她冲他微笑,带着渴望。"你住哪儿?"她问,"怎么走?"

"我遇见了一个男人,"她在电话里告诉汤米,"他叫沃尔特。"

"一段强迫的恋情。你正处于压力状态下——某种综合征,我看得出。你会强迫这段恋情发生。他做什么的?"

"跟汽车有关,"她叹了口气,"我想跟人睡觉。跟人睡觉的时候,我就不那么满脑子都是邮件了。"

"也许你该做的是独自待着,一个人过一阵子。"

"好像你一个人待过似的。"西德拉说,"我是说,你一个人待过吗?"

"我一个人待过。"

"哦,多久?"

"几个小时,"汤米说,他叹了口气,"至少感觉像是几个小时。"

"没错,"她说,"所以别跟我说教什么内心的力量。"

"好吧。那么我多年前就把自己身体的采矿权卖了,不过,嘿,至少我的矿产很赚钱。"

"我赚了点小钱,"西德拉说,"赚了一点。"

沃尔特让她靠在他的车上。他的嘴稍微有点歪,涡旋形状,嘴唇像环节虫,很丰厚,他很用力地吻她。她体内有什么东西麻木了,悬而未决。她发现自己心中有许多灵肉毁灭的小黑洞,于是她跳了进去,坠落。她和他回了家,和他睡了觉。她告诉他自己是谁,一个曾经被提名了一项大奖的小影星。她告诉他自己住在戴斯酒店。他去过那儿一次,去顶层喝酒。但他似乎并不知道她的名字。

"没想到我会和一个影星睡觉,"他确实这么说,"我想这是所有男人的梦想。"他笑了——轻轻地,有点紧张。

"只是别醒过来。"她说,然后她把被子拉至下巴。

"或者改变梦想，"他认真地补充，"我是说，在我看过的那部电影里，一切都很好，直到那个睡着的男人开始梦见别的东西了。我想他不是故意的或怎么样，就那么发生了。"

"你没跟我讲过那部分。"

"没错，"他说，"你瞧，那个男人开始梦见火烈鸟，于是所有的小人都变成火烈鸟飞走了。"

"真的?"西德拉说。

"我觉得是火烈鸟。我对鸟类可不是专家。"

"你不是吗?"她本想逗他，话说出来却变了味，像是带了一顶小帽子的蜥蜴。

他把胳膊枕在头下，手腕贴着后颈。他的胸膛上下起伏。"不过，我想我可能听说过你。"

电台在播姜戈·莱恩哈特[①]。她听着，很认真。"那个男人手底下发出的声音真教人震惊。"西德拉喃喃道。

沃尔特想吻她，想设法将她的注意力吸引回来。他对音乐没什么兴趣，但有时他会尽量装作感兴趣。"教人震惊的声音?"他说，"像这样?"他拢起双手碰在一起，发出轻微的扑扑声和抽吸的声音。

"是啊。"她小声说道。可她已经走神了，一阵干燥的风刮过她的旷野，催她入眠，"就像那样。"

他很快就开始意识到，她并不尊重他。虫子也能感觉到。门把手都能弄明白。她从没真的拿他当回事。她会谈起电影和电影导演，然后看看他说："噢，算了。"她属于别的世界。某个她不

---

① 姜戈·莱恩哈特（Django Reinhardt, 1910—1953），欧洲顶级的吉卜赛爵士乐吉他手。

再喜欢的世界。

而现在她在别处,另一个她不再喜欢的世界。

不过她乐意,乐意一试。偶尔,尽管她尽量不那么做,她会向他问起孩子,关于要孩子,关于结婚。他对这些会有什么感觉?在她看来,如果她真要过一种有孩子、割草机和修草剪的生活,最好和某个不会因为讨论这些而变得琐碎或卑微的人一起过。他喜欢那些肥沃的大草坪吗?一个漂亮的石景花园怎么样?他心里对那些带纱窗的风雨窗感觉如何?

"嗯,我看挺好。"他说,而她会会意地点点头,稍稍有点喝过了头。接着她会尽量不老去想她这一辈子。她会尽量过一天算一天,就像酗酒者一样——喝,不喝,喝。也许她应该吸毒。

"我常想,有一天我会有个小女孩,用我祖母的名字叫她。"西德拉叹息着,憧憬地凝视着她的雪利酒。

"你祖母叫什么名字?"

西德拉看着他的涡旋状嘴唇。"祖母。她的名字叫祖母。"沃尔特像汽车喇叭那样笑了起来。"噢,谢谢。"西德拉喃喃道,"谢谢你笑了。"

沃尔特订了份《汽车周刊》。他会在床上快速翻阅。他还喜欢看新车的维修手册,尤其是丰田车的。他对控制面板、发光面板和侧面板懂得很多。

"你俩显然太不般配了。"夏洛特在一家西班牙酒吧就着餐前小吃说道。

"嘿,拜托,"西德拉说,"我想我的品位比那总要精致一些。"在西班牙酒吧,你得不停地往嘴里塞东西。"一开始就明显错了。我总是由此开始。由明显的错误开始。"理论上,她喜欢不般配的情侣这个想法,口角与争执,如同莎士比亚的喜剧。

"我无法想象你和像他那样的人在一起。他就是不够特别。"

夏洛特只见过他一次。不过她早就从一个女友那儿听说了。她说他处处留情。"花心大萝卜，"她是这么说的，接着讲了几个乏味的故事，"别让他羞辱到你，别把缺少教养误当作甜蜜，"她加了一句。

"在本城所有姑娘都在享乐的时候，我该等待某个特别的人出现？"

"我不知道，西德拉。"

是的。男人可以跟随便哪个他们喜欢的人在一起。而女人得和比自己优秀的人交往，对方比自己善良、有钱，而且要聪明、聪明、聪明，不然别人会觉得难堪。这有性方面的暗示。"我是个很普通的人。"她无望地说道，她有所察觉，这点夏洛特已经知道了，知道那个深不可测、阴暗而又昭然若揭的秘密，以及它是怎么让西德拉显得可怜兮兮，不合时宜——低人一头，说穿了就是这样。夏洛特研究着西德拉的脸，像一头鹿盯着车灯。不是枪要人的命，西德拉晕乎乎地想着，是鹿要人的命。

"也许是因为我们过去都太嫉妒你了，"夏洛特有些酸酸地说道，"你那么有才华，所有的戏总是你演主角，你是每个人想要的梦想。"

西德拉拨弄着她面前的开胃菜，像在伺弄一块土地。她不值得任何人渴望。她的人生被她虚度了。它的孤独犹如一桩罪恶令她感到羞耻。"嫉妒，"西德拉说道，"很像是仇恨，不是吗？"可夏洛特什么也没说。她大概希望西德拉能换个话题。西德拉往嘴里塞满羊乳酪和洋葱，抬起头。"好吧，我只能说，我很高兴回来。"一块乳酪从她唇边掉了下来。

夏洛特低头看看，微笑着，"我知道你的意思。"她说。她张大嘴，让嘴里所有的食物都掉在了桌上。

夏洛特居然能那么搞笑，西德拉已经忘记这一点了。

沃尔特已经在租碟片的地方找到了她的一些旧电影。她有他家的钥匙。一天晚上,她过去,发现他看着《与室友隐居》睡着了。讲的是一个叫罗丝的女人的故事,她极少出门,因为她害怕别人。他们看上去像是外星生物——没有灵魂、闷闷不乐、词不达意。罗丝很快就与现实脱节了。沃尔特把片子定格在了有趣的部分,罗丝给精神病院打电话让他们把她带走,可他们拒绝了。她在他身旁躺下,努力想入睡,却哭了起来。他动了动。"怎么了?"他问。

"没什么。你睡着了。看我的时候。"

"我累了。"他说。

"我猜是这样。"

"让我亲亲你。让我来找到你的脸。"他闭着眼睛,她可以是任何人。

"你喜欢电影的开头部分吗?"她的这种需求是新的。可怕,让她汗毛直竖。她什么时候需要过这么多?

"还行。"他说。

"这个男人是做什么的?赛车手?"汤米问。

"不,他是个技工。"

"呃!像逃音乐课一样离开他!"

"音乐课?这算什么?《中产阶级的比喻》?《一个男人的观点》?"她有点恼火。

"西德拉。这不对劲!要改变一下,你需要和一个真正聪明的人交往。"

"我和聪明人约会过。我和有双博士学位的人约会过。我们在床上的全部时间都开着灯,校对他的个人简历,"她叹着气,

"他所做过的每一件小事,每一件极小、极小、极小的事。我是说,你看过简历吗?"

汤米也叹了口气,他以前听说过西德拉的这个故事,"是的。"他说,"我本以为帕蒂·卢波恩很了不起。"

"再说,"她说道,"谁说他不聪明了?"

日产车是最有劲的。尽管美国车变得更性感,试图追赶上它们。那些日本佬儿!

"我们谈谈我的世界吧。"她说。

"什么世界?"

"呃,一些我感兴趣的东西。一些对我来说有意义的东西。"

"好吧。"他转身调暗了灯光,颇为浪漫地,"有条股票消息告诉你。"他说。

她惊骇,沮丧,又很感兴趣。

他告诉她他的同事投资的一家公司的名字叫做奥视。

"做什么的?"

"我不知道。不过我的一个同事说这周买进。他们将有重大事项公布。要是我有钱的话,我就买。"

她买了,第二天早上就买了,一千股。到了下午,股票已经暴跌百分之十。到第二天上午,百分之五十。她看着电视新闻频道屏幕下方滚动的股票行情字幕。她已经成为大股东。一家濒临破产的公司的大股东!很快他们就会给她打电话,消沉地问她打算怎么处理那些叉车。

"你比我吃得干净。"在帕尔玛用餐时,沃尔特对她说道。

她阴郁地看着他。"你到底在发什么神经,向我推荐那只股票?"她问,"你怎么可以这么不负责任这么白痴?"她现在看出来了,他们在一起的生活会是怎样。她会大声嚷嚷,然后他也会嚷嚷。他会有外遇,然后她也会有外遇。他们会越走越远,会在这种状态中生活下去。

"我把名字搞错了,"他说,"对不起。"

"你什么?"

"不是奥视,是奥驶。我总以为是视力的视。"

"视力的视。"她重复道。

"我对名字不是那么在行,"沃尔特坦白,"我对概念比较在行。"

"概念。"她又重复。

愤怒的概念。账单的概念。不能飞的渡渡鸟的爱情的概念。

外面,一阵潮湿的大风从湖面刮来。"芝加哥,"沃尔特说道,"风城。这不是风城是什么?"他充满希望地看着她,这令她更鄙视他。

她摇摇头。"我甚至不知道我们为什么在一起,"她说,"我是说,我们怎么会在一起的?"

他狠狠地看着她。"这我不能替你回答。"他喊道。他退后两步,从她身边走开。"这你得自己回答!"他自己伸手招了辆出租车,上了车,扬尘而去。

她独自走回戴斯酒店。她无声地练习着指法,在钢琴琴键上,她关节突出的手指静静地抬起又落下,如同音乐盒的梳齿,或是蜘蛛的腿。弹累了,她打开电视,切换着频道,找到了一部她参演的老电影,一部爱情兼凶杀悬疑片,叫《最后的几笔》。简单说就是,她以此成名的那种表演:与观众仓促凑合的亲密,半卡通,半揭秘,介于羞涩与嘲弄之间。那时她毫不在乎,有点像现在,只不过在当时这是一种风格,一种存在方式,而非诊断或死亡。

也许她该要个孩子。

早上,她去埃尔姆赫斯特看父母。冬天,他们把屋子用塑料纸包裹起来——窗户、门——看上去像一件前卫艺术品。"能节约煤气账单。"他们说。

他们已经渐渐喜欢上当着她的面谈论她。"这是一部电影,唐。是一部关于历险的电影。裸体可以是艺术。"

"我可不这么看!我完全不这么看!"她父亲说道,面红耳赤地离开了房间。午睡时间。

"你怎么样?"她母亲问,看似关切实为别的话题的开场白。她已经沏好了茶。

"我很好,真的。"西德拉说。她关于自己所说的一切如今听起来都像是谎言。如果说她很糟,听起来像是谎话。说她很好——也是谎话。

她母亲摆弄着一把勺子,"我嫉妒你,"她母亲叹着气,"我总是那么嫉妒你!我自己的女儿!"她是尖叫着说出来的,一开始声音很轻,后来就变成了尖叫。这正如西德拉的童年,就在她以为生活恢复简单时,她母亲会给她一份新的世界来整理。

"我得走了。"西德拉说。她刚到,就想走了。她再也不想来看父母了。她不想目睹他们的生活。

她回到戴斯酒店,给汤米拨了电话。她和汤米能彼此理解。"我知道你的意思。"他总这么说。他的童年充斥着姐妹。他的很大一部分时间都是在画穿着浴袍的女人们——来自内罗毕的肯尼亚小姐!——然后让他的某个姐妹挑出最漂亮的。要是他不赞同,他就问另一个。

电话信号很差,她突然觉得好累。"亲爱的,你还好吗?"他的声音很微弱。

"还好。"

"我想我听不太清楚。"他说。

"我想我说不太清楚,"她说,"我明天给你电话。"

结果她给沃尔特拨了电话,"我要见你。"她说。

"哦,真的吗?"他怀疑地说道,随后又用一种似乎是苍蝇精确地从空中采来的甜蜜的口吻说,"这不是一个伟大的国家是什么?"

重新和他在一起,她充满感激。"我们永远也不要分开了,"她低语道,抚摸着他的腹部。他对身体的嗜好与狗颇为相似:喜欢腹部、耳朵,还有激动的问候。

"我没问题。"他说。

"明天,我们出去找个真正昂贵的地方吃饭。我请。"

"呃,"沃尔特说,"明天不行。"

"哦。"

"星期天怎么样?"

"明天怎么不行了?"

"我已经有,嗯,我得上班,我会很累,这是其一。"

"其二呢?"

"我要和一个我认识的女人见面。"

"哦?"

"没什么大不了的。真的。不是什么约会。"

"她是谁?"

"我帮她修车。排气系统的固件松了。她想见个面,再讨论一下。她想了解一下催化转换器。你知道,女人害怕被人占便宜。"

"是嘛!"

"是啊,嗯,所以星期天会更好些。"

"她迷人吗?"

沃尔特的脸揉作一团,他发出一声不太热情的声音。"呃。"他说道,随后把手平放在空中,稍稍上下摆动了几下。

早晨他离开前,她说:"只是别和她睡觉。"

"西德拉。"他说,怪她对他缺乏信任或是怪她试图监管他——她不确定是哪个。

那晚,他没回家。她电话打了又打,最后喝了半打啤酒,睡了过去。早晨,她又打了电话。终于,到十一点的时候,他接听了。

她挂断了。

十一点半的时候,她的电话响了。"嗨。"他兴高采烈地说。他的心情很好。

"你整晚都在哪儿?"西德拉问。这就是她所变成的样子。她感觉自己变矮、变胖,发型糟糕。

一阵沉默。"你什么意思?"他小心说道。

"你知道我是什么意思。"

更长的沉默。"瞧,我早上打电话过来不是为了进行沉重的谈话。"

"好吧,那么,"西德拉说,"你显然拨错了号码。"她用力挂上了电话。

她一整天都在发抖,伤心。她感觉自己像是安娜·卡列尼娜和那个总是在四年级衣帽间咆哮的艾米·利弗豪斯的混合体。"我只是感觉不受欣赏。"她走路去了马歇尔菲尔德百货公司买新的彩妆。"你更适合乳白色,而不是象牙白。"化妆品柜台的年轻女人说。

但西德拉抓起了象牙白。"人们总是这么跟我说,"她说,"这很让人恼火。"

后来,那晚她给他打了电话,他在。"我们得谈谈。"她说。

"我想要回我的钥匙。"他说。

"哎。你能不能过来一下,我们谈一谈?"

他带着花来了——白玫瑰和鸢尾。它们看上去很是萎蔫,带着嘲讽的意味。她把它们靠墙放在一只干的玻璃杯里,没有水。

"好吧,我承认。"他说,"我去约会了。但这不是说我就和她睡觉了。"

突然间,她能感觉到他身上随便的个性。这是一种热量、一种生物、一对孪生租户。"我已经知道你和她睡了。"

"你怎么可能知道?"

"醒醒!我是谁,白痴?"她怒目瞪着他,努力不哭泣。她还没爱他到那个程度,这他也感觉到了。她根本没有真正爱过他,真正的。

但她已经非常喜欢他了!

所以这还是显得很不公平。她体内的一根骨头裂开了,明晃晃的,惨白惨白的。她把它拿到光线下,透过它说话。"我想知道一件事。"她顿了顿,不是真的为了起到效果,但还是起到了。"你们口交了吗?"

他显得目瞪口呆。"这算是哪门子问题?我不会回答这样的问题。"

"你不会回答这样的问题?你在这儿没有任何权利!"她开始叫喊,她脱水了。"是你干的好事。现在我只想要实话。我只想要知道。是或不是!"

他把手套扔过房间。

"是或不是。"她说。

他把自己扔到沙发上,用拳头猛敲着靠垫,一只胳膊遮住了眼睛。

"是或不是。"她重复道。

他深深地朝自己的衬衣袖口呼了口气。

"是或不是。"

"是。"他说。

她在钢琴凳上坐了下来。有什么黑暗而凝固的东西从脚底往上，在她体内移动。某样轻盈、呼吸着的物体从她脑中逃逸，她这座被塑料包裹的房屋被烧毁，化作沥青。她听到他发出一声呻吟，她心中有某种一闪而过的希望，陷于重围然而在屋顶存活的希望，也许他会乞求她的原谅，发誓重新做人。她可能会发现他的魅力，一个苦苦哀求着的全新的男人。尽管到了某个时候，他必然会停止哀求。他必定会恢复常态。那时她又会开始不喜欢他。

他还坐在沙发上，没有过来安慰她或寻求安慰，她心中的黑暗将她清空，如酸性物质，或者像一阵风，将她掏空。

"我不知道该怎么做，"她说道，声音里有什么在颤抖。她感觉所有简单的事情都是假的，她受骗了——那极端的平静。隐匿的生活、日常琐事或是乏味的幸福家庭生活。"我不想回洛杉矶，"她说。她开始敲打琴键，按下一个，发现是坏的——闷闷的，没有音调，像裂开的骨头一样闪亮，充满讽刺。她恨，痛恨自己的生活。也许她一直恨它。

他从沙发上坐了起来，显得心烦意乱而又做作——他的表情很生硬。他该对着镜子练习练习，她想。他不知道该怎么跟一位影星分手。这是男生的规矩：别和影星分手。不是在芝加哥。如果是她离开了他，那他会更好解释一些，向自己，或是向随便哪个将来可能问起的人。他的口气变得像是乞求。他说"我知道"，语调接近希望、信仰、一点慈悲或是别的。"我知道你可能不想。"

"为了你自己好，"他在说，"你也许愿意……"他在说着。

但她已经变成了别的东西,一只鸟——一只火烈鸟,一头鹰,一头火烈鸟鹰——而且正在飞翔,飞走,朝着薄薄的窗玻璃,然后又回来,盘旋着,残忍地窥视着。

突然,他哭了起来——开始是放声大哭,带着很多的噢,随后是疲倦的哭声,像是从熟睡中发出的,他的脸埋在他扔在沙发扶手上的斗篷里,身体陷在长毛绒靠垫堆里——一个被自己梦中的焦虑角色绑架了的男人。

"我该怎么办?"他问。

但他的梦已经改变,而她已然消失,消失在窗外,消失,消失。

无　语

那是一种有甚于死亡的恐惧，杂志称。死亡居第四，排在残疾第三位、离婚第二位之后。第一位，真正的恐惧，甚至连死亡也无法企及的，是演说。艾比·马伦对此太了解了。这正是她喜欢 AST（美国学业测试中心）那份工作的原因：她只需与单词打交道。她的演说是在后台独自完成的，如一个精灵编织的小鞋子。蜘蛛之于蜘蛛网如同纺织工之于空白，这句话是她写的。她对此很得意。

还有，空白之于心痛正如森林之于板凳。

可后来有一天，主管和 AST 地区协调员把她叫上楼去。她很出色，他们说，不过她可能太出色了，太有创意了，他们暗示，所以提拔她离开编撰室，调到美国各高中的礼堂工作。她得出差、演讲，告诉高中教师如何为学生备考，分别与高二、高三的学生见面，中肯地回答他们的问题，优雅而有威信。"你可以先去度个假。"他们说，并且递给她一张支票。

"谢谢。"她犹疑地说道。在她的生活中，她已经得到孤独这个礼物，以及面对它的诀窍，而现在它将无用武之地。她不得不变成一个社交人。

"私家人？"她母亲在从匹兹堡打来的电话里问。

"社交人。"艾比说。

"哦，那样啊。"她母亲说道，然后发出了死亡般的叹息，尽管她仍结实得跟砖头似的。

在艾比关于自我提高的所有奇思妙想中（激发灵感的影带、呼吸练习、催眠课），巧言石①或许是最终极限了，用花言巧语换取爱情的不齿交易——噢，能说会道，T恤上这么印着。有可能，毕竟，她有和鲍勃的婚姻，鲍勃是她多年的男友，在她的狗兰道夫死于肾衰竭后，嫁给鲍勃似乎是战胜悲痛的唯一出路。当然，她一直赞赏婚姻这个主意，它的公民权利与义务、它的公开演说、被重新赋予的清白，况且鲍勃高大而又令人安慰。可他没什么话说。他不是一个善言辞的男人。愤怒给他语法——但这可不够！很快艾比就把他当作某种宠物来养，一边默默地寻找有深度有结果的消遣。她寻找单词，遣词造句。她努力与一个纽约来的填词人交朋友——一个温和、金发、紫罗兰色眼睛的单身男人——她，以及城里大部分的医生妻子以及艺术管理员。他初来乍到，没有车，每天都穿那件黄褐色夹克。"水，到处是水，却没有一滴可以喝。"这位单身词人有一次这么说道，一边病怏怏地听着电话留言里的女人的声音。他的公寓里既没有小说也没有书架。有一把椅子、一台大电视机、一部电话、一本不断地从图书馆续借的韵脚字典，还有一张咖啡桌。女人们给他带来食物、职业介绍、诗歌业务、现金拨款。作为回报，他带给她们从海滩捡来的颜色斑驳的小石头，或是从公园采来的一株美丽的野草。他会站在咖啡桌后朗诵自己的歌词，接着后退一步，忐忑地等待着被引诱。被女性猛扑过来生吞活剥，在他看来，相当于掌声。有时候他会拿出租来的鲁特琴，然后说道："瞧，我刚为我创作的歌词谱了段曲。和我一起唱吧。"

---

① 巧言石（Blarney Stone），爱尔兰科克郡布拉尼城堡女儿墙上的一块石头，相传吻此石后即善于花言巧语。

而艾比会盯着他说:"可我不知道曲调。我还没听过呢。你才写的,你刚刚说。"

唉,一个诗情画意的男人所要忍受的苦恼啊!他僵立在咖啡桌后,而当艾比最后终于走上前,只是触摸他一下,搭搭他的脉搏,或许,是给他的一只手臂套上一个无形的血压仪箍带!他便会缩成一团。"请别把我想成那种感情上的爱泼斯坦-巴尔病毒,"他说,引用着他跟别的女人争吵时说过的话,"我并非冷漠或缺乏激情。我冷静。我浪漫,然而冷静。我有兴趣,只是我对它们很冷静。"

当她回到她丈夫身边时——"亲爱的,你回来啦!"鲍勃大声喊道——她只坚持了一个礼拜。难道不该坚持更久吗——她跟鲍勃在一起时一直感受到的那种孤独、欲望与习惯的混合物,那混合物必定是爱情,因为它时常让人感觉那么像爱情,它怎么可能不是爱,老天必定希望它是,那个有飓风和冰雹的老天必定认为这就足够了?鲍勃朝她微笑,什么也没说。第二天,她订了飞往爱尔兰的航班。

她母亲怎么会成为旅程的一部分的,艾比还是记不起来。这跟手动挡有关:艾比一直没学会开手动挡车。"在我那个时候,"她母亲说,"人人都会。我们都会。女人们有手艺。她们知道怎么煮饭做衣服。现在的女人都没手艺。"

手排车的租金比自排车便宜一半。

"要是你想找司机,"她母亲暗示,"我还看得清路面。"

"那很好。"艾比说。

"而且你姐姐西达这个暑假又要去你姨妈的营地过了。"西达有唐氏综合征,全家人都喜爱她。每次艾比去看她时,西达都会大喊:"瞧瞧!"并且双臂搂住她,给她一个美妙的拥抱。"西达,当然，一如既往的讨人喜欢，"她母亲说，"好得没话说。"

"也许吧。"

"我希望能在自己还走得动的时候去看看爱尔兰。你父亲，他活着的时候，从来没想去。我是爱尔兰人，你知道。"

"我知道。十六分之一。"

"没错。当然，你父亲是苏格兰人，那可完全是两码事。"

艾比叹了口气。"在我看来，日本人才是两码事。"

"日本人？"她母亲嘎嘎大笑，"日本人差不多。"

于是在六月中旬，她俩一起抵临都柏林机场。"我们要把这个岛转个遍，每一个半岛，"在机场停车场，马伦夫人说道，她一边提高租来的福特嘉年华的发动机转速，"这才是我们这种疯狂雅皮士干的事。"

艾比飞得有点难受。她坐在没有方向盘的副驾驶座上，似乎突然具有了某种象征意味。

她母亲把车一个趔趄驶出停车场，开往最近的环形交叉口，只穿过别的车道两次。

"我会掌握窍门的，"她说。她把眼镜往鼻子上推了推，艾比这才发现她母亲的眼睛因年老已经浑浊发白。她把车开得忽动忽停，脚在地板上四处踩着找离合器。也许这是个错误。

"笔直开，妈妈。"艾比说道，看着她的地图。

她们左弯右拐地往北开，离开了都柏林，她们计划先去德罗赫达，最后再回来。艾比一把抓起旅游指南，又抓起地图，然后又是指南，而马伦夫人则喊着："什么？"或是"往左？"或是"这不可能，让我来看。"爱尔兰的乡野景致在她们眼前铺陈开来，田园诗般的田野和石墙，烟囱里飘出的草火气息仿佛来自另一个世纪，小片小片的树林，开满野花的成片原野上有羊粪和割下的草皮，带着耳标的奶牛像女人一样美丽。也许树林里住着仙女！艾比立刻发现，住在这块充满魔幻色彩的地方你必须相信魔法。住在这儿会让你变得迷信，拥有一副塞满秘密的热心肠，让你脱离现实。如果你一板一眼，或者实用为上，你不得不搬离——否则就得喝酒。

她们不确定地驶过路牌，来到地图上未标明的地方。她们感觉迷路了——但并非不愉快。古老狭窄的道路和白色的路标让艾比想起小时候全家一起去度假，穿越新英格兰或弗吉尼亚州的奶牛之乡的自驾之旅——那是一个还没有州际公路或塑料杯子，大众为柏油和炸薯条而沮丧的年代。爱尔兰是美国的过往之旅。那是早已过去，未受损害的年代，像一个故事、一场梦、或一条清澈的小溪。我又变成了孩子，艾比想。我回来了。就在她变成孩子的时候，她突然想上厕所。

"我得上厕所。"她说。左边有块标志牌，写着前方道路施工，而下面是某人潦草的笔迹，"不，没有。"

马伦夫人突然转向，把车开到左边，又猛地踩下刹车。路旁有几只黑脸绵羊在啃草，后腿被涂成了亮蓝色。

"这儿？"艾比问。

"我不想浪费时间停到别的地方，还要买东西。你可以到那堵墙后面去。"

"谢谢。"艾比说着，在她的手提包里摸索着找出舒洁牌纸巾。她想念自己的公寓。她想念她的社区。她想念遍布各处的自助加油站，她常说，他们至少把加油拼写对了！她下了车，沿路往后走了一小段。三十年前的一次家庭旅行中，她和西达要上厕所，她们父亲把车停下，告诉她们"去林子里上"。她们在树林里转悠了二十分钟，寻找厕所，然后回去告诉他说找不到。她父亲先是面带疑惑，后又觉得好笑，继而生气——这是他的常规模式。

现在,艾比费力地翻过一段短石墙,躲起,蹲下,警惕地注意着绵羊。时差搞得她昏昏沉沉,回到车上,她发现自己把旅游指南落在一块石头上了,不得不退回去拿。

"来了,"回到车上,她说。

马伦夫人换了挡。"我老觉着要是人们像动物一样随处排泄,而不是在一个默认的地方,我们就不会有什么污染。"

艾比点点头。"说得真棒,妈妈。"

"是吗?"

她们在一幢英国庄园里稍作停留,去看大自然被切割成模件和块毯,羊毛被收割,木材加工成方块,土地被偷盗、灌溉、击败。艾比想走了。"我们走吧。"她悄声说道。

"你怎么搞的?"她母亲抱怨道。之后,她们参观了一座新石器时代的走道式墓穴,它的平面图宛如反转的分娩,狭窄的石头过道通往一间高而圆的内室。她们摘下墨镜,研究着凯尔特花体字。"比金字塔还古老。"导游宣称,尽管他没能指出它最重要的特征,艾比想:它极具母性的隐喻。

"你还是紧张得不敢穿过边界去北爱尔兰吗?"马伦夫人问。

"嗯哼。"艾比啃着大拇指指甲,咬下一片,如同扯下一根嫩枝。

"噢,得了,"她母亲说道,"克制一下。"

于是她们穿越了边境,进入北爱尔兰,经过了身穿防弹背心在附近巡逻的士兵、纽里的带刺铁丝网。手持自动武器的年轻人在一个又一个街区倒退着行走,他们的伙伴则在街对面向前行走,密切留意着。"这有点吓人。"艾比说。

"都是表演。"马伦夫人轻松地说。

"吓人的表演。"

"要是你很容易被吓到的话。"

这很快就会变成她们这趟旅行的主题——艾比已经看出来了,即艾比毫无胆量而她母亲有,并且一向如此。

"你太容易被吓到了,"她母亲说,"你总是这样。你小时候不敢进屋子,除非你肯定里面没有气球。"

"我不喜欢气球。"

"过来的飞机上你也害怕。"她母亲说。

艾比想要辩解。"只是在空乘说咖啡滤壶坏了所以没有咖啡的时候。你不觉得那值得警惕吗?而且他们费了九牛二虎之力,还是不能把头上的一个行李箱门关紧。"艾比回想着,好像在回忆一段遥远苦涩的过去,尽管就发生在昨天。飞机起飞时摇晃得很厉害,当它像一列日地铁轰隆隆地飞行,特别是在格陵兰岛上空时,空乘人员开启播音系统让大家不要担心,尤其是当你想到"空气到底有多重"这个问题的时候。

现在她的母亲觉得自己是人猿泰山。"我想去我在指南上看到的那座索桥。"她说。

指南第九十八页上是一张照片,两座山崖之间悬着用绳索与木板搭成的桥。是给渔夫用的,不过也允许游客上去,尽管警告说要注意大风。

"你为什么想要上索桥?"艾比问。

"为什么?"她母亲答道,像是被难住了,变得沉默起来。

接下来的两天,她们向东向北行驶,绕着贝尔法斯特,沿着海岸线,经过老风车和绵羊农场,折上令人眩晕的山崖——它们面向苏格兰,就像海上的一抹淡灰。她们住在一家灰泥墙的小家庭旅馆里,稻草屋顶像是克娄巴特拉的刘海。她们睡得很不安稳。早上,她们在有大玻璃窗的餐厅里吃麦片、熏肉片和黑白布丁，精疲力竭地做出一副好客人的样子——"是的，费心了。"她们对此持一致看法，因为谁能说得准跟你说话的是谁呢？这儿可不比种族混杂的美国，那儿你什么都知道。艾比点点头。窗外一阵微风吹起，但她连最轻微的沙沙声都听不见。她只能看见它无声地拂动阳光下轻摆的云杉树枝，只是微微的，像是别人的汽车后视镜上挂着的东西。

她用信用卡付了账。她想把两个包都拎起来，结果只拎起了自己的。

"再见！谢谢！"她和母亲朝主人喊道。回到车上，马伦夫人很快就开始唱起了《爱尔兰摇篮曲》。"很久以前，在基拉尼。"她用悦耳的颤音唱着。她的嗓音粗哑，颤抖着，稍稍有些跑调，每个音都低了那么一点点，如同茶杯下的茶托。

她们一直往前开。前天晚上，一整天还有形有状的。可当你自己决定时，它却悲惨地消失于无形。

她们来到索桥的指示牌前。

"我想去。"马伦夫人说道，把车猛地往右一扭。她们嘎吱嘎吱地驶进了一个砾石停车场，停好了车。那座桥离那儿有四分之一英里的步程。远处，乌云翻滚着，如同大出血一般，开始起风了。毛毛细雨落在挡风玻璃上。

"我留在这儿，"艾比说。

"真的？"

"嗯。"

"随便。"她母亲说，做出反感的样子，她下了车，阴沉着脸，费力地走上了通往桥的小路，消失在拐角处。

艾比等待着，开始感觉到这次旅行中真正的孤独。她发现自己想念鲍勃和他温暖、安静的困惑；他坐在壁炉前地毯上的样子——她的爱犬兰道夫以前老坐在那儿；他坐在他们收到的五张放在壁炉台上的圣诞卡下——五张，包括报童的一张——坐在那儿抠脚，或是报出他的水果沙拉里所有水果的名字，评论生活的多姿多彩！或是询问出了什么事（用他沉默的方式），还一边没完没了地拨弄着一块冒烟的木头。她也想着可怜的兰道夫，在兽医院，他斑驳的皮毛和哀求、垂死的眼睛。她还想到苍白的单身填词人，有一次他来看她，没能用足够的力气按响门铃，于是站在门廊上等待，拿着一朵紫锥菊，直到她碰巧经过前窗看到他站在那儿。噢，诗歌！她请他进去后，他把花递给她，坐下来开始贬斥世事万物的兴衰，也抨击自己不劳而获的不朽，说万物是如何急剧走向湮没，除了词语，它们在时间中自行组合，如同空间里的分子，因为上帝是一出语言的戏——一出戏！这些她都不觉得傻气，并不真的傻，至少没那么傻。

狂风大作。她看看表，开始担心起母亲。她打开收音机找天气预报，可所有的电台似乎都在播放重新制作的古怪的七零年代美国流行歌曲。时不时会有一个两分钟的小测验——法国总统是谁？西红柿是蔬菜还是水果？——打电话进去的人极少能答对这种问题，这让听的人都觉得有点难为情。他们为什么搞这个？谜语、测验、竞赛。艾比从 AST 那儿得知参加大学入学考试的人中有相当一部分人从未真正申请过学校。人们只是喜欢测试。难道不是吗？人们喜欢测试自己。

她母亲在敲窗玻璃。她浑身是泥，湿答答的。艾比打开门锁，推开门。"值得吗？"艾比问。

她母亲上了车，像个庞然大物，又湿又冷，哼哧哼哧。她发动了汽车，没看她女儿，"好一座桥。"她最后说道。

第二天，她们沿着安特里姆的海岸前行，穿过了飘扬着英国米字旗和苏格兰赞美诗的小镇，往南来到遍布着带刺铁丝网的德里，城墙上是爱尔兰共和军的涂鸦——"约翰·梅杰是个支持犹太复国主义的犹太佬"（"你好，"她们停下来看时一名英国军官说道）——接着逃离了强盗之乡，再次穿越边境南下，沿着多尼戈尔的海岸，它的渔村宛如某个古老、仿佛从未存在过的科德角①。艾比看向挡风玻璃外，凝视着地平线，她开始想，人在自然中所见的散落各处的美、丑与动荡，同样也可以在他们自己身上找到，它们全部集聚于此，全都集中在一个地方。不管地球能制造出怎样的恐怖或可爱之物——风、大海——一个人也可以生出同样的，并与之生活，与体内那个旋转的混乱的自然共生，完完全全。世间再没有什么——一朵花或一块石头——能比一个人说出的一声简单的你好更复杂。

偶尔，艾比和她母亲会打破沉默，谈起马伦夫人在一家小手电筒公司担任业务经理的工作——"我得把我们的保单全部重新安排。牙齿保险和重大医疗保险把我们的午餐都吞了。"——或是说起关于路牌的问题，或说起表示车祸死亡人数的黑点。但她母亲最想谈的是艾比摇摇欲坠的婚姻，以及她接下来打算怎么办。"看，又一个被毁掉的修道院②。"她开始每经过一堆中世纪的石头就这么说。

"你什么时候回到鲍勃身边？"

"我回去了，"艾比说，"可我又离开了，呃噢。"

她母亲叹着气。"你们这一代女人总是想要某种自己没有的浪漫，"马伦夫人说，"不是吗？"

"谁知道呢？"艾比说。像宇航员似的挤在这么个空间里，

---

① 科德角（Cape Cod），美国马萨诸塞州东部半岛。
② 修道院（abbey），与艾比（Abby）谐音。

她开始觉得不太想跟她母亲搭腔。她开始对一切都高度敏感易怒：一个单词叮当作响，震动着。最细微的动作也能惹人心烦，还有口气、体味。她姐姐西达总是对每个人都那么阳光、开朗而亲密；艾比跟她不同，她总是显得更阴郁些，大人对她听任自便。她跟母亲向来不亲近。艾比小的时候，她母亲总让她有点厌恶——她头发的油腻气味，她的肚脐眼如同蜷曲在洞里的蚯蚓，浴室废纸篓里的卫生巾恐怖得像战场，之后又被浣熊在夜里从垃圾桶里翻出来撒得一路都是。有一次在餐馆，艾比那时还小，她闯进一间没上锁的女厕隔间，结果却发现她母亲坐在里面，呆愣愣地，极不雅观，像钟表里的布谷鸟一样在马桶上盯着她。

关于别人，有些事你最好永远也不要知道。

后来，艾比拿定主意，那也许根本不是她母亲。

然而此时此刻，她和她母亲同坐在一辆非常小的汽车上，在一个带轮子的金属子宫内重聚，分享着家庭旅馆里的小双人床，满嘴浊气地醒来时彼此紧挨着，或是转过背，乳房似乎愤怒地晃动着。愤怒的土地[①]！关于艾比的婚姻及其可能结束的谈论在前方一路小跑，如一群羊，失眠时的羊，这让艾比想要把枪。

"我从来不为传统的风花雪月的事情烦心，"马伦夫人说，"我不是那种类型。我总是工作，而且我很务实，让自己向前，把事情搞定。要是我喜欢一个男人，我自己约他出去。我就是那样遇见你父亲的。我约他出去。我甚至自己求婚。"

"我知道。"

"而且我一直和他在一起，直到他死的那天。实际上，是死后三天。他是个好男人，"她顿了顿，"好得没话说。"

艾比什么也没说。

[①] 爱尔兰（Ireland）的字面意思可理解为愤怒的土地（the land of ire）。

"鲍勃是个好男人。"马伦夫人加了一句。

"我没说他不是。"

随着眼前再次展现乡间如毡的绿地,她俩再度沉默,古老的道路勾起回忆,仿佛这是一块她很久以前就旅行过的土地似的,它交织的幸与不幸如同她自己的过往。它仿佛定格在时间里,如一场白日梦,或是一本书。从近处看,山峦崎岖峭立,布满似痂的岩石和植被,像努力褪去绒毛的雄鹿角。然而距离用青苔填满了缝隙。这难道不是真理吗?艾比静静坐着,从塑料瓶里大口喝着百利格温矿泉水,嚼着超强劲薄荷糖。或许她该打开收音机,听听某个来电测验或新闻。可那样她母亲会接过去,拨弄着重新调台。她母亲总是在搜寻乡村音乐,歌词里有"魔鬼女人"的歌曲。她爱那些。

"答应我一件事,"马伦夫人说。

"什么?"艾比说。

"你会和鲍勃努力试试。"

以什么为代价?艾比想要喊叫,不过她和她母亲现在已经过了这个年纪了。

马伦夫人若有所思,用她那六十岁的人拥有的假智慧继续说着:"一旦你跟一个男人在一起了,就得守着他。这看起来吓人,但你必须勇敢,学习收获惯性的好处。"说到这儿,她加大油门,在一个弯道超了一辆拖拉机。"小心碎石",指示牌上写着。小心斜坡。但艾比的母亲当它们是鸡尾酒会闲聊一样继续往前开。前方的一块标示牌上有六个黑点。

"是啊,"艾比说道,紧抓着仪表板,"爸爸就很懒惰。爸爸很懒惰,除了每隔三年跳起来猛抽别人的嘴巴。"

"才不是那样。"

"基本属实。"

在基利贝格斯,她们按照指向多尼戈尔城的指示牌开。"你们现在的女人啊,"马伦夫人说,"期望太高了。"

"如果今天是星期二,那这儿一定是斯莱戈。"艾比说道。她开始编起无聊的笑话来了,"有足球队乘坐的巴士叫什么?"

"什么?"她们经过了一家吉卜赛人,帐篷边是一大堆他们希望卖掉的汽车电池。

"足球教练。"有时候艾比粗声大笑,有时则毫无笑容。有时她只是耸耸肩。她在等待巧言石。这是她此行的唯一目的,所以其他一切她都能忍受。

她们在一家书店前停了下来,想买一张更好的地图,或许还可以问问洗手间在哪儿。里面有四名顾客:两位看高尔夫书籍的牧师,一位母亲和她的小儿子,他跟在她身后在书架间游荡,一边恳求着:"求求你了,妈咪,就一本嘘嘘书,妈咪。求你了,就一本嘘嘘书。"没有更好的地图。没有洗手间。"对不起。"店员说道,店里的一名牧师飞快地抬头看了一眼。艾比和她母亲去隔壁看金赛尔衬衣和羊毛衫——那是一种年幼的爱尔兰孩子在华氏七十一度的酷暑天跑到海滩时穿在泳衣外面的小羊毛开衫。"真可爱。"艾比说。她俩在店里闲逛,东摸西摸。在里边,羊毛帽子的边上,艾比的母亲发现了一个挂在天花板吊钩上的提线木偶人,便玩了起来,随着店堂放的音乐——贝多芬的协奏曲——挥动着它的胳膊。艾比去付衬衣的钱,并问哪儿有洗手间或好的酒吧。等她回去时,她母亲还在那儿,着迷地用木偶人指挥着协奏曲。她的脸上是小女孩般欢乐的表情,闪着光,这是艾比极少见到的。协奏曲播完后,艾比把袋子递给她。"给,"她说,"我给你买了件衬衣。"

马伦夫人松开线偶,脸色阴沉了起来。"我从来没有过真正的童年,"她说道,拿起袋子,看向不远处,"我是老大,我妈有心事总是对我说。我总是得表现得像大人一样,有责任感。那不是我的本性。"艾比引她朝门口走去,"等我真的长大了,又有了西达,她每时每刻都需要我,当然还有你父亲,他的需求。不过后来又有了你。我喜欢你,我可以让你独自待着。"

"我给你买了件衬衣,"艾比又说道。

她们在奥哈拉酒吧用了洗手间,买了一瓶矿泉水分着喝,接着前往德拉蒙克利夫公墓参观叶芝家族墓。随后她们加速赶往斯莱戈投宿,第二天则出城往北去瑙克观看瘸腿的女人、生病的女人以及想要怀孕的女人("一夜大肚",艾比说)。她们将念珠在神殿的圣石上摩挲并祈祷。她们向南驶往克利夫登,绕过康尼马拉地区,来到戈尔韦和利默里克——"从前有两个美国人,一个叫艾比,她母亲叫艾丽卡……"她们唱着歌,绕着凯里风景环道乱飙车,这儿的棕榈树和蓝、粉色的绣球花像是某部小歌剧中的场景。"西方世界的花花小姐!"她母亲喊道。天黑时分她们停下歇息,住在巴利里基附近的一间家庭旅馆——以前是猎人旅店,就在环道旁的一个峡谷里。她们很晚才用餐,吃的是棕榈酒和女店主称为"加仑子鸡巴"的苏打面包。

"我还不知道嘛。"马伦夫人说。这如同房间里的某个俗气摆设,让艾比很郁闷,于是她告退上了楼,睡觉。

她们是第二天到达布拉尼的,在穿过了巴利里基、班特里、斯基伯林和科克之后。在城堡,排队吻石头的队伍漫长、热闹,很是吓人。城堡逼仄的左塔楼那小小的旋转楼梯都被堵满了,大家把自己紧贴在黑黑的墙上给那些失去勇气折返往下的人让路。

"真可笑。"艾比说。不过等她们到达楼顶时,她的烦躁已经变成了焦虑。为了亲吻那块石头,她发现,必须仰面下腰探出女儿墙外，伸长脖子用嘴唇去够放着石头的那面支撑墙的底部。一个长相奇怪有点像爱尔兰矮妖精的男人正蹲在石头一侧，帮助别人把身体往后弯，可他似乎抱得太松了，眼睛里闪烁着淡漠、施虐的神情，有些人正改变主意下楼去，他们害怕地说不出话来。

"我想我做不到。"艾比犹豫地说，将身上的黑色雨衣裹得更紧了。

"你当然做得到，"她母亲说，"你那么大老远跑来。你来就是为了这个。"她们现在置身城堡顶端，所以看下面的队伍似乎移动得很快。艾比回头看看，又环顾四周，景色葱翠浓郁，令人惊叹，如同浸在染料里的照片。

"下一位！"她听到矮妖精男人在喊。

她们前面，一个德国女人正在费劲地从矮妖精放下她的地方站起身来。她擦擦嘴，做了个鬼脸。"可真吓人。"她嘀咕着。

艾比一阵恐慌。"你知道吗？我不想这么做了。"她又一次对她母亲说道。排在她们前面的只有两个人了，其中一个正在仰面弯下腰，紧紧抓着铁扶手，手一寸一寸往下移，为了够石头，脖子和腰都弯曲着，露出了白白的喉咙。他妻子站在他上方替他拍照。

"可你这么大老远过来！别犯傻了！"她母亲又开始吓唬她。这样做从来没能给她胆量，事实上，只让她更胆小，不过又让她产生了怨恨和冲动——两者似乎是一种东西。

"下一位。"矮妖精男人不耐烦地说道。他讨厌这些人；这你瞧得出来。你能看出他有点希望他们摔下岩台，掉到一堆雨衣、胳膊腿和旅行支票里去。

"快去。"马伦夫人说。

"我不行。"艾比呜呜地说。她母亲推搡着她，矮妖精男人皱起了眉。"我不行。你去。"

"去吧，把它当作是测验，"她母亲不悦地瞪了她一眼，里面有一种疯狂的东西让她看上去有些失常，"你的工作就是跟测验打交道。而且上学时你总是考得很好。"

"要考试你得学习。"

"你学习了！"

"我没学对东西！"

"噢，艾比。"

"我不行，"艾比咕哝道，"我就是觉得自己不行。"她深呼吸了一下，快步走了过去。"噢——好吧。"她扔下帽子，迅速倒在石头地面上，只为尽快结束。

"往后，往后。"矮妖精男人用男低音说道，像是列车员一样。

现在她感觉背后已经没有空间了；她的上半身都悬在空中，仅靠她死死抓住的铁把手和双手支撑着。她尽可能把头往后仰，但还是不够。

"再低点。"矮妖精男人说。

她把手再往下滑了一点，就像在儿童攀登架上玩把戏一样。可她还是看不到那块石头，只看到城堡的墙。

"再低点，"矮妖精男人说。

她把手挪得更低，头往后仰，下巴朝天，她能感觉到自己的喉骨压迫着皮肤，这一次她看到石头了。有微波炉那么大，表面覆盖着湿气、污垢和嘴唇形状的口红印——紫色的、杏色的、红色的。这作为一项公共活动似乎很不卫生，污秽潮湿，于是她没有大大地亲它一口，只是匆匆地啄了一下，然后喊道："好了，请拉我起来。"矮妖精男人把她拉了起来。

艾比站好，掸掸身上的衣服。她的雨衣沾上了白兮兮的泥土。"唉哟，"她说。不过她做到了！至少差不离。她重新戴上帽子。她给了矮妖精男人一英镑小费。她不知道自己感觉如何。她什么也没感觉到。最终，你逼着自己壮胆去做的事情改变不了什么。它们尽是一堆由愿望、绳子和距离构成的作品。

"现在该我了。"她母亲带着勉强的坚决表情说道，把墨镜递给艾比。当她母亲僵硬地弯下腰，一寸寸地朝石头挪时，艾比突然发现了自己从未发现的事情：她母亲害怕极了。她母亲对她又是吓唬又是鼓气，其实是在自己脑中暴风雨般的惊恐中努力前行，而且很笨拙。她母亲竭力一点一点往后仰着接近那块石头，艾比看到她毫无遮掩的脸，她发现这个女人的熊熊篝火已经变得不安而忧郁——她的一切唬人表现只是一种计谋。她只是在尽力证明某件事，毫无意义地努力反抗并战胜自己的恐惧——而不是学会与之相处，因为，见鬼，不管怎样你总得和它们一起过活。"妈妈，你行吗？"马伦夫人一脸怪相，龇牙咧嘴。艾比看到她的牙齿已经变成她以前的头发的颜色了——她任它们被多年的咖啡和茶泡成了铁锈色。

现在矮妖精男人不得不比抱别人更费力地抱住她。"低点，再低点。"

"噢上帝，不能再低了。"马伦夫人喊道。

"你就要够着了。"

"我看不到。"

"那儿看到了吗？"他松开手让她更往下一点。

"是。"她说。她发出一记鼓嘴吐口水的声音。可随后当她费劲地想直起身时，她似乎被卡住了。她的腿举在身前，鞋子从脚上松开了，裙子向上拱，露出了连裤袜的褐色袜边。她的上半身弯得太奇怪了，况且她又丰满，没有腹肌让自己站起身来。看来矮妖精男人遇到了困难。

"有人能帮一把吗？"

"我的天，"艾比说着，立刻和另一个排队的男人在马伦夫人身旁蹲下帮她。她很重，身体因为害怕而僵硬。他们终于抬起她，让她坐起来，然后再站起身时，她看上去狼狈不已，脸色苍白。

楼梯旁的一名保安自告奋勇护送她下去。

"需要吗，妈妈？"而马伦夫人只是点点头。

"你在我们前面走，"保安用科克郡唱歌般的口音对艾比说，"万一她摔倒。"于是艾比走在前面，慢慢地盘旋而下，走入楼梯井地牢般的阴暗之中，如新生出翅膀的蝙蝠一般的黑暗之中，外套被上升气流扬起，向两侧展开。

在镇中心的广场，一名福音传教士正挥舞着一本《圣经》，大声说着"生命之短暂"，说它是如何甫被手抓起就从指缝逃逸，消失不见。"上帝之言讯捷！"他喊道。

"我们去那边吧。"艾比说，她把母亲带到一个叫做布拉迪酒吧的地方，喝杯健力士黑啤提神。"你还好吧？"艾比不停地问。她们当晚还没有落脚的地方，尽管现在天黑得晚，而且旅馆要一直开到十点，她还是想象着她们俩暂时无家可归，睡在星空下，拿鼻涕虫当点心。芝加哥那么大的星星！露珠像在给她们洗泡泡浴！她们会舔舔胳膊上的露珠。

"我很好，"她说，手一挥，掸开了艾比的问题，"好一块石头！"

"妈，"艾比说道，皱着眉，因为她现在开始怀疑一些事情，"你过那座索桥时，有没有出什么事？"

马伦夫人叹了口气，"好吧，我知道你什么意思。"她不悦地说，"当时有大风，桥有点晃，有的人可能觉得很有趣，但我不得不弯下腰爬回来。你应该记得当时还下着点雨。"

"你趴在地上爬回来的?"

"嗯,是啊,"她承认,"有个好心的比利时男人帮我。"无疑,她感觉在自己的女儿面前被剥去了伪装,便大口喝起了健力士。

艾比试图用轻松愉快的语气稍微转变一下话题,这让她想起了西达,她的声音里似乎有西达的影子,她的嗓子突然变成了快乐和愚钝儿童的夏令营。"嘿,瞧你!"艾比说道,"吻过石头后,你有没有觉得自己口若悬河,自信满满?"

"也没有。"马伦夫人耸耸肩。

既然她们已经亲吻过它了,或者某种程度上如此,她们会不会变得不自然?她们最终会谈论什么?

电影,很有可能。就像她们在家时一直谈的。风光片,音乐片。

"你呢?"马伦夫人问。

"嗯,"艾比说,"我主要是感觉我们大概得了链球菌性咽喉炎。不过,不过……"说到这儿,她坐直了身子凑向前。现在没有测试、电台测验、荒唐的演说、自传似的脑残歌曲、怪僻的祷告、叫喊,或噜苏的对话,它们在酒精的陪伴下,经过漫长的时间,总是显露人们有多么愚蠢恶劣,哪怕是最好的人,而现在只有这个:"祝酒词。我感觉有个祝酒词要讲。"

"是吗?"

"是的,没错。"艾比和鲍勃的婚礼上没有人为他们祝酒,就是这儿出了错,她现在这么想。没有祝酒。只有三十位客人,他们只是吃完火腿和开胃小点就回去了。一桩婚姻怎么能美满呢?不是说这种仪式本身有多重要。它们不算什么。它们是零。但它们是作为占位符的零;它们保证数字和等式完好无缺。一旦你经历过它们,你就能继续向前,你明白了那些祝福的空洞力量,就不会再费时间想念它们。

从此往后，她会相信祝酒词。此刻一段祝酒词正在成形，就在她脑中，有如迟缓集起的邮票。她凝视着母亲，做了个深呼吸。也许母亲从没向艾比展现过爱意，不是真正的，但她给了她孤独的本领，它跌跌撞撞地往外走，又平稳地滑翔重归平静。艾比会为此向她祝酒。实际上这个世界才是你残忍的母亲，那个养育你又忽略你的人，在那个世界里你自己的母亲只是你的姐妹。艾比举起酒杯，"愿最糟糕的永远在你身后。愿太阳每天温暖你的胳膊……"她低头看看鸡尾酒餐巾寻找帮助，不过上面只有一个大胸脯姑娘的卡通画，胸前是两片三叶苜蓿。艾比又抬起头。上帝之言迅捷！"愿你的汽车永远开动——"上帝说不定也会以堂皇的蠢话开场，得意忘形的小谎，夸张的故事。"也愿你永远有干净的衬衣穿，"她继续说道，声音变得高亢、激昂、洪亮，"有稳固的屋檐、健康的子女和上好的白菜——愿你在我心，母亲，正如此刻此处，直到永远——如熊熊火光。"

酒吧里很嘈杂。

空白之于童年正如旅行之于嘴唇。

"好。"马伦夫人说道，专注地盯着她的黑啤，眼神闪亮。以前从没有人向她求过爱，这辈子一次也没有，而现在她脸红了，耳朵滚烫，她举起杯，喝酒。

美国之舞

我告诉他们,当疼痛的瞬间与无聊的瞬间结合时,舞蹈就开始了。我告诉他们,这是身体的伸展,将空气带给自己。我告诉他们,这是心灵的胜利、双脚的胜利感言、动物的扑腾与飞行的提炼、部落与自我最纯粹的隐喻。这是生命将一只鸟捻灭。

这些都是我编的。不过随后我感觉到了我借来的气场的杂散电压,听到了我话音中临时配备的权威,于是我自己也相信了。我被说服了。舞蹈团解散了,舞蹈设计的经费越来越少,我的肢体越来越难柔韧弯曲、收放自如,我已经来这儿两个星期了——来到宾夕法尼亚的德语乡①,以"院校舞者"的身份。我访问大学和小学的课堂,传播舞蹈的圣言。我脑中装满了自己喋喋不休的连篇胡扯。我站在听众面前,回答着他们关于艺术以及我"娼妓似的舞蹈(扭胯摆臀,在某个姿势前突然挺胸迭肚,风骚地扭摆屁股)"那些令人生畏的德语问题时,我的内在积累迅速被消耗,从我口中倒空。他们问为什么我做出的一切都显得如此"女性化"。

"我想这个词应该叫女性主义。"我说。我已经厌倦。我将自己的生命燃尽是为了一些美好的东西,如今却落得如此这般。

还剩一晚没住,我就逃离了品质客栈。(奶油鸡肉蛋奶烘饼,三点九五美金,门口的招牌上这么写着。我怎么能离开?)鸡尾

---

① 在宾夕法尼亚东部,此地居民是17、18世纪由德国南部或瑞士迁居宾州的居民的后裔。

酒吧的卡拉OK叫人整夜无眠，那些刚上完厕所就被催促上台唱《性爱疗法》或是《阿飞》的男人醉醺醺地吼叫。我已接受老朋友卡尔的邀请去他那儿住，他在伯克维尔教人类学，那是当地不计其数的大学中的一所。他和他妻子拥有一幢从前属于某个兄弟会的房子，他们从不曾费心装修。"只有这样我们才能在这么大的房子里住下去，"他说，"何况，我们对这废墟莫名其妙地着迷。"那天是狂欢节，大斋节之唇，当晚当地人会做热乎乎的炸面包圈吃，以纪念耶稣。晚餐前我们在外面的寒风中遛狗，卡尔的狗叫查伯斯。

"房子看上去很妙，"我说，"它的破败是如此精致。像劳申伯格的画。像你在加州沙漠里看到的那些被风撕破的美丽广告牌。"我决意表现得令人愉快。实际上，那房子吓死人。枫树苗从餐厅的地板上发芽抽枝，那是屋子外面的某棵树挤进了地基。个子有苏格兰牧羊犬那么大的松鼠在墙上扒拉。油漆到处剥落，起屑起泡起片。底下开裂的灰泥上写着女人的名字，她们曾在1972、1973和1974年的春季周末舞会期间在此借宿。厨房天花板上则写着"西格玛力量！"和"用勺子干我。"

不过我已经有十二年没见到卡尔了，自从他为了一笔富布赖特奖学金前往比利时后就没再见过，所以我一定要好言好语。他在我眼中变得不同了：矮了、老了、干净了，尽管屋子那样乱。他诚恳地向我坦言，多年前出于对我的友情，他夸大了自己对舞蹈的兴趣。"我看不懂，"他承认，"我总是想设法搞明白说的是什么事。我会看着那个有一阵子没动的紫色的男人，心想，那他又是怎么了？"

查伯斯扯起了狗绳。"是啊，这房子，"卡尔叹了口气，"有一次我们请了粉刷工替我们估了估，不过我们为涂料的颜色烦恼。神话、金星、斯尼克杜德尔。我不想自己的屋子里有任何叫做斯尼克杜德尔的东西。"

"斯尼克杜德尔是什么东西？"

"我想人们在马达加斯加捕猎它们。"

我立刻迎合他，为了好玩。"或是在维也纳吃它们。"我说。

"或是在洛杉矶崇拜它们，"我再次为他而笑，然后我们看着查伯斯在一棵橡树的根部嗅来嗅去。

"不过神话或是金星——它们总是好的。"我加了一句。

"精辟，"他说，"不过我们需要涂料不是为了这个。"

卡尔的儿子尤金七岁了，有纤维囊肿。尤金的全部生活就是一场与医疗研究的赛跑。"不是说我不支持艺术，"卡尔说，"你在这儿，是支持艺术的钱把你带到这儿来。那很棒。经过这么多年见到你很棒。资助艺术很棒。它很棒，你很棒。艺术是那么美妙。但是说真的，要我说，让我们把所有的钱，他妈的每一分钱都给科学吧。"

他有些哽咽。有些章节可能是乐观的。不过我已经十二年没见到他了，他必须告诉我整个故事，原原本本，而这整个的故事是如此悲伤。

"我们都携带那个基因却从不知情，"他说，"情况就是那样。概率是二十分之一，再乘以二十分之一，之后再乘以四分之一。总共是一千六百分之一。中奖了！我们该搬到拉斯维加斯去。"

最初认识卡尔时，我们都在纽约，刚刚研究生毕业。他单身，看上去很焦虑，给我的感觉是个不会真的结婚成家的人，或者就算他那么做，也会娶个花瓶型娇小玲珑的人。可如今，十二年后，他那满头银发的妻子西蒙娜与此迥异：她大个子，严厉而古怪，带着悲痛和勇气与他结合。她会气愤地冲出家长会。她会在她的鞋上粘上小亮片。英语是她的第三语言。她曾经是一名法国外交官，派驻比利时和日本。对此她能说的就是"我怀念鱼子酱","我真怀念那鱼子酱"。如今,在宾夕法尼亚的德语乡,她画讽刺性油画,画长长的胳膊上没有手的人。"当地人,"她带着她的法语腔解释,咯咯笑着,"可我不会画手。"她和尤金把楼上一间破陋的房间用作了画室。

"发生了这一切,西蒙娜还好吗?"我问。

"她比我强,"他说,"她有个夭折的姐姐。她对不幸有所预料。"

"难道没有希望了吗?"我问,有些词穷。

尤金的情况已经恶化了,卡尔说,肺部积液太多了。"黏性,"他是这么说的,"要是他三岁而不是七岁,会有更大希望。研究人员正在突破。真是这样。"

"他是个了不起的孩子。"我说。街对面是古老的殖民地风格的房屋,每扇窗都点着蜡烛。这是宾夕法尼亚的一项德国传统,或是沙漠风暴时期流传下来的,这要看你问的是谁了。

卡尔停下脚步,转向我,狗儿上前来用鼻子蹭着他。"不单是因为尤金了不起,"他说,"不单是因为他的早熟,或者他是我唯一的孩子。还因为他是这么好的一个人。他接受事实。他非常善于理解一切。"

我无法想象自己的生活中承载如许悲伤,等待着失去某个人。卡尔陷入了沉默,狗儿在我们前面一路小跑,我们就这样在冷冽空荡的街上走着,我把手轻轻放在卡尔的背上。天上,金星和最细的一弯镰刀似的月牙儿有如一套杯碟,有如鼻子和嘴巴,在空中构成了土耳其国旗。"看那儿。"我对卡尔说道,我们在狗身后费力追赶着,狗绳绷得像根棍子。

"哇噢,"卡尔说,"土耳其国旗。"

"你们回来了,你们回来了!"我们和查伯斯才踏上屋前门廊，尤金便从屋里大喊着冲向了大门。尤金已经穿上了睡衣，瘦得皮包骨头，驼着背。他的眼镜镜片很厚，是放大的，他浮肿的双眼水汪汪的，似乎什么都不会错过。他脚上只穿着袜子滑进门厅，坐在了地板上。他抬头冲我微笑，一脸着迷的表情，像一个陷入爱恋的孩子。他用硫柳汞在脸上画画，希望我们觉得有趣。

"尤金，你看上去真漂亮！"我说。

"我不是漂亮！"他说，"我看上去很聪明。"

"你妈呢？"卡尔问道，解开了狗绳。

"在厨房。爸爸，妈妈说你得上阁楼去拿个平底锅下来做晚餐。"他站起来追赶查伯斯，想抱住它把它带回来。

"我们在上面放了几个锅接漏水，"卡尔解释道，脱下外套，"等我们需要锅煮饭时，再把它们拿下来。"

"需要我帮忙吗？"我不知道自己该去和西蒙娜待在厨房，还是和卡尔去阁楼，或是和尤金待在地板上。

"噢，不。你就在这儿和尤金一起，"他说。

"是啊。和我待在一起，"尤金从狗身旁跑了回来，抓住我的腿。狗儿兴奋地叫着。

"你可以给尤金看你的录像。"卡尔离开房间时建议道。

"给我看你的舞蹈录像，"他用唱歌的音调对我说，"给我看，给我看。"

"来得及吗？"

"我们有十五分钟，"他非常权威地说。我上楼把它从包里翻了出来，又回到楼下。我们把它放进录像机，一起窝在沙发上。他蜷缩着靠得很近，房间穿风，他身上很冷，我拉开我的长毛衣像披肩一样裹着他。我试图用成人的方式做出些解释，这舞蹈是怎么创作的，重复的动作是如何穿越层层阻碍抵达某种巅峰：由桀骜不驯到狂喜；由鞋子变成鸟。录像是这个礼拜早些时候录制的，是给四年级学生的示范。他们每个人都要编一个角色，然后设计一个面具。他们想出了各种各样的人物：忍者孔雀小姐。自行车辐头先生。邪恶的雪人。长着獠牙的妈妈："半男半女半猫"。然后我把孩子们编成队，引导他们戴着面具随着肯尼·罗根斯的《就是这样》即兴起舞。

他看得全神贯注。几缕褐色的头发垂在脸上，他嚼着它们。"里面有汤米·克罗威尔。"他说。他认识那些四年级学生，好像他们是皇室成员似的。放完后，他抬头看着我，微笑着，不过很严肃。他镜片后的眼神明亮而直接。"真是精彩的舞蹈。"他说。他听起来像是经纪人。

"你真这么觉得？"

"绝对是，"他说，"色彩鲜艳，还有很多好玩有趣的舞步。"

"你愿意做我的经纪人吗？"我问。

他皱起眉头，不太有把握，"我不知道。经纪人是开车的吗？"

"晚餐好了！"西蒙娜隔着两间房间喊道，从那间写着"用勺子干我"的房间。

"来了！"尤金喊道，他从沙发上跳了起来，滑入餐厅，侧身倒在他的椅子里。"呼！"他气喘吁吁地说道，"差点没成功。"

"给。"卡尔说，他把一高脚杯的药片放在尤金的餐垫上。

尤金做了个鬼脸，不过他在椅子里直起身跪坐着凑向前，一手拿着水杯，开始了服药的艰巨任务。

我坐在他对面的椅子里，把餐巾铺在腿上。

西蒙娜煮了汤，里面有煮得很老的鸡蛋（是当地的菜谱，她解释说），还有北京烤鸭，又甜又黏糊。卡尔不停地递着面包篮，颇为焦虑，谈论着怎么现代人已经有四万五千年的历史而面包却

美国之舞

从来没怎么变过。

"四万五千年?"西蒙娜说,"那么少? 不可能。我感觉我们结婚都已经那么久了。"

有的人用手说话。有的人用胳膊说话。还有人胳膊举在头顶说话。那是我最喜欢的。西蒙娜是其中之一。

"对,就是那样,"卡尔一边嚼着一边说道,"四万五千年。尽管在那之前有大约二十万年,早期人类经历了各种构造上的变化才成为我们今天的样子。那是个非常激动人心的时代,"他顿了顿,有些接不上气,"真希望我能生活在那个时候。"

"哈!"西蒙娜叫道。

"想想聚会。"我说。

"对,"西蒙娜说,"乔,你怎么样?你的头现在这么大了,噢,你的大拇指这是怎么了?就像爱达荷苏打泉的聚会那样。"

"西蒙娜曾经嫁给过一个爱达荷苏打泉的男人。"卡尔对我说。

"你在开玩笑!"我说。

"噢,很短的事情。"她说,"他很荒唐。我过了差不多六个月就把他蹬了。据说他发了疯,自杀了。"她朝我调皮地微笑。

"谁自杀了?"尤金问。他已经吞下了差不多所有的药片,只剩下一粒。

"妈咪的第一任丈夫。"卡尔说。

"他为什么要自杀?"尤金盯着桌子中央,努力思考着。

"尤金,你都已经和你妈妈生活了七年了,难道还不知道为什么和她亲近的人想要自杀?"西蒙娜和卡尔互相看看,愉快地笑了起来。

尤金用一种简略而模糊的方式微笑着。他明白这是他父母的玩笑,但他不喜欢,或者不懂。他讨厌他们把他严肃的提问变成了一个随意的笑话。他想要信息！可结果，现在，他只是埋头吃着鸭肉，戳戳瞧瞧。

西蒙娜问起学校的访问。我有什么发现？大家对我好吗？回家后我的生活如何？我结婚了没有？

"我没结婚。"我说。

"可你和派特里克还在一起，不是吗？"卡尔关心地问。

"呃，不。我们分手了。"

"你们分手了？"卡尔放下了叉子。

"是的。"我说道，叹了口气。

"嘿，我还以为你们永远也不会分开呢！"他用真正大吃一惊的口气说道。

"真的？"不管怎样我觉得这比较令人安慰，至少我的感情从表面看来很好，至少在某人看来如此。

"好吧，不是真的，"卡尔承认，"事实上，我以为你们俩老早就会分手了。"

"噢。"我说。

"那样你就可以娶她了？"令人惊叹的尤金对他父亲说道，于是我们都大声笑了起来，往杯中倒了更多的酒，将我们的脸藏匿其中。

"关于恋爱，要记得的事，"西蒙娜说道，"是它们全都好比是浣熊进了你的烟囱。"

"噢，别讲浣熊的故事，"卡尔嘟囔着。

"对！浣熊！"尤金喊道。

我正在切我的鸭肉。

"我们的烟囱里有时候会有浣熊。"西蒙娜解释说。

"嗯。"我说道，并不惊讶。

"有一次我们试图用烟把它们熏出去。我们知道它们在里面，点了火，希望烟能让他们从顶上逃走，永远别再回来。相反，它们着了火，横冲直撞掉落在我们的客厅，浑身烧焦了，带着火苗疯狂地到处乱窜，直到一命呜呼。"西蒙娜吞下一口酒。"恋爱就像那样，"她说，"全都如此。"

我感到困惑。我瞥了眼灯，一盏古老的八爪鱼形铜吊灯。我能想起的只是派特里克离去时说他怎么受够了我的"自私"，说要是我害怕独自待在有松鼠和应召女郎风格灯盏的湖边别墅，我该把那地方租出去——也许可以借给一对不错的女同性恋，就像我自己一样。

可我对面的尤金热切地点着头，显得很满意。他以前听过浣熊的故事，很喜欢。故事又一次讲到了火苗和流血。

接着是沙拉，我们跟乌鸦似的小口啄着撕着。随后，我们望着餐桌中央的那盆水果，懒洋洋地从葡萄枝上摘下几颗。我们小口喝着卡尔从厨房端来的热茶。我们小口喝着直到它变凉，直到全部喝完。已经十点了。

"跳舞时间，跳舞时间！"我们吃完后尤金说道。每天晚上睡觉前，他们都会来到客厅跳舞，直到尤金累了在沙发上睡着。然后他们会把他抱上楼，替他盖好被子。

他来到我的椅子前拉起我的手，引着我走入客厅。

"我们该跳什么曲子的呢？"我问。

"你来挑。"他说着，把我领到他们放唱片的架子前。也许会有几张斯特拉文斯基。也许有《彼得鲁什卡》，它非常煽情地歌颂忏悔节。

"你明天访问四年级学生时会来看我吗？"我浏览唱片时他问道。太多的琼·贝兹。太多的马勒。"我在一○四，"他说，"你参观四年级时可以在我的教室停一下，从门口向我挥挥手。我坐在留言板和窗户中间。"

"当然！"我说，并不知道自己在忙乱之中会忘记，等到自己已经在返程的飞机上胡乱翻着无聊的航空杂志时才想起自己忘了这事。"瞧，"我说，找到了一张肯尼·罗根斯的碟片。里面有他之前听到的歌，录像里的那首。"我们放这张吧。"

"好哩，"他说，"妈！爸！快来！"

"行啊，尤金宝贝。"卡尔说着从餐厅里走了进来。西蒙娜跟在他身后。

"我是水星，我是海王星，现在我是那么远那么远的冥王星，"尤金说着在房间里四处奔跑着，编起了他自己的舞蹈。

"他们在学校里学了行星，"西蒙娜说。

"对，"尤金说，"我们学了行星！"

"那你觉得，"我问他，"哪颗星球最有意思？"带运河的火星？有光环的土星？

尤金一动不动地站着，若有所思地看着我，非常严肃。"地球，当然。"他说。

卡尔笑了，"哇，回答正确！"

"就是这样！"肯尼·罗根斯唱道，"就是这样！"我们组成了队行进，大摇大摆地迈步，随着音乐滑行。我们弯腰、后退、又快速向前。我们意欲制造出舞蹈树脂般发霉的汗味，创造被分解的重复动作。卡尔和西蒙娜跳得很带劲。他们扭动着，挽起了胳膊。曲子放到一半，尤金突然在沙发上坐下来休息，看着大人跳。像世界上最好的舞者和观众，他决意不到结束决不咳嗽一声。

"过来，宝贝。"我说着，向他走去。此刻我想到的不只是我自己的身体，那个高兴不起来的破篮子，那僵硬的蛋白酥皮。派特里克，我不只想着自己，那失去的舞蹈团，那空荡的床。我想的是起舞的身体那华丽而花哨的轻蔑。我们就是这样献出自己，进入天堂，开始说话。在空间里，我们用动作说话，到目前为止这就是生活所做的一切。这就是它从里到外所做的全部——这个身体，这些身体，那个身体——那么你怎么想呢，老天？你他妈怎么想？

"站到我边上来。"我说，尤金来了，仰起他橙色的武士的脸看着我。我们在原地起舞：抬腿，落下。抬腿，落下。下沉—滑行—滑步。下沉—滑行—滑步。"就是这样！""就是这样！"随后我们发了狂似的，四肢向天空乱舞。

社区生活

奥莲娜还是个小女孩的时候,把它们叫做撒谎果——一种会撒谎的水果,一个故事的店铺——而现在她在里面上班。她原本想教英国文学,可她没能喜欢上它的研究生课程,以及它的炒冷饭理论——一份纵火的词汇表!——便转去了图书管理学院,那儿每个人都学习怎么温柔细致地照顾书本,就好像它们是碟子或洋娃娃似的。

她很早就学会看书了。她父母刚从特兰西瓦尼亚的特尔古穆列什移居佛蒙特州时,一心想让女儿学会说英文,能以一种他们感觉自己也许永远不可能的方式融入社区,于是每个星期六他们都带她去拉特兰图书馆的少儿部,让她和图书管理员待在一起,她替奥莲娜挑选书本,有时甚至朗读一两页,尽管有块牌子上写着请保持安静男孩女孩们。中间没有逗号。

这让奥莲娜觉得只有男孩需要保持安静。而她和图书管理员可以想干吗干吗。

她爱那个图书管理员。

当奥莲娜的罗马尼亚文开始全面退化时,取而代之绽放的是一个徐缓深沉、对一个小姑娘来说过于女人、颇似图书管理员的英文口音,街上的其他孩子甚至变得更怕她了。"吸血僵尸!"他们喊道。"特兰西瓦尼亚人!"他们尖叫着跑开。

"你现在有了个新名字,"一年级的第一天,她父亲对她说。他已经把他们的姓氏从托多雷斯库改成了雷斯尼克。他的商店叫做"雷斯尼克皮草店"。"从现在起,你不再是奥莲娜。你会有一个好听的美国名字,内尔。"

"你要说介个名字[①]",她母亲说,"老师叫你奥莲娜时,你要告诉她:'不,是内尔。'说内尔。"

"内尔,"奥莲娜说。可她上学后,老师感觉到她身上某种梦幻而遗世独立的气质,拍手叫道:"奥莲娜!多么美丽的名字!"奥莲娜的心中充满了惊讶与感激,于是她不声不响满怀崇拜地成了老师的小跟班。

从那以后,只有她父母叫过她内尔,用他们带喉音的罗马尼亚口音,她那秘密、入时的美国自我只为他们而存在。

"内尔,学校里别的孩子怎么样?"

"内尔,请你告诉我们你做了些什么。"

几年后,他们丧生于发生在农场到集市路上的车祸,那个从未存在过的内尔也与他们一同逝去了,奥莲娜麻木地重新整理着信封上写着自己名字的慰问卡,发现它们是这么拼的:奥莲娜。孤零零的。这是禁锢在她的地窖内的躯体,一缕轻烟似的宿命的预言,如腐坏的早春——她渴望那个从未存在过的内尔归来。她希望能从头来过,成为某个活蹦乱跳地生活在这世上的人,而不是某个隐匿在书本之后、拥有小心习得的语音和悲伤往事的人。

她最怀念她的母亲。

奥莲娜所在的图书馆是中西部最负盛名的大学图书馆之一。它藏有大量珍本和外语书籍,她曾驱车穿越几个州去那儿,眯着眼透过挡风玻璃上泼溅的颜料似的虫子察看可能形成龙卷风的黑色尾巴,在印第安纳州,她在 I-80 公路沿线死气沉沉的山地人

---

① 奥莲娜的母亲英文不够标准,故会将"这个"(the)念成"介个"(ze)。

54 美国鸟人

服务区的洗手间痛苦地呕吐。那儿的马桶、水槽和干风机上都装有电子眼,她摇摇晃晃地进出厕所或伏在水槽上时它们全都被开启了。"这儿就你一个人?"一个清洁女工问,"这儿就你一个人弄出这么大动静?"奥莲娜当时微笑着,一条小狗的微笑。在昏黄的灯光下,一切显得那么悲惨、荒谬、无法停止。是平坦的地形让她犯晕,她认定,就是那样。这片土地毫无遮蔽地被风吹扫,没有气味。在佛蒙特,她感觉被山峦环抱。而现在,在这儿,她必须勇敢。

可她没有关于如何变得勇敢的记忆。在这儿,她似乎没有任何记忆。没有什么能触发它们。偶尔,当她说起某段转瞬即逝的雪泥鸿爪,感觉像是她编出来似的。

她第一次在图书馆遇到尼克是在五月。她从外文目录主管的位子上被拽出来,临时调到咨询台,顶替某个生病的职员。尼克正在研究州内市级竞选开支的数据。"十八岁以后我就没踏进过图书馆。"他说。他看上去至少有四十了。

她告诉他该去哪里找。"试着看看这个。"她说道,将州内记录的索引名称写下来,可他一直看着她,"或是这个。"

"我负责一个县的董事席位竞选活动,"他说,"竞选要秋天才开始,不过我想要棋先一着。"他的头发是红褐色的,夹杂着丝丝银发。他的眼睛很有神,仿佛有池塘生物在活动。"我只是想找些比较数据。你能和我一起喝杯咖啡吗?"

"我想不行。"她说。

可他第二天又回来问她。

校园附近的咖啡店闷热而吵闹,挤满了学生,尼克大声替他们俩都点了意式特浓咖啡。她平素不喜欢意式浓咖啡,它的口感

社区生活 55

砂砂的，有点像雪茄。但空气中有那种扭曲的味道，它让你稍作改变。它令你平素的自我变得滑溜，游荡闲逛，变得面目模糊、流血、因各种可能性而倾斜。她很快喝下了咖啡，神情中有一份坚决和冒险的意味。"我猜我要再来一杯。"她说，用餐巾擦了擦嘴。

"我去买。"尼克说道，回来后他告诉她更多关于他负责的竞选的事。"获得附近协会的赞同非常重要，"他说。他开着一家卖德式小香肠和冻酸奶的铺子，叫做"挤一挤吃香肠"。通过这种方式他已经认识了很多人。"过这样的生活我感觉充满活力，很入世，"他说，"我不觉得像是自己把自己给卖了。"

"卖什么？"她问。

他微笑着，"我能看出来你不是本地的。"他说，他用手梳着自己那金银色头发，"出卖。就好比是做你并不真正想做的事情，并为此得到过高的报酬。"

"哦。"她说。

"我小的时候，我父亲对我说：'儿子，有时候在生活中你会发现你不得不做你不想做的事情。'而我直视着他的眼睛说：'去他妈的。'"奥莲娜笑了。"我是说，你大概本来就想当一名图书管理员，对吗？'"

她注视着他脸部所有的弯棱曲直，看不出他是不是认真的。"我？"她说，"我最开始读研是想当名英文教师。"她叹了口气，换了条胳膊支着下巴。"我确实努力了，"她说，"我读了德里达。我读了拉康。我读了《解读拉康》。我读了《解读〈解读拉康〉》——就是那时候我申请了图书管理学院。"

"我不知道拉康是谁。"他说。

"他是，好吧——你瞧？这就是我喜欢图书馆的原因，没有谁或为什么。只有'它在哪里？'"

"那么你是哪里的?"他问,脸庞因为自己巧妙地转变话题而灿烂了一下。"老家。"看来有种方法识别非本城人士。这是一座大学城,单调而又富有魅力,它令过客们——学生、吉卜赛人、访问学者和喜剧演员——步履匆匆,带着一种像肠壁蠕动似的动作。

"佛蒙特。"她说。

"佛蒙特!"尼克喊道,好像这真是什么异域似的,她因而庆幸自己刚才没有说出特兰西瓦尼亚这样的地方。他凑近她,说悄悄话,"我一定得告诉你,我拥有一把伊森艾伦的椅子。"

"是吗?"她微笑,"我谁也不会告诉的。"

"不过,在那之前,我在监狱里,一穷二白。"

"真的?"她问道。她往后靠。他讲的是真话么?年轻的时候,她很轻信,不过那样总是能让她学到更多。

"我在这儿上的学,"他说,"在六十年代。我炸了一座军方储存研究供给的仓库。判了我十二年。"他顿了顿,在她眼中搜寻着,想看她对此有何反应。然后他收回了目光,如同拿回一件只想给她看一眼的珠宝,飞快地。"那儿本不该有人,我们事先已经全都检查过了。可这个叫劳伦斯·斯佩里的可怜蛋——拉里·斯佩里!上帝,你能想象有人叫这么个名字吗?"

"当然。"奥莲娜说。

尼克怀疑地看着她,"他在里面,加班。他在爆炸中失去了一条腿和一只眼。我则在温福德的联邦监狱服刑。蓄意谋杀。"

他的嘴唇覆着一层浓稠的咖啡。他本来一直镇定地看着她,现在他转移了视线。

"你想来个面包吗?"奥莲娜问,"我去买个面包。"她站了起来,可他扭过头,难以置信地望着她,她又匆匆侧身坐了下来。她转过身子往前凑,然后伏在桌上。"我很抱歉。你刚才说的,全都是真的吗？真是你经历过的事情？"

"什么？"他张大了嘴巴,"你以为都是我编的？"

"因为,唉,我的工作跟文学有太多交道打,"她说。

"文学,"他重复道。

她碰了碰他的手。除此之外她不知道该怎么做,"哪天我帮你煮顿晚饭好吗？今晚？"

他眼中放出光彩,眼神专注。有那么一会儿他似乎能直视她了,他对她的认识还没有因为真正认识她而变得凌乱。看来他没有得到什么资讯或错误资讯,只有某种没有真相却又真实的照片。

"行,"他说,"可以。"

之后他就来到她家,坐在餐厅廉价的彩色玻璃灯下,在它的酒吧红和施利茨-蒂芙尼的光芒下度过晚餐时光,随后又过了夜,并且没有离开。

奥莲娜以前从没和男人一起住过。"除了我父亲。"她说,她这么说的时候尼克研究着她的眼睛,它里面的那片空白。尽管她在大学时约会过两个男生,他们都是那种喜欢早早离开的类型,独自在烟雾缭绕的油腻馆子吃早饭,和穿着蓝色防风茄克的大块头男人们坐在柜台前看报纸,喝续杯咖啡。

她从没和留下来的男人一起住过。带着他的一箱子磁带、他的伊森艾伦椅子搬进来的男人。

从没和一个把旧家的那些问题出租出去的男人。

"我正在设法把一切整合起来,"他说,在下午过半的时候抱着她,"我的生活、这次竞选,还有我和你。我在设法让我所有的鸟都落在一个院子里。"窗外,有一轮下午的月亮,像是只高尔夫球,表面坑坑洼洼,被卡住了。她看着钙化的蛋似的月亮,它硬币般的脸，它四周空无一物的蓝。然后她看着他。他眼中又出现了池塘生物，而脸上别的地方则是迟疑、温暖的沉静。

"你喜欢和我做爱吗？"夜里，雷雨时，她问。

"当然。为什么这么问？"

"你对我满意吗？"

他转过身亲吻她。"是的，"他说，"我不需要假装。"

她静默了很久，"人们会假装？"

风雨冲洗着檐槽，折断了侧花园里脆弱的树枝。

他把她的缺乏经验和自尊放在心上。在电影院，开场时，他耳语："二十世纪福克斯。宝贝，那就是你。"在某段闹剧里，图书馆里的目录卡颠倒着在空中乱舞，她脸色发白，出了身冷汗，而他靠近她，让她的头埋在他胸膛，说："别看，别看。"剧终时，他们会坐着一直看完长长的片尾字幕——灯光师、灯光助手、布景师。"那正是我们需要的，"他说，"布景师。"

"对，"她说，"还有剪辑师。"

有的时候，他鼓励她光着身子在屋子里走，"要是你懂了，就去做吧，"他微笑着，顿了顿，假装很困惑，"要是做了，就承受它。如果你想夸耀，就去做吧。"

"承受了，就懂了。"她补充道。

"如果要说，就说真的，"他把她拉到自己身旁，像一个穿着软底鞋、微笑款款软语温存的舞伴。

然而太多时候她没有睡意地躺着，疑惑着。缺了什么东西。有什么东西没在她身上发生，或是他没有？整个夏季，雷雨让天空着了火一般，而她躺着，等待着听龙卷风发出火车的声音，可它从未到来——尽管闪电撕裂夜空，照亮树木，有如突然记起的事情，随后又让它们陷入无法破译的黑暗中。

"你什么也没感觉到，是吗？"他终于说道，"怎么了？"

"我不知道,"她含糊地说,"在这块地方,暴雨动静真是大。"暴雨中,风从纱窗吹进来,有时会把卧室房门砰地关上。"我不喜欢门被砰地关上,"她低语,"这让我觉得是谁在发火。"

在图书馆,一直有罗马尼亚文的书进来——奥莲娜得浏览它们,直到能写出梗概填入目录。她很沮丧,她的罗马尼亚文很差,几乎都快忘光了,只剩楼梯井的一方手帕那么多,而现在,每天总有新的书到来谴责她。

她最怀念她的母亲。

午间休息时,她去尼克的铺子吃冻酸奶。他看上去很疲惫,污糟糟的,头发活像链轮齿。"你想要斯佩里樱桃还是柠檬炸弹?"他问。这是他起的戏谑名字,他威胁说哪一天真的会用。

"苹果怎样?"她问。

他切开一个苹果,然后装在纸碟上。他边从一台镀铬的机器里挤出酸奶边说:"今晚有蒂特鲍姆的竞选筹款会。"

"噢。"她说。她以前去过这些筹款会。一开始她挺喜欢,得以窥见她本不可能看到的城市一角,尼克带着她去那儿,尼克谁都认识,于是她的生活似乎充满了可能性,充满了家的感觉。可最终,她感到这些活动充斥着假意奉迎客套乏味的人们,无休止地谈论着他们在西部的竞选之行。他们从不真正与你交谈。他们朝着你说话,他们向你说话,他们在你边上说话,在你上面说话。他们相信自己对社区利益至关重要。但他们极少去图书馆。他们不看书。"至少他们对这个社区有贡献,"尼克说,"至少他们不是在吸它的血。"

"舔食。"她说。

"什么?"

"舔舔啃啮,不是吮吸。"

他面带疑虑地看着她。"我有一次查到的。"她说。

"不管是什么,"他皱着眉头,"至少他们关心。至少他们在努力回报。"

"我情愿生活在俄罗斯。"她说。

"我大概十点左右回来。"他说。

"你不想我去?"事实上,她不喜欢肯·蒂特鲍姆。也许尼克已经察觉到了。尽管拥有当地残留左翼人士的支持,肯身上有种愚蠢虚荣的东西。他会在你和他说话时做做腿部静力锻炼。他时常会拿出一张自己在伍尔沃斯①拍的照片。"看看这个,"他会说,"这是我以前留长发的时候,你能相信吗?"人们会看到一个英俊的少年,和今日臃肿的肯·蒂特鲍姆仅有一丝相像,"是不是挺像艾力克·克莱普顿?"

"艾力克·克莱普顿可不会像个高中女生似的坐在伍尔沃斯的快照亭里。"奥莲娜有一次说道。害羞的人有时就会受这种脱口而出的刻薄话之苦。肯当时笑着看着她,似乎有点受伤。在那之后,有她在的时候,他就不拿照片出来示人了。

"你可以来,要是你想的话,"尼克伸出手把自己的头发捋捋平,又显得英俊起来,"到那儿和我碰头。"

筹款会在当地一家叫德氏的餐厅楼上。她付了十美元,走进去,吃了很多生花菜和鹰嘴豆泥,然后才看到远处角落的尼克和一个穿着牛仔裤和褐色上装的女人说话。她是尼克在餐厅里要扭头看一眼的那种女人:火焰般的赤褐色头发剪成粗糙的童花头。她有张漂亮的脸蛋,可那头发太过火、太不相干、太刻意了。奥

---

① 伍尔沃斯(Woolworth),1879 年创立于美国的以销售五美分和十美分商品起家的连锁零售店。

社区生活 61

奥莲娜自己留着凌乱的长发，用发夹随便往后一梳。她举起手向尼克挥了挥，但他没认出她来，看向别处，又看回赤褐色齐肩发女子身上。奥莲娜将手停留在空中，收了回来，摆弄着发夹。她永远也不会融入这儿，她想。不属于这些兴高采烈的激进分子-职员类型。她更喜欢图书馆那些安静的诗人-职员类型。他们优雅、有地盘意识、脑力发达、身体欠佳。他们上班时坐着编汤姆诙谐句：我得去趟五金店，他痛苦地说。①

你想来杯苏打水吗？他调皮地②问。

他们在梅奥医学中心度周末。"忧郁症患者的乐园。"一个叫莎拉的目录员说。"介乎卢尔德③和《新价格猜猜猜》之间。"另一个名叫乔治的说。这些是她喜欢的人，那种你不能真正与之共同生活的人。

她转身朝女洗手间走去，撞见了肯。他给了她一个拥抱问好，而后在她耳边低语："你和尼克住在一起。帮我们想个话题出来。我需要另一个话题。"

"我会替你在话题商店买一个。"她说，这时一个人热情地伸出手走近他，带着"这才是重要人物"的虚假夸张表情，于是她便抽身离开。在洗手间，她凝视着自己的影子。为了显得外向一点，她穿了件前面画着几片大西瓜的上衣。她这是在想什么呢？

她走进厕所间，插上门销。她念着门背后的涂鸦。安妮塔爱戴维·S 或者克里斯 + 戴安娜·W，看到即便在这样的一座城市里人们也能彼此相爱，这很好。

---

① 原文为 wrenchingly。汤姆诙谐句（Tom Swifties），一种引述语在前，后接对其说话方式的双关描述的诙谐句。如本句中，wrench 可指"扳钳"，与五金相关。
② 原文为 spritely。Sprite 有"雪碧"的意思，也是汤姆诙谐句。
③ 卢尔德（Lourdes），法国西南部城镇，天主教著名圣地。

"你在跟谁说话?"回家后她问他。

"谁?你指什么?"

"那个橡皮泥头发的。"

"噢,埃琳?她的头发看上去确实好像做过了。看着像是染了棕红色。"

"看着像是她把它用图钉钉在了墙上,自己站在下面。"

"她是贝尔·科纳斯片区协会的会长。就快到九月了,到时我们真的非常需要她的支持。"

奥莲娜叹了口气,看向别处。

"这是民主的进程。"尼克说。

"我情愿要国王和皇后。"她说。

接下来的星期五,劳动寺的炸鱼筹款会那晚,是尼克与贝尔·科纳斯片区协会会长埃琳睡觉的那晚。他早晨七点才回家,向奥莲娜坦白了,她因为尼克没回来,吞下了半板茶苯海明才睡着。

"对不起,"他说,头埋在手里,"这是六十年代的那档子事。"

"六十年代的事?"她晕乎乎的,茶苯海明让她乏力。

"你们全都投身于一个政治运动,然后你们发现自己睡在了一起。她也是那个时代的人。还有,我不知道,她看来真的很关心她的社区。她身上有进取心、富有感染力的这一面。我被那个套住了。"他坐了下来,伏在膝盖上,对着自己的鞋子说话。电扇在他头上吹着,轻轻拂动他的头发——像是水中的杂草。

"六十年代的事?"奥莲娜重复着,"六十年代的事,那是什么——像《铁石心肠》[①]?"那是她记得最清楚的一首歌。可现在

---

① 《铁石心肠》(*Easy to Be Hard*),音乐剧《毛发》中的一首歌。

她身体里有什么熄灭了。她胸口的骨头作痛。甚至连房间看上去都变了样——变亮了，可怕。一切都逃开了，逃走变成了别的东西。她的腋下开始冒汗，脸上发烫。"你是个凶手，"她说，"你最后就成了这个。你将永远是这个。"她开始哭了起来，声音大得尼克起身关上了窗。随后他坐下来抱住她——还能有谁抱住她呢？——她也抱住了他。

他给她买了一枚大石榴石戒指，像颗铜嵌的止咳糖。他连着洗了十天碗。她开始在晚饭后直接上床睡觉，睡得很沉，她需要逃避。她已经开始害怕外出——餐馆、商店，她去那儿的时候肩膀僵硬，满脸怯意，好像人们知道她是个外国人、是个傻瓜似的。于是他又连着十五天煮饭购物。他的车总是停在车道的外侧，而她的总是先开进来，被堵在里面，好像是要表明谁最属于这个社区、这个世界，而谁又最远离它，躲在屋里。也许在床上。也许在沉睡。

"你需要多点活力。"尼克说道，抱着她。她身体发僵，一动不动。他带着忧虑的神情，脸被太阳晒黑了，像是小提琴的音色和漆色。"你要让你的生活更有意义。"外面飘来雨水那熟悉、陈腐的气息。

"下那么多的雨，你怎么会晒黑呢？"她问。

"现在是夏天，"他说，"我在室外工作，还记得吗？"

"没有袖子的印迹，"她说，"你到哪里去了？"

她已经开始害怕这个社区。这是她的敌人。别的人，别的女人。

尽管她当时并没察觉，她已经学会了追随尼克的目光，学会了解他的欲望，而当她真的外出时——至少得去上班——他的欲望仍镌刻在她体内。她看着那些他会去看的迷人女子。开车时看见每个剪着童花头的女子,她都要扭头去看看她们的脸。她偷偷地看她们,或是直截了当——这无所谓。她打量着她们的眼睛和嘴巴,揣测着她们的身体。她已经变成了他。她渴望这些女人。但她仍是她自己,所以她鄙视她们。她贪恋她们,但她又想痛揍她们一顿。

强奸犯。

她已经变成了强奸犯,驾着车在车上作案。

可有那么一段时间里,她只能如此。

她开始穿他的衣服——一件衬衫或一双袜子——好把他留在她身边,好设法理解他为什么做出他所做的一切。在这种新的移情中,在这种如同歌剧的女唱男角中,她以为自己明白了和一个女人做爱是怎么回事。打开她隐秘的下体,有如秘密的食物,将自己戳入她体内,她的弧度,她拼命扭摆,宛如木偶,之后看着她起来四处走动,完全忘却了你显然对她造成的伤害。你怎么能不爱她,充满感激与惊叹?她是如此神秘,复原得如此迅速,眼中跳动着不与人分享的念头。你想要永远追随她。

恋爱中的男人。这就是一个恋爱中的男人。和女人如此不同。

女人收拾厨房。女人付出而后隐藏,付出而后隐藏,像拎着五一节花篮[1]的人。

她预约了一位医生。她的保险只偿付学校医院的费用,于是她预约了那儿。

"我约了看医生,"她对尼克说,可他正在浴缸里放水,没听

---

[1] 五一节花篮(May basket),五一节在邻居门口放上匿名的小篮子,里面放上鲜花或糖果。二十世纪末以来,这种做法渐渐不再流行。

见,"看看自己有没有什么问题。"

他出来后向她走过来,只裹着浴巾,把她拉近他胸前,将她放在地板上,就在浴室门外的过道。有什么在扑腾,就在她头上的壁龛里来回扑腾着。五一,五一。她僵住了。

"那是什么?"她把他推开。

"什么?"他翻了个身仰面朝天看着。有什么在楼梯间盘旋着——一只鸟。"一只蝙蝠。"他说。

"噢天哪。"奥莲娜喊道。

"在这种租的老房子里,热了它们就会出来,"他说着站了起来,重新裹上浴巾,"你有网球拍吗?"

她指给他看在哪里。"我只打过一次网球,"她说,"你什么时候想打网球吗?"可他已经跑到阴暗的楼梯间里悄悄追踪蝙蝠。

"现在,别歇斯底里。"他说。

"我已经歇斯底里了。"

"别——好了!"他大喊,她听到球拍重重击在墙上的声音,随后是蝙蝠轻轻掉落地上的声响。

她突然觉得恶心。"你非得弄死它吗?"她说。

"你想让我怎么做?"

"我不知道。逮住它。吓唬它一下。"她感到内疚,仿佛是她自己的厌恶导致了它的死亡。"它是哪种蝙蝠?"她踮着脚去看,试图看清它猴子的脸,猫的牙齿,翼龙的翅膀,那上面的经脉像是甜菜叶。"哪种类型?是果蝠吗?"

"在我看来很明了。"尼克说。他用拳头轻轻敲打着奥莲娜的胳膊,戏弄着。

"你能不能住手?"

"不过它刚才在干这种占星的事情——不知道。也许是黄道蝠。"

"也许是棕蝠。它不是吸血蝠,对吗?"

"我想你得去南美洲弄明白,"他说,"带上你的松糕鞋!"

她在楼梯上坐了下来,将睡袍裹得更紧些。她摸索着电灯开关,打开。现在她能看到,这只蝙蝠很小,浅色,收着的翅膀像打着包的帐篷,像背着背包的老鼠。它有张可爱的脸,像头鹿,尽管血正从它头上汩汩而下。它让她想起小时候见过的一只猫,眼睛被一颗气枪弹击中。

"我看不下去了。"她说着,回到了楼上。

尼克半个小时后出现了,站在门口。她在床上,膝上支着本书——一位法国女权运动者的传记,她是要看里面关于发型的信息。

"我今天中午和埃琳一起吃饭了。"他说。

她凝视着书页。发网。头巾和发网。用发网可以维持好几天。"为什么?"

"很多原因。主要是为了肯。她仍然是片区协会的会长,而他需要她的支持。我只是想让你知道。听着,你得给我些空间。"

她脸上又开始发烫。"我给了你空间,"她说,"我给了你一整片森林的空间。全球的森林都为你砍下了。"她合上书,"我不知道你为什么要和这些人打成一片。他们只不过是一群小职员。"

他本来尽量显得友好,可现在他有点龇牙咧嘴。"噢,我明白了,"他说,"情操高尚的小姐。你,你的父亲靠皮草谋生。皮草!"他朝她走过去两步,然后又转身往回走,"真不敢相信我和一个靠折磨动物所得的收入长大的人生活在一起!"

她沉默着。这种对道德的吹毛求疵是她在本地人士身上经常发现的。他们不是好人。他们并不善良。他们到处厮混,向配偶撒谎。但他们会回收报纸!

社区生活 67

"别把我父亲扯进来。"

"瞧,这么多年我的生活都在为了和平与自由言论而努力。我已经坐过监牢了。我住过笼子!我不需要再住另外一个。"

"你和你的自由言论!你都不能听我说上两分钟!"

"听你说什么?"

"听我说——"她咬了咬嘴唇,"——听我说你在乎的这些人,这个可恶的埃琳某某某,他们只不过是渺小差劲的小人物。"

"他们书是看得不够多,"他慢吞吞地说,"谁他妈在乎。"

第二天,他动身去和肯参加高级市民协会的会议。《危险!》节目的主持人也会出席,肯想要跟人握握手,雇些志愿者。《危险!》的主持人将会发表演讲。

"我不明白。"奥莲娜说。

"我知道。"他叹着气,池塘生物在他眼中踩着水。"不过,好吧——这是美国的方式。"他抓起钥匙,他脸上一闪而过的表情告诉她,她不够漂亮。

"我讨厌美国。"她说。

尽管如此,休息时他还是给她图书馆打来电话。她正和莎拉一起坐在后面,编着汤姆诙谐句。电话响时,她的大脑正跃跃欲试。"你该看看这个,"他说,"某个古怪老头举起手,我点了他的名,他站起来,说的第一句话是'我已经举了足足十分钟的手,你一直跳过我。我不喜欢被跳过。你不能跳过一个像我这样的男人,在我这个年纪。'"

她笑了起来,正如他希望的。

这热狗真糟糕,她坦白地[①]说。

[①] 原文为 frankly。frank 有"法兰克福香肠"的意思。

"为了吸引医生,肯让我们竖起了所有写着'蒂特鲍姆支持侵权改革'的标语。"

"听着像是首华莱士·斯蒂文斯的诗。"她说。

"我不知道自己在期望什么。反正整个活动乱哄哄的,感觉不太对劲。"

"她就是条狗,"他恶毒地[①]说。

她没说话,决定让他完成这个电话的工作。

"你有没有发现肯的垒球队刚刚全体给《星》写了封信,说他高谈阔论,是个骗子?"

"呵,"她说,"对一帮低手投球的成年男人你还能指望什么?"

片刻沉默。"我在乎我们俩,"他最终说道,"我只是想让你知道这个。"

"好吧。"她说。

"我知道我对你来说只不过是个讨厌鬼,"他说,"但你是我的灵感,你是。"

我喜欢一条好的雪橇狗,她沙哑地[②]说。

"谢谢你这么——这么说。"她说。

"我有时只是希望你能多参与这个社区,为竞选帮帮忙。贡献你自己。稍微和外界有些关联。"

医院里,她坐上诊疗台,用纸袍紧紧裹住自己,脚踩进脚蹬。医生从抽屉里取出一个塑料窥镜。"今天有什么特别的问题吗?"医生问。

[①] 原文为 cattily。catty 有"像猫"的意思,和前半句"是条狗"形成反差。
[②] 原文为 huskily。husky 有"爱斯基摩狗"的意思。

"我只是想让你看看，告诉我有没有问题。"奥莲娜说。

医生仔细研究着她。"外面有一个班的医学院学生。你介意他们进来吗？"

"什么？"

"你知道这是所教学医院，"她说，"我们希望我们的病人不会介意为我们的医学教育做出点贡献，能在检查的时候允许他们进来。这是为大医疗社区做出贡献的一种方式，可以这么说。不过这完全取决于你。你可以说不。"

奥莲娜紧紧攥着自己的纸袍。从没发生过一次意外，她莽撞地说，"一共几个人？"

医生很快笑了笑。"七个，"她说，"就像小矮人。"

"他们进来会做什么？"

医生开始变得不耐烦，看了看表，"他们会参与检查。这是一次参观学习。"

奥莲娜坐回诊疗台。她不觉得自己这样是在做贡献。"你不过是个普通人，"他刻薄地① 说。

"好吧，"她说，"行。"

鞠躬②，他冷酷地说。③

医生打开门，朝走廊不远处喊道："同学们？"

他们很年轻，一半以上是男人，他们以马蹄形围在诊疗台前，显得有些难为情，替她感到抱歉，正如美院学生有时会对要临摹的簌簌发抖的模特感到抱歉。医生在奥莲娜的腿间拉出一张凳子，插入了塑料窥镜，它那硬邦邦张开的双叉令人不舒服而且难堪。"今天我们要做的是常规的骨盆检查。"她大声宣布，然后

---

① 原文是 meanly。mean 有"中等、普通"的意思，和前句的"普通人"对照。
② 原文是 bow。bow 有"船首"的意思。
③ 原文是 sternly。stern 有"船艄"的意思。

又站起身，走到一个抽屉前，把橡胶手套发给大家。

奥莲娜有些晕眩。白色的灯光从中央开始扩散到她视线的死角。学生们的手一个接一个伸进她体内，或按压她的腹部，饥渴而无辜地摸索着，寻找能从她身上、从她体内学习的东西。

她最怀念她的母亲。

"下一位，"医生在说，然后又说，"好的。下一位？"

奥莲娜最怀念她的母亲。

可现在突然出现在她眼前的是她父亲的脸，他晚上临睡前过来看她时出现在她卧室门口的脸，他疑惑的脸。当他震惊地发现她躺在被子下喘息着抚摸自己时，他低声问，"内尔？你没事吧？"然后他消失不见，大声关上门，把她留在那儿，最终到永远。死去，将她撇下，让她只能感受到自己的悲伤和羞耻，她将永远活在这件外衣下。

橡胶手指在她里面，移动着，四处扭动，但和别人的不同。她陡然坐起身，那个年轻学生抽出手，走开了。"他做得不对，"她对医生说，她指着那名学生，"他做得不正确！"

"好吧，那么，"医生说道，关切而警觉地看着奥莲娜。"好吧，你们都可以离开了。"她对学生们说。

医生自己什么都没发现。"你完全正常。"她说。不过她建议奥莲娜服用维生素 B，晚上静心听听音乐。

奥莲娜跌跌撞撞地离开，在医院停车场走着，一开始没找到自己的车。找到后，她把自己紧紧地绑上，好像她是什么狂野的东西似的——一种动物或一颗星星。

她开车回到图书馆，坐在自己桌前。大家都回家了。她在笔记本的空白处写道："像一本书一样孤独，像一张桌子一样孤独，像一座图书馆一样孤独，像一支铅笔一样孤独，像一本目录一样孤独，像一个数字一样孤独，像一本笔记本一样孤独。"然后，她也离去，回家，给自己沏了茶。她感觉与自己的身体分离开来，感觉自己把它拖上楼梯，像是只大手袋，这空空的皮囊，你可以将它切开送人，或是往里面塞东西。她躺在自己床上的床单下，出着汗，也许是因为茶的缘故。世界于她而言终结了，耗尽了，偏向一侧。不再有赖以生存的名字。

人应该更亲近地生活。她已经失去自己的位置，如同在一本书中。

人应该更靠近自己父母埋葬的地方生活。

她等待着尼克回家，感觉自己开始头晕目眩，朝天花板飘去，俯视着这个手袋。明天，她会去拿器官捐献卡，眼球捐献卡，尽可能多的卡。她会将它们全部展示给尼克看。"尼克！瞧瞧我的卡片！"

而他没有回来，整个长夜她都醒着，听见一只鸟自己撞向窗户的闷响，听见雷声像话语声一样离去又折返，看着雷雨发出科学怪人似的光。她感觉到，在她屋子上方的不是星星，而是她母亲和父亲明亮的脑袋，在寻找着她，他们的眼神从天空投射下来。

噢，原来你在这儿，他们说，噢，原来你在这儿。

可接着他们又都消失了，而她躺着等待着，弓起背，等待着那将会到来的，那必将到来的荣耀与衰竭，因为她已向世界付出了这么多。

爱荷华的阿格尼斯

她母亲给她取了名字叫阿格尼斯，觉着一个好看的女人如果名字平平，反而会更引人注目。她母亲名叫塞丽娜，容貌也一样动人，可她总是想象若自己的名字叫做伊尼德、黑格或是莫德，她的生活会更有意思，她对这个世界会产生更戏剧化、更引人侧目的影响，而不至于落得待在爱荷华的卡塞尔。于是，她给大女儿取名叫阿格尼斯，结果阿格尼斯出落得毫无动人之处，反而胖墩墩的，眉间还很容易发皮疹，头发也缺少光泽，污糟糟的。她母亲便又打了退堂鼓，给二女儿取名叫琳妮亚·伊丽丝（她碰巧是个可爱、恬静的孩子，骨骼匀称，嘴唇圆润、唇上方有一粒橡胶似的痣，但大家都确信日后这能不费吹灰之力地去除。）

阿格尼斯跟自己的名字总有些不和。她生命中有过一段短暂的时期，是她二十几岁的时候，她曾试图用法文名字来冒充顶替——她给它加上法语开音符，鼓励别人叫她"艾涅丝"。那时，她在纽约生活，经常和她的表兄相聚，他是位画家，经常带她去参加特里贝卡区的顶层公寓或北部边远地区的海滩、湖畔别墅举办的派对。她遇到很多不太聪明的有钱人，他们对她名字的发音很着迷，对她别的地方则不甚了了。"艾涅丝，亲爱的，你是哪里的？"一个穿黑色宽松裤、头发挑染、薄如纸翼的皮肤被太阳晒出黑斑的女人问，"老家是哪里？"她打量着阿格尼斯的行头，好像那就能告诉她答案似的：那是在锡达拉皮兹的一家百货商店买的几件蓝色衣服。

"我是哪里人?"阿格尼斯轻声说,"爱荷华。"她说话声音不大。

"哪里?"这个女人拧起眉,一脸茫然。

"爱荷华。"阿格尼斯大声重复。

黑衣女人碰碰阿格尼斯的手腕,神秘地凑近来。她用一种关切而夸张的方式运动着她的嘴唇,好似在进行脸部锻炼。"不,亲爱的,"她说,"我们这儿说俄-亥-俄。"

那是阿格尼斯乱七八糟的十年,在大学毕业之后。她那时的生活很即兴,打着这份或那份工,在餐馆或办公室,去上个一两节课,想得不太远,安然渡过危险和地铁流感,为了偶尔做一次美甲或看一出戏节衣缩食。这样的一种生活需要非常夸大的自尊。它包含了大量的希望和绝望,并且让两者紧挨在一起,如同位于心脏的某个第三世界国家。她的日子因为矛盾而变得混乱。她为了健康出门散步时,煤渣会溅在她脸上,烟灰会钻进两耳耳廓的卷边里。她的鞋子搞得一塌糊涂。一阵微风就会把她的衬衣弄黑,而一团公交车尾气能在她头发里残留几个小时。最终,她的哮喘病又复发了,整日干咳不停,终于放弃了。"我感觉自己只有五年可活了,"她对别人说,"所以我搬回爱荷华来,好感觉有五十年活。"

当她整理行装离开时,她知道自己是在向一样重要的东西说再见,这在某种意义上来说并不坏,因为这意味着你至少一开始就和它说过你好,而她感觉,爱荷华卡塞尔的大部分人都不见得能声称自己做得到。

一年半后,她嫁给了一个大她十二岁的很男孩子气的男人,一名卡塞尔的房地产经纪人,叫乔。他们一起在一条叫做桦巷的小街上买了幢房子。她在艺术馆教一节夜课,并在镇上的交通委员会做义工。这是如同一杯水的生活：半空，半满。半满。半满。哎呀！半空。这些年来，她和乔一直努力想要个宝宝，而某晚晚餐时，他俩对着肉糕孤单地对望，震惊地意识到他们可能永远也要不上了。虽然如此，经过了六年他们依然努力着，肆意破坏着婚姻中残存的浪漫。

"亲爱的。"夜晚，他在阅读灯下看书时她会低语，她已经把自己的书放到一边，身体蜷曲着靠向他。她本想把红围巾罩在灯罩上，不过知道这会惹恼他，所以没那么干。"你想做爱吗？会是这个月的好日子。"

乔会哼哼，或者打哈欠，或者他已经睡着了。有一次，漫长劳累的一天下来，他说："对不起，阿格尼斯。我想我没这个兴致了。"

她气不打一处来。"你以为我有兴致？"她说，"我一点不比你更想干这事。"而他厌恶地看着她，那是他们对着肉糕悲伤地顿悟的两周之后。

在艺术馆——以前叫格兰奇馆，阿格尼斯教的是"伟大书籍"课，不过很轻松，还提供小甜饼。她让学生们交上自己写的诗歌、戏剧和小说；她让他们把课堂当作发挥自己创意的时段。有一次，一个学生甚至带了雕塑来，是电子的，带着闪烁的灯。

课后，她有时会和学生个别谈话。她向他们推荐可写、可读或是接下来的作品中可以考虑的东西。她微笑着问他们的生活是否一切顺利。她教得饶有兴味。

"你应该严格点。"教导部主任威拉德·施道夫巴哈尔说。他是个矮个子、秃顶的音乐家，喜欢在他的办公室门上用胶带贴上他觉着跟自己长得像的名人照片。每个月的第三个星期一，他会主持每月的系会——阿格尼斯喜欢打趣说这名字取得妙，因为她确实神游万里①。"教夜课不代表你就可以降低标准,"施道夫巴哈尔用责备的口气说道,"如果有人瞎说,就用瞎说这个词。如果毫无意义,就在每页上方都写上毫无意义。"他教过小学,还在监狱教过书。"我发觉这儿真正的工作全都是我在做。"他又补充了一句。他曾经在他的办公室边上贴过一块标语,上面写着《音乐课守则》:

> 没有得到允许我不会离开座位。
> 我会坐直。
> 我会听从指令。
> 我不会打扰我的邻座。
> 我不会在施道夫巴哈尔先生讲话时说话。
> 我会对他人有礼貌。
> 我会尽可能好好唱。

一天晚上,阿格尼斯和克莉丝塔留了下来,她是班上唯一的黑人学生。她非常喜欢克莉丝塔——克莉丝塔聪明又有趣,阿格尼斯喜欢留下来和她聊聊天。那晚,阿格尼斯决定劝克莉丝塔别老是写吸血鬼。

"你为什么不写写你告诉我的事呢?"阿格尼斯建议。

克莉丝塔疑惑地看着她,"什么事?"

"你小时候,在芝加哥暴乱中和你母亲越过警察的路障。"

"伙计,我都经历过了。我为什么还要写呢?"

阿格尼斯叹了口气。也许克莉丝塔言之有理。"只是关于吸

---

① 神游万里(depart mental)和系会(departmental meeting)拼写近似,有讽刺意味。

血鬼我帮不了你什么，"阿格尼斯说，"这是脸谱化的类型小说。"

"如果我写我的童年，你会对我更有帮助？"

"嗯，对于更严肃的小说，是的。"

克莉丝塔站起身，一脸不快。她抓回她的吸血鬼小说。"去你的那些个艾丽丝·沃克、佐拉·赫斯顿。我对那些已经不感兴趣了。我已经看过了。很多年前就看过那些书了。"

"克莉丝塔，请别生气。"请不要在施道夫巴哈尔先生讲话时说话。

"你替我安排了这个。"

"完全没有，真的，"阿格尼斯说，"只不过——你知道是什么吗？我不过是对这些吸血鬼腻味了。他们那么游来荡去而且重复。"

"如果你是黑人，你说的可能会有不一样的效果。可事实上，你不是。"克莉丝塔说着，拿起她的外衣大步走了出去——不过十秒钟后，她又兴致勃勃地把头探了进来，说："下周见。"

"我们需要一位黑人访问作家，"阿格尼斯在接下来的那次系会上说，"我们从来没有过。"他们正在讨论预算，今年阅读课的竞争对手是舞蹈指导课，那是一个叫艾芙格林的红发女人主持的课程。

"乔弗里[①]实在是阵容强大。"艾芙格林风马牛不相及地说着。正如吸尘器能将地毯的线头吸起来，她的大脑已经被太多瑜伽吸干了。没人拿她太当回事。

"也许我们可以请芝加哥的哈罗德·拉弗森来。"阿格尼斯提议。

---

① 乔弗里（Joffrey），指乔弗里芭蕾舞团。

爱荷华的阿格尼斯　77

"访问作家的人选我们已经有了,"施道夫巴哈尔拿腔拿调地说,"一名来自约翰内斯堡的非洲人。"

"什么?"阿格尼斯说。他是认真的?就连艾芙格林也笑出了声。

"W.S. 贝耶巴哈。学校要请他过来。我们只要付五百美金,就能让他来这儿待上个一天半。"

"谁?"艾芙格林问。

"已经定下来了?"阿格尼斯问。

"对。"

施道夫巴哈尔责备地看着阿格尼斯,"为了安排这件事我做了很多工作。工作全都是我在做!"

"少做点。"艾芙格林说。

阿格尼斯与乔初识时,两人也曾疯狂地热恋。他们曾在餐馆接吻;曾在电影院摸索着彼此外套下的身体。在他的小房子里,他们曾经在门廊上做过爱,或在通往阁楼的楼梯平台上,就在门口的过道,靠在墙上,他们浑身满溢着太多欲望,甚至来不及进到真正的房间。

如今他们努力营造着气氛,这是他们以前从来不需要的。她细心地准备卧室。她播放宁静的音乐,集中精神。她点起蜡烛——仿佛她是在教堂为死者祈祷似的。她穿起了薄透的睡衣。她泡热水浴,然后什么也不穿,只裹着浴巾走进卧室,仿佛某种充满湿热香气的野生鱼类。她的床头柜抽屉里仍然放着某次医生让她保留的表格,她仍然会在和乔真正有性爱的日子上画个叉。可她永远没法把表格给医生看,不是现在。一看到它们,阿格尼斯就心烦。她和乔似乎比臭球还臭。她和乔显得像是白痴。她和乔有如死人。

狂乱的烛光在天花板上摇曳，像场木偶戏。阿格尼斯一边等乔从浴室里出来，一边躺在床上想着自己的一周，想着它那可恶的政治，而自己又是如何不擅于此道。克林顿当选前，有一次，她去参加他的竞选集会，可他迟到了，让人们等了一个多小时。太阳那么毒辣，蜜蜂开始停在人们头上。当每个人都感觉被伤害，小孩子开始哭泣时，一名州议员上前来宣布说克林顿在得梅因的一家DQ店停留了一下，所以才迟到——DQ冰淇淋！——在对冰淇淋的渴望中，干渴的她变得生气、怨忿、对政治失去兴趣。她加入了一些开始反复喊叫的人们："帮帮忙，说说是啥口味。"

整个大学期间她都是女权主义者——主要表现在：她剃腿毛，只不过不够勤，她喜欢这么说。她在日托请愿书上签过名，还有节育的请愿书。尽管她对男性从来不持非常攻击性的态度，她强烈感到自己明白女权主义与赛迪·霍金斯节①的区别所在——而她相信，有些人并不明白这点。

"阿格尼斯，我们的牙膏是用完了还是——哦，行了，我看到了。"

还有一次，在纽约，她曾在布鲁克斯·阿特金森剧院的女洗手间堂吉诃德式地组织过队伍。由于演出随时可能开始，而队伍还有二十来人那么长，她让六个女人和她一起穿过大厅，去男洗手间。"大家都出来了吗？"她胆怯地朝里面喊，让男人们先用完，这花了一阵工夫，特别是有的男人不耐烦地过来插队。后来，幕间休息时，她意识到她原本应该这么做：两名年长的黑人女性——对于公民权利显然更为熟知——自信满满地走入男洗手

---

① 赛迪·霍金斯节（Sadie Hawkins Day），女生主动邀约男生，扮演男生角色的节日。

间大声喊道:"别管我们,男生们。我们进来了。别管我们。"

"你行吗?"乔问,微笑着。他已经在她身旁躺下。他闻上去很甜,香皂的味道和薄荷味的口气,像个小孩子。

"我想是的。"她说,在妓院似的光线下朝他转过身。那么多男人的脸都被停滞于哀伤的成熟磨光了,而他从不曾如此。他自己生活中的悲伤——挨揍的童年,垂死的母亲——有如流沙,而他必须完全远离它。他不允许不快的回忆被说出来。他执着于他从小就成功地打磨完美的淡淡喜悦,这让他显得有点虚假——甚至在他自己看来亦如此,她知道。这大概稍稍有损于他的生意。

"你在开小差。"他说,眼睛闭了起来。

"我知道。"她打着哈欠,把腿伸向他取暖,就这样,她和乔睡着了,蜡烛烧得只剩下锡底。

春天凉爽而湿润地到来。植物球茎裂开、发芽、冒出他们绿色的潜望镜。四月一号,艺术馆搞了个恶作剧:访问学者T.S. 艾略特的讲座,名为"最残忍的一个月"。"你不觉得好笑吗?"施道夫巴哈尔问。

四月四号是 W.S. 贝耶巴哈的招待会。之后会有晚宴,然后贝耶巴哈会访问阿格尼斯的伟大书籍课。她已经布置学生看他的第二部十四行诗集,是简朴优雅之作,带着轻微的叹息,还有朦胧的政治。第二天下午有朗诵会。

阿格尼斯没被邀请参加晚宴,她问起时,不无失意,而施道夫巴哈尔耸耸肩,好像这完全不在他的控制似的。我是个有出版作品的诗人,阿格尼斯想说。她曾经发表过一首诗——在《摘评》上,可那也算!

"是艾迪·坎特顿弄的名单,"施道夫巴哈尔说,"和我完全没关系。"

她终究还是去了招待会,满腹牢骚,当她把自己像棵错位的被暴风雨吹得东倒西歪的树一样安放在奶酪旁时,她真实地感觉到她吃着的饼干让口腔粘上了一层糟糕的糊糊,令她不敢微笑。当她终于向 W.S. 贝耶巴哈做自我介绍,结结巴巴地说自己的名字时,竟然把它说成了"艾涅丝"。

"艾涅丝。"贝耶巴哈用他英国味十足的平静声音重复道。自视清高,她想。他的头发金白相间,像匹帕洛米诺马。他的眼睛是蓝色的,带着讥讽,像薄荷。她看得出他是个有戒心的男人;尽管有人会说那是腼腆,她认定那是戒心。缺少大度,被动进攻型。这让他身边的人局促不安,紧张地口不择言。他只会点点头,脸上的微笑若隐若现,隐约有点药物味。他身上的一切都是紧绷盘绕着的,如同门簧。是因为生活在那个国家,阿格尼斯想。他怎么能够生活在那个国家?

施道夫巴哈尔正在努力对市长大献溢美之词。关于他早前的进步思想,以及即将建成的会议中心。阿格尼斯想着自己在交通委员会的会议,想着市长禁止猫乱逛的法令、他那由交通女警和自行车男警组成的新方队,还有被他在酒吧痛揍的那个议员。"现在,当然,市长已经成了法西斯。"阿格尼斯说道,声音大得惊人,带着清晰嘹亮的气愤。

一片沉寂。艾迪·坎特顿停止搅拌宾治。阿格尼斯环顾四周。"噢,"她说,"我们在这间屋子里不应该用那个词吗?"贝耶巴哈的表情变得迷茫。阿格尼斯的脸因惶惑而发烫。

施道夫巴哈尔显得很恼火,而后愁眉苦脸。"有谁还要奶酪?"他问道,端起了银托盘。

等大家都离开去赴晚宴了,她独自去了街对面的敦克餐馆。

她要了份加州熏肉生菜番茄三明治、一杯咖啡，然后又看起贝耶巴哈的作品来：几十处关于破碎、腐烂的身体、身体的哗变与背叛的意象。书的扉页上是题献——献给 DFB（1970—1989）。那会是谁？一个政治活动家，有可能。或许是他诗中经常提及的那名年轻女子，"一个将希望当作过季衣服扔掉的女人，"结果却又"在鲜血怒放的灌木丛中"寻找它。要是阿格尼斯有机会，也许会问他。为什么不呢？书是公开之物，而题献也是其中一部分。如果这对他来说是过于私人的问题，有点麻烦。她会找到合适的时机，她决定。她付了账单，穿起外套，穿过马路去艺术馆，在门口与贝耶巴哈碰头。她会等待时机，然后抓住它。

她到的时候他已经在门口了。他笑容生硬地和她打招呼，一声轻轻的"你好，艾涅丝"，那口音令她的声音听着粗俗、西部、乡气。

她笑了笑，接着脱口而出："我有个问题想问你。"在她自己的耳朵听来，她像约翰尼·卡什①。

贝耶巴哈没说什么，只是为她拉开门，随后跟她进了大楼。

他俩慢慢走上楼梯时，她接着往下说。"我能不能问一下你的书是题献给谁的？"

来到楼梯最上一级，他们往左转入长长的走廊。她能感觉到他钢铁般的拘谨，他在咬着嘴唇，他的腼腆无疑披着势利的理性外衣，可既然有如此多的势利来掩饰他的腼腆，他不可能是一个对自己的国家有意义的批评者。她对他感到愤怒。你怎么能生活在那个国家？她又想这么说。不过她想起有一次别人也这么对她说过——一个丹麦男人，在阿格尼斯去哥本哈根的高中毕业旅行途中。当时正值越战，那个男人鄙夷而满怀义愤地说。"美

---

① 美国乡村音乐创作歌手，其妻简·卡特·卡什也是著名音乐人。

国——你怎么能生活在那个国家？"男人那么问。阿格尼斯耸耸肩。"我很多东西都在那儿。"她这么说。正是那时她第一次感受到那个纯属偶然的家乡、那个碰巧成为家乡的神秘独断之地带给她的晦暗的爱与耻。

"是献给我儿子的。"贝耶巴哈终于说道。

他不愿看她，直直地凝视着前面的地板。现在阿格尼斯的鞋跟显得非常大声了。

"你失去了一个儿子。"她说。

"是。"他说。他看向别处——他们经过的墙、施道夫巴哈尔的公告板、男洗手间、女洗手间。他身上的某种冷峻被敲碎了。他转回头时，她看见他的眼里含着泪水，脸仿佛得了多血症般，因难以承受的压力而涨红。

"我非常抱歉。"阿格尼斯说。

他俩现在肩并肩走着，脚步声在通往她教室的走廊上回荡。她对这个哀伤安静的男人所感到的全部焦虑现在都像是爱的焦虑。她该说些什么？丧子必定是最难以承受的事情。他难道不该对此说些什么？该轮到他说了。

可他不愿说。他们终于来到教室，她在门口朝他转过头，从手袋里拿出一只盒子，只是简单地安慰道："我们课上总是有甜饼。"

现在他那么欣慰地朝她灿烂一笑，她知道她终于说对了一次。这让她对他的爱意满盈。也许，她想，那就是爱开始的地方：以某个不太可能的语句，在某个出乎意料但你终于说对了话的瞬间。我们课上总是有甜饼。

她不无渲染地替他做了介绍，讲了他的生平，他的立场，读过的大学。学生们举手问他问题，关于种族隔离，关于贫民窟和家乡，而他经过长时间的鼻子吸气和停顿后，非常简要地回答问题。只有一次，他称一个问题"怪异得无法回答"，让那个学生很是不安，在自己包里摸索着找着什么，没什么，也许只是舒洁纸巾。贝耶巴哈似乎没有注意到。他继续往下，讲审查制度，讲一个人必须非常努力不让政府的审查制度深入自己内心，因为这正是政府最乐见的，让你自己就范，而他又是如何不确定自己是否没有被压垮。后来，几个学生留了下来和他握手——正式而局促地——然后离开。克莉丝塔是最后一个。她也和他握了手，接着便和他随意聊起了天。他们都认识一个人——芝加哥的哈罗德·拉弗森！——阿格尼斯飞快地擦着课桌上的饼干屑，设法听着，可实在听不清楚。她将碎屑拢成一堆，把它们收进手心。

"晚安。"克莉丝塔离去时大声地喊。

"晚安。克莉丝塔，"阿格尼斯说着，把碎屑捽进垃圾箱。

现在她和贝耶巴哈站在空空的教室里。"非常感谢，"她用轻柔的口吻说，"我肯定他们都获益匪浅。我非常肯定。"

他什么也没说，不过温柔地朝她微笑着。

她将重心从一只脚转移到另一只脚。"你想去哪里喝一杯吗？"她问。她靠他很近，仰头看着他的脸。他很高，她现在才发现。他的肩膀并不宽，不过身形挺拔，颇有年轻人的姿态。她飞快地碰了碰他的袖子。他的西装外套是粗条绒的，带着些许丁香的气味。这是她平生第一次约男人出去喝酒。

他没有从她身边退开，实际上似乎朝她凑近了一些。她能感觉到他平静的呼吸，近距离地看到他虹膜不同色调的辐条，那蓝色中的灰与黄。他的发线附近散落着一些小雀斑。他微笑着，而后看看墙上的钟。"我很乐意，真的，可我十点十五分得回酒店打个电话。"他显得略微有些失望——并不很多，阿格尼斯想道，但当然有一点点。

"噢，好吧。"她说。她关上灯，黑暗中他细心地替她穿上外套。他俩走出教室,一起沉默地走着,沿着走廊返回礼堂的大门。来到外面的台阶上,夜色温柔,带着雨的气息。"你走回酒店能行吗?"她问,"还是——"

"噢,是的,谢谢你。就在街角。"

"好。那就好。嗯,我的车停在那边老远呢。我想我们得明天下午的朗诵会上见了。"

"对,"他说,"我很期待。"

"嗯,"她说,"我也是。"

朗诵会放在艺术馆的大会议室,选的诗是她已经读过的那本十四行诗集里的,不过能再度听到它们被他和缓、痛苦的男高音念出来,感觉很好。她坐在后排,她绿色的雨衣摊在她身下的座位上,像片叶子。她身体前倾——碰到了她前面的座位,弯着背,双手握拳支着下巴,她像这样听了一阵子。某一刻,她闭上了眼睛,而她眼前,如罗盘指针般笔挺站着的他的形象,仍能从眼皮下看见,像一块烙印、一个斑点,或大脑递来的消息。

会后,贝耶巴哈离开讲台时看见了她,挥了挥手,可施道夫巴哈尔像艘载货的拖船一样拉住了他的手臂,引他驶向放着热百事的墙边桌。我们都是男人,那手势仿佛在说。我们的名字里都有巴哈。阿格尼斯穿上了她的绿雨衣。她走向百事桌,站着喝了杯热百事,随后把空杯子放回桌上。贝耶巴哈终于向她转身走来,亲切地微笑。她伸出手。"朗诵非常精彩,"她说,"我非常高兴有这个机会认识你。"她抓住他细长的手掌,握住。她能感觉到他的骨头。

"谢谢,"他说,担忧地看着她的雨衣,"你要走了?"

她看看自己的雨衣。"恐怕我得回家了。"她不确定自己是不是真的非得回去。可她已经穿上了雨衣,再脱下来就显得尴尬了。

"噢。"他低声说，热烈地注视着她，"好吧，祝你一切都好，艾涅丝。"

"很抱歉。"讲台边传来嘈杂的声音。

"祝你一切都好。"他说，表情中有什么隐去了。

施道夫巴哈尔突然出现在她身旁，冲她的绿雨衣皱着眉头，仿佛它是不可理喻的东西似的。

"好。"阿格尼斯说，退后一步，又上前再次握了握贝耶巴哈的手；是只漂亮的手，像件古老昂贵的木器。"你也是。"她说，然后她转身逃离。

好几个夜晚，她都睡不好。她把脸埋进枕头，又扭头寻找空气，然后又翻身仰面躺着，睁开眼睛，盯着房间的尽头，透过开着的门可以看到浴室微弱的灯光照亮走道，好像刚刚有人在那儿似的。

好几天，她都在想也许他在秘书那儿给她留了纸条，或者他会在哪里的机场给她寄一张。她想他们仓促的告别也会萦绕他的心头，他或许会寄张明信片给她细说详情。

可他没有。有一阵子，她想着给他写封信，用艺术馆的信纸——出于钱的原因，那已经不是信纸，而是信纸的复印本。她知道他已飞往西岸，随后去了东京，接着是悉尼，然后再回约翰内斯堡，要是她现在寄，他可能会在到家的时候收到。她可以再次告诉他认识他是多么有意思。她可以附上自己在《摘评》上的诗。她曾在报纸上读到过关于丧亲之痛的文章——要是她是她自己的母亲，她也可以把那个寄给他。

感谢上帝，感谢上帝，她不是她自己的母亲。

春天带着大量的雷阵雨毅然决然地来到了卡塞尔。多年生植物——长春花、麝香兰——带着一种平民的蓝色开遍镇子，而温暖的空气带来了一两只蚊子或苍蝇。交通委员会的会议冗长乏味，老是拖过晚餐时间，阿格尼斯到家时，会向乔重播一遍。有时候会在雷达抓拍或州际公路拓宽的地方放声大哭。

她母亲来电时，阿格尼斯很快就挂断电话。当她姐姐来电问起母亲时，阿格尼斯甚至更快地挂断电话。乔替她揉着肩膀，跟她讲起车库、美化人行道，或裹着石棉的水管。

在艺术馆，她教着书，心绪难平，她一如既往地收到秘书送来的备忘录，它们一如既往地写在废纸上——只不过这一阵子的废纸，是贝耶巴哈朗诵会的多余海报。她会拿到一张关于夏季注册的政策与程序的长篇大论，翻过来，会是他的脸——在照片中显得伤感而自负。她会拿到一张简单的电话口信——"你的丈夫来电，请到办公室给他电话。"——而反面会是贝耶巴哈被撕裂的鼻梁、薄荷色的眼睛、肘子似的下巴。最终，它们不再出现，废纸变成了老的竞赛通知、助学金最后期限、复活节音乐会通告。

夜里，她和乔跟着电视里的瑜伽节目练瑜伽。这是他们为了不变得像他们父母那样所做的努力之一，尽管他们知道，婚姻总是存在那种危险。实际的醒悟、他们各顾各的习惯已经开始在她嘴角添上皱纹，看上去如同双引号的皱纹——仿佛她说的一切都早已有人说过似的。有时候他们年老的猫儿玛德琳，一只因和一对正值生育之年却没有孩子的夫妇一起生活而受益的肥胖娇气的花斑猫，会过来扑通坐在他们身旁，或是他们中间。她已经习惯于大量的亲密拥抱、赞赏，以及在水龙头下接水喝。不过有时候她会外出消失不见,他们会好几天看不到她,接着会在院子里发现她大嚼着田鼠或啃着陈旧的雪,身上脏兮兮的,毛缠结成一团一团。

阵亡将士纪念日那个周末,阿格尼斯和乔飞往纽约,第一次向他展示这座城市。"这个地方,"她说,"若你不是白人,也非土生土长,就不会自动成为一个精彩的故事。"她已经对爱荷华生厌,它对世界上发生的重要事件和话题永远处于可怜的第三手状态,历史在那儿写就时——若真有的话——以一种间接、无力的方式。她渴望成为全球性的公民!

他们在中央公园玩滚轴溜冰。他们看着罗德泰勒百货公司的橱窗。他们去乔弗里。他们去了第五十七街的一间发廊,她在那儿把头发染红了。他们坐在咖啡店靠窗的厢座,喝续杯的咖啡,吃馅饼。

"大部分还是老样子,"她对乔说,"我住在这儿的时候,每个人都在忙着挣钱。有钱人是。穷人也是。不过大家都努力做到有趣。不管你去哪里——商店、美甲店——都有人在讲笑话。精彩的笑话。"她记得这让每一天都显得可以忍受,那种讲笑话的冲动。这是一种坚决的幽默,一种映射着这座城市的热情的热情,它似乎拥抱并减轻着那些互相利用并如此破坏着地球的人们的沉重悲伤。"就如同大脑和大脑做爱。就好似每个大脑都是性爱狂。"她低头看看自己的馅饼。"大家真的很卖力,发笑,"她说,"人们需要笑声。"

"是这样。"乔说。他喝了一大口咖啡,嘴唇在杯沿撅成一朵肉花。他怕她会哭——她又有那种表情了——要是她真哭了,他会觉得歉疚、不知所措,并替她难过她的生活已经不在这儿,而是和他一起属于某个偏远沉闷的地方。他放下杯子,努力微笑。

"当然是这样。"他说。他看向窗外那些左摇右晃的出租车,牡蛎似的垃圾,结核病的空气,他们所在的那家餐馆门前的人行道上扔着七磅重的鸡杂碎。他扭头冲她做了个小丑的鬼脸。

"你在做什么?"她问。

"小丑的鬼脸。"

"你指什么,'小丑的鬼脸'?"她身后有谁在唱《我爱纽约》,她头一次注意到曲调中那奇怪的摇摆不定。

"我指的就是普通的小丑鬼脸。"

"看着不像。"

"不像?那像什么?"

"你想让我做鬼脸?"

"好啊,做一个。"

她看着乔。生活中的一切安排都伴随着那种悲哀,那种不是别的,只是它自身的感伤的阴影。她试着做鬼脸——样子如此怪异呆板而愚蠢,乔爆发出一阵嚎叫般的大笑,像条狗,接着她也笑了,空气在她鼻子里迸发,有如鼾声,她的头甩向前,又向后,复又向前,引得她狂咳了一通。

"你没事吧?"乔问。她点点头。出于礼貌,他看向别处,外面突然下起了雨。马路对面,有两个人钻到了一家 Gap 店的窗台下,试图躲过这场瓢泼大雨,在灯光明亮的橱窗陈设下,他们的身影黑漆漆的,像稻草人。他朝他妻子转回头——他那悲伤年轻的妻子——想把这指给她看,让她知道对一个已届中年的男人来说什么是有趣的。她依然在座位上侧身埋着头,这样她的脸便落在了桌沿下方,他只能看见她起伏的背部曲线,她薄薄的春衫毛茸茸的边缘,她那鲜艳、崭新、糟糕发型的俗艳头顶。

字谜游戏

圣诞节退化成如此这般可怜的境地，可谓恰如其分。反正这一家人在特蕾泽眼里已经跟一帮演员没什么区别了；每个人都来了、为彼此表演、又赶着大清早的航班离开，去洛根或奥黑尔机场。一种聚会游戏居然能真的以（其实本不算）节日传统的伪装出现并就此停住，大概再合适不过。反正，特蕾泽家里通常没人怎么表达真情实感；相反，每个人的目标都是——哪怕是游戏！——表演！

而今，每年的舞台都是新的——他们年迈的父母，人老心不老，将联排别墅买进卖出，从缅因州一路不停往南迁移。地产是特蕾泽母亲的主意。特蕾泽的父亲自退休后就把心思都放在了喂鸟器上，他正在学习怎么建造它们。"谁知道他接下来会干什么？"她母亲叹着气，"他很可能会开始把设计图刻在房子的墙上。"

这一年，他们住在马里兰州的贝塞斯达，靠近特蕾泽的哥哥安德鲁的住处。安德鲁是位电气工程师，娶了个甜美俏丽的兼职私家侦探，叫帕姆。帕姆留着一头顽童式短发，总是笑嘻嘻的。谁会疑心她在悄悄地替你的对手收集秘密情报和信息呢？她会做冷冻火腿。她会提前好几天做好果冻沙拉。她和安德鲁有个一岁半的孩子叫维尼，已经会看书了。

看电视上的读书录像，但那也是看书。

大家四个四个分好队，在几个钟头前从礼物上撕下的包装纸纸片上写下著名的人物、歌曲、电影、戏剧和书的名字。离特蕾泽和她丈夫雷搭国家机场四点半的航班还有几个小时。"对,"特蕾泽说,"我想我们只能放弃《埃夫里尔·哈里曼①:全天候政治家》的展览了。"

"真不明白你为什么不能搭晚一点的航班。"特蕾泽的妹妹安说。她一脸不悦。安是老幺,比老大特蕾泽小十岁,然而最近安说话时开始有股挑剔和女舍监的责备口吻,令特蕾泽吃惊。"四点半,"安说着撅起了嘴唇,把脚搁在她旁边的椅子上,"那可有点荒唐,你们晚餐也吃不了了。"她的鞋子是尖头的,维多利亚风格。绿色的麂皮鞋——风格介于交际花和小飞侠之间。

特蕾泽和雷跟她的父母分在一组,安德鲁和帕姆、安和她的未婚夫泰德分在另一组。泰德瘦瘦的个子,红头发,是露得清的市场代表。他和安刚订婚。为爱情和工作寻寻觅觅了近十年,现在安要念法学院、筹备婚礼了。由于特蕾泽当过很多年的公设辩护律师,现在又因一次政治任命侥幸成为一名县巡回法院法官,她以为安当律师的决定是某种姐妹情的确证,意味着她俩将有新的共同之处,安会有问题来问她,谈些关于观察资料、法庭方面的事情。可看来并非如此。安似乎全部心思都在寻找乐队和膳食提供商、以及租间大的餐厅包间上。"呃,"特蕾泽同情地说,"这难道不让你想私奔吗?"特蕾泽和雷是在法院结的婚,档案管理员是他们的证婚人。

安耸耸肩。"我正在想办法让从教堂到餐馆的一路,每个人都不会弄皱自己的制服,免得破坏照片。"

"真的?"特蕾泽问,"是这样吗?"

写着名称的纸条被放在两个大沙拉碗里,每个组都拿到对方

---

① 埃夫里尔·哈里曼(1891—1986),曾任美国商务部长(1946—1948),纽约州州长(1955—1958)。

那个碗里的名称。特蕾泽的父亲先来。"好吧！大家准备好了！"他一向机智、好胜而又紧张。游戏总是能把他最好和最坏的一面都呈现出来。然而现如今他显得焦虑而年迈。他的眼中有种烦恼，那种伤感和茫然有时会刺痛他们——害怕光阴虚掷，或是不确定到底把钥匙放哪儿了。他做手势表明他分到的名字是个名人。没人记得那该用什么手势，于是他们一家人发明了一个，一个迅速的自负的姿势：手放在臀部，下巴翘起来。特蕾泽的父亲发挥出他的戏剧感，将这个表演得很好。

"名人！"每个人都喊着，当然也有人卖弄才智喊着"白痴"。这一次，是特蕾泽的母亲。

"白痴！"她喊道，"乡下白痴！"

不过特蕾泽的父亲不理会他的妻子，继续用手势表演音节，右手的手指用力拍打着左手的袖子。这个名人有三个名字。他在表演第一个名字的第一个音节。他拿出一张一美元的钞票，朝它指指。

"乔治·华盛顿。"雷喊道。

"乔治·华盛顿·卡佛。"特蕾泽喊。特蕾泽的父亲生气地摇摇头，把钞票反过来，拼命地指着它。不能控制这场谈话让他烦恼。

"美钞（dollar bill）。"特蕾泽的母亲说。

"比尔！"特蕾泽说。她父亲听了开始点头，像精神病患者一样地指着她。对，对，对。现在他用手做着伸展运动。"比尔，比利，威廉[1]。"特蕾泽说，她父亲又拼命朝她指着。"威廉，"她说，"威廉·肯尼迪·史密斯[2]。"

---

[1] 比利（Billy）是比尔（Bill）的异体，威廉（William）的昵称。
[2] 美国医师，1991年被控告和其叔父、堂兄一起在佛罗里达强奸了他们在酒吧遇到的两位女性，虽然有其他三位女性出来指证史密斯曾在1980年代对她们进行过性骚扰，但史密斯还是被无罪释放。

"对了!"她父亲喊道,拍着手,仰起了头,好像是在表扬天花板似的。

"威廉·肯尼迪·史密斯?"安又拧起了眉头,"你怎么能从威廉想到这个?"

"新闻里有他。"特蕾泽耸耸肩。她不知道该如何解释安的不满。也许这和安在法学院的苦读有关,或者是因为特蕾泽是巡回法院法官,又或者是因为安手指上的那枚钻石,它那么大,在特蕾泽看来,戴着它在她们的母亲身旁晃来晃去颇不厚道,母亲的那枚说白了就是粒小碎屑。今天早上早些时候,安告诉特蕾泽她打算名字也用泰德的。"你打算叫你自己泰德?"特蕾泽问,不过安并不觉得好笑。安的幽默感本来就不怎么灵活,虽说她过去总是喜欢好的哑笑话[①]。

安煞有介事地解释着换名字的原因:"因为我觉得一个家庭就像一个团队一样,而团队里的每个人都该有同样的名字,就像颜色一样。我相信夫妇就该有团队精神。"

特蕾泽再也不明白安到底是谁。她更喜欢八岁时候的安,带着她的蓝色铅笔盒,跑起路来奇怪地一颠一跛,因为她的一条腿比另一条长四分之一英寸。安小时候更讨人喜欢。她笨拙又好奇。她非常可爱。至少在特蕾泽看来是如此,当时她多半是在高中或大学,有些轻微的抑郁,学习太用功,把自己本来就够差的眼睛给毁了,以至于现在戴着那么厚的镜片,眼睛在镜片后朦朦胧胧地游弋。今天早上,站着听安讲她的团队精神时,特蕾泽微笑着点头,可她感觉自己在被说教,仿佛自己是个邋遢自负的嬉皮士似的。她想要抓住她的妹妹,扑到她身上,拥抱她,让她住嘴。她设法去理解安关于婚姻那些阴沉忧虑的字眼,却发现自己

---

① 哑笑话(sight gag),喜剧表演中只用动作表意的无言笑话。

回想起了过去常为安表演的一个搞笑动作——特蕾泽能够直接扑地倒下——为了逗安笑。

安的声音还在继续："坐得太久了，上衣都会拱起来……"

特蕾泽目测着前面的距离够不够她的身长，不知道自己还能不能做。她当然能。当然。可她愿意吗？而后突然间，她知道自己愿意。她撅起屁股，弯曲着胳膊，嘴巴作呐喊状，直挺挺向前倒下。这招她是十五岁的时候在戏剧俱乐部学会的。她并不漂亮，这是吸引男生注意的一种手段。她重重地落在地板上。

"你现在还做那个？"安难以置信地问，带着些反感，"你是个法官，现在还做那个？"

"有时候。"特蕾泽在地上说道。她四处摸索着找她的眼镜。

现在优秀团队队员本人站了起来，给她的队友提供线索。她看看自己纸条上的名字，微微做了个鬼脸。"我需要咨询。"她稍带厌烦地说道，也许她觉得这样显得很高雅时髦。她把纸条拿到特蕾泽的组里。"这是什么？"安问。那是雷的笔迹，是拼错的《蜘蛛恐惧症》(*Arachnophobia*)。

"是部电影，"雷抱歉地说，"我拼错了吗？"

"我想是的，亲爱的。"特蕾泽凑过去看了说道，"你把 o 和 a 搞混了。"雷有诵读困难症。冬季盖屋顶的生意淡下来的时候，他不会待在家里看书或是去做心理治疗，而是开车去看便宜糟糕的日场电影——"电影院（flicks）"，他这么叫它们，或是"悬崖（cliffs）"，当他自嘲的时候。雷什么词都会拼错。是 *input* 还是 *imput*？是 *averse*、*adverse* 还是 *adversed*？*Stock* 或 *stalk*？*Carrot* 或 *karate*？他的盖屋顶生意出了名的价钱公道，不过施工有点马虎，质量平平。尽管如此，特蕾泽还是觉得他很棒。他从来不对人颐指气使。他会煮无数种鸡肉的菜。他热情、能干、而且几乎每个晚上都会用丈夫的方式宣称他发现特蕾泽是他所认识的最性感的女人。特蕾泽喜欢那样。她和检查官办公室一名年轻的地方检察官助理也有染,但那是有限的——就好比脱下手套,拍拍手,再戴上去。这件事悄无声息,不可能被发现。除了和一个没有诵读困难的男人的性关系,它什么都不是,而老天,偶尔她需要这个。

安在表演"蜘蛛恐惧症"这个词,根据整个情节,而不是一个一个音节。她注视着她未婚夫的眼睛,四处扭动着手指,然后惊恐地跳开,可泰德没明白,尽管他看上去确实有点害怕。安愈发愤怒地朝他挥舞着她为圣诞节做的美甲,其中有一只上面画着一个小圣诞老人。安的黑发被隆重地剪出很有层次的昂贵线条,长长的打着褶的衣服从她肩上垂下来,好像还挂在衣架上似的。她显得饥饿、富有而愤怒。一切都是刻意营造出来的,有点卡通,正如那双绿鞋子,可能正是因为这个,她未婚夫突然大喊道:"《小小玛菲特》!"安现在转向了安德鲁,鼓励地朝他示意着,仿佛是为了惩罚泰德似的。她童年时代的笨拙步态经过脊椎按摩疗法现在变得一步三摇。特蕾泽转身看看她自己那组,看看她父亲,他还在咕哝着威廉·肯尼迪·史密斯的什么事,"一个女人凌晨三点根本不该在酒吧里,就这么简单。"

"爸,那太荒谬了,"特蕾泽低声说道,不想打断游戏,"酒吧对每个人都开放,公共膳宿法。"

"我不是在谈冷酷的法律。"他责备道。他从来就不喜欢律师,并且对他的女儿们感到困惑,"我谈的是一种有长久共识的道德准则。"她父亲拥有维多利亚时期的那种鉴赏力。相较一般女性,它骨子里更尊重妓女。

"'有长久共识的道德准则'?"特蕾泽温柔地看着他,"爸,你七十五了。世事在变。"

"《蜘蛛恐惧症》!"安德鲁喊道,他和安奔到一起击起了掌。

字谜游戏 95

特蕾泽的父亲飞快地发出一声吐口水的声音，然后跷起二郎腿看向了别处。特蕾泽看看她母亲，她母亲正同谋似的朝她微笑，在特蕾泽的父亲背后用手指做起了驴耳朵，这是她用来表示她觉得他是个傻瓜的手势。

"好吧，忘了威廉·肯尼迪·史密斯。多尔，轮到你了。"特蕾泽的父亲对她母亲说。特蕾泽的母亲慢慢地站起身，兴高采烈地弯腰拿起纸条。她看了看，走到屋子中央，把纸条塞进了口袋。她面向着另一组，做了个名人的手势。

"搞错队伍了，妈。"特蕾泽说道，她母亲说着"哎呀，"转回了身。她重复了名人的手势。

"名人。"雷鼓励地说道。特蕾泽的母亲点点头。她停了会儿，思考着。接着她猛地转过身，双臂挥向天空，向前瘫倒在地，然后又往后倒，脑袋撞在音响上。

"玛卓瑞，你在做什么？"特蕾泽的父亲问。她母亲躺在地板上，笑着。

"你没事吧？"特蕾泽问。她母亲点点头，仍然不出声地笑着。

"摔倒，"雷说，"晕眩。迪兹·吉莱斯皮①。"

特蕾泽的母亲摇摇头。

"癫痫。"特蕾泽说。

"爆炸。"她父亲说，她母亲点点头，"爆炸。炸弹。罗伯特·奥本海默！"

"没错。"她母亲叹了口气。她有点爬不起来了。她七十岁了，膝盖有关节炎。

---

① 迪兹·吉莱斯皮（Dizzy Gillespie，1917—1993）：美国著名爵士乐手。其名字 Dizzy 有"晕眩"的意思。

"要帮忙吗，妈妈？"特蕾泽问。

"是啊，妈，需要帮忙吗？"安问道，已经站起来朝屋子中央走去，去掌控局面。

"我没事。"特蕾泽的母亲叹息着，有些假装地轻声咯咯笑了笑，僵硬地朝她的位置走回去。

"干得漂亮，妈。"特蕾泽说。

她母亲自豪地微笑着，"嗯，谢谢！"

之后又玩了好几轮，每次特蕾泽的母亲拿到类似多姆·德卢西或汤姆·琼斯的纸条，就会再次模仿起炸弹，做痉挛狂乱状倒下，然后再次在热烈的掌声中僵硬地爬起来。帕姆将睡完午觉的维尼带了进来，大家都对着孩子睡出印记的甜美脸庞哦哦啊啊叫着。"好宝贝，"特蕾泽姑妈柔声说道，"你要看奶奶变炸弹吗？"

"轮到你了。"安德鲁不耐烦地说。

"我？"特蕾泽问。

"我想是这样。"她父亲说。

她站起身，把手伸进碗里，展开一张纸条。上面写着"杰基尔斯街。""我需要咨询一下。安德鲁，我想这是你的笔迹。"

"好吧。"他说着站了起来，两人一起走进了门厅。

"这是部电视剧吗？"特蕾泽低声说，"我不太看电视。"

"不是。"安德鲁似笑非笑地说。

"那是什么？"

他移了移重心，不太想告诉她。也许是因为他娶了个侦探，或者，更有可能是因为他本人的工作跟国防部的绝密文件有关；他最近刚从普通机密文件处被提上去。作为一名工程师，他提供咨询、审查、批准。他的眼神压抑而不悦。"是条路名，离这儿两个街区远。"他的嘴阴郁而戒备地瘪着。

"可那不是什么出名的东西。"

"这是地名。我以为我们可以用地名。"

"这不是有名的地方。"

"怎么?"

"我是说,我们都可以写下附近的路名,我们上班的地方附近的,或者某次去商店时曾经路过的——"

"是你说可以写地名的。"

"我有吗?好吧,那么,地名用什么手势我是怎么说的?"

"我不知道。你自己想吧。"他说。他已满脸不忿。这是他打小就有的么?还是因为脱发?她和安德鲁一度很亲密。可现在,就像对安一样,她再也搞不懂他到底是谁。她只有一个看法:一名多年前受雇为高中教导顾问的电气工程师,五角大楼出资让他们招募、训练所有数学考试得高分的男生,并将他们军事化。"从M.I.T.[①] 到 MIA,"安德鲁有一次这么说,"军事产业混球。"可现在在他身上再也找不到那种诙谐之处了。去年,至少他们还就自己的成长开过玩笑。"我都记不得老爸读书给我们听过。"她说。

"他当然读过,"安德鲁说,"你不记得他读给我们听?你不记得他给我们无声地读《华尔街日报》?"

现在她在他沉下来的脸上寻找玩笑的迹象,一丝闪光,一点爱意。安德鲁看上去和安很像,特蕾泽有些惆怅,不知道是什么时候又是怎么会变成这样。她有些嫉妒。她能从安德鲁脸上看到的唯一表情是挖苦。他是交警。而她是那个超速的佩花嬉皮士。

你不知道我是法官吗?她想问。一个借政治任命侥幸上任的法官,当然。一个在法院有轻判名声的法官,没错。一个有段外遇的法官,这稍稍有损她的人格——好吧。有那么点儿。轻微的一笔。但不管怎样终究还是名法官。

---

① 麻省理工学院。

结果她说："你介不介意我另外抽一张？"

"我随便，"他说着，唐突无礼地大步走回了客厅。

噢，好吧，特蕾泽想。这是她新的符咒。这通常比唵[1]更能让她平静下来。唵是心之所在。唵不是在这儿。噢，好吧。噢，好吧。她初任法官时，为了战胜自己的法庭怯场，会对自己唱：大家都爱我。大家都爱我。当那个不管用时，她会说杀！杀！杀！

"我们做另一个。"安德鲁宣布，特蕾泽另外挑了一张。

这个词是一部书和一部电影。她摊开手心，做祈祷状，表示那是本书。她在空中摇动一只手，表示是部电影。她拢起耳朵，指指灯。"发音像光（light）。"雷说，他的表情坦诚而热心，"咬（Bite）、风筝（kite）、一点（dite）、斗争（fight）、夜晚（night）——"

特蕾泽示意正确，就是它。

"夜晚（night）。"雷重复道。

"《夜色温柔》[2]（*Tender is the Night*）。"她母亲说。

"对！"特蕾泽说着，弯腰吻吻她母亲的脸颊。她母亲灿烂地微笑着，脸上乐开了花；她喜欢被爱，对此饥渴而感激。她年轻的时候，是个失意、刻薄的母亲，所以当她的孩子们表现得仿佛已经不记得这些了的时候，她很高兴。

轮到安德鲁了。他站在自己的队友面前，凝视着手里的红色纸条。他思索着，摇着头，然后看向特蕾泽。"这肯定是你的。"他怪笑着说，也许那是个善意的怪笑。有这种怪笑吗？特蕾泽希望是。

"你需要咨询？"她起身看字条，上面写着：《带流苏的四轮

---

[1] 印度教等的咒语。
[2] 美国作家 F. 司各特·菲茨杰拉德的小说。

字谜游戏 99

马车》。"对,是我的。"她说。

"过来。"他说,于是他俩又沿着通往门厅的走道走去。这一次,特蕾泽注意到了她父母挂在那儿的照片。他们的子女、婚礼和维尼的照片,不过特蕾泽觉得自己在里面都极不上照,突出了她脸部的不对称,或者放大了她眼睛的浑浊,她的头发是干枯的辣椒似的爆炸头。她心中陡然充满虚荣:当然还有更好的照片!那些安德鲁、安、泰德、帕姆和维尼的照片都是光线充足、摆好姿势、健康又漂亮。而特蕾泽的那些则显得有些苦恼,好像她父母确信她不正常似的。

"我们就站在我疯子一样的照片下吧。"特蕾泽说。

"这些是安寄给她的。"安德鲁说。

"真的?"特蕾泽问。

他研究着她的头发,"你的头发以前难道不是别的颜色吗?我记得它不是这个颜色。那是什么颜色?"

"怎么,你什么意思?"

"瞧,"他说,回到了游戏中,"我从没听说过这个。"他挥舞着纸片,好像它是口香糖包装纸一样。

"你没听说过?是首歌:'鹅呀鸡呀鸭呀最好赶紧,我要带你去乘四轮马车……'"

"没有。"

"没有?"她接着往下唱,浪漫而带着渴望地仰头看着他,"当我带你去乘我的四轮马车,当我带你去乘我带流苏的四轮马车……"

"没有。"安德鲁加重语气打断了她。

"唔,好吧,别担心。你队里的每个人都会知道的。"

那种愤慨又回到了他脸上。"要是我都不知道,你凭什么觉得他们会知道?"也许这是因为他的工作,其技术机密性。他知道；而他们不知道。

"他们会知道的，"特蕾泽说，"我保证。"她转身打算走开。

"喂，喂，喂。"安德鲁说。他的皮肤又变回了灰粉色。他变成了什么？她毫无头绪。他成功地成为绝密文件。他是分类信息。"我不做这个，"他说，"我拒绝。"

特蕾泽注视着他。这是他在工作中无法运用的果敢。也许在这儿，当他不再是枚轮齿，哪怕是枚受器重的轮齿，他终于能够坚持某些事情。冷战结束了，她想说。然而取而代之的却是这个：孩子们互相反目，既然神——抑或他们只是保安？——已经逃窜。"行，好吧，"她说，"我另外编一个。"

"我们换一个做，"他们走回客厅时，安德鲁胜利地宣布，他挥舞着纸片，"你们有谁听说过一首叫《带流苏的四轮马车》的歌吗？"

"当然。"帕姆说，疑惑地看着他。无疑，在她看来，他在节日前后变得很不一样。

"你听过？"他显得有点窘迫，他看看安，"你呢？"

安看来不太情愿打破和他一起的阵营，不过还是轻轻地说："是啊。"

"泰德，你呢？"他问。

泰德已经在打瞌睡了，头仰靠在沙发上，现在他惊醒了。"呃，是啊。"他说。

"泰德身体不是很舒服。"安说。

绝望之下，安德鲁转向另外那一组，"你们也全都知道？"

"我不知道。"雷说。他是唯一的一个。他连音乐剧曲目跟司机都分不清楚。某种意义上，那正是特蕾泽喜欢他的地方。

安德鲁坐了回去，拒绝承认失败。"雷不知道。"他说。

特蕾泽想不出什么歌了，于是写下了"克莱伦斯·托马

字谜游戏 101

斯①",把纸条递给安德鲁。他思索着自己的选择时,特蕾泽的母亲起身走开,拿了瓶越橘汁和一些纸杯回来。"谁想来点越橘汁?"她说着开始倒了起来。她小心翼翼地把杯子分发给大家,"我们没有拆封过的玻璃杯,所以就凑合一下吧。"

"就凑合一下吧"是他们母亲爱用的措辞之一,始于大萧条时期,在战争期间已经如影随形。小时候,特蕾泽和安德鲁总是会互相看看说:"我们就凑合两下吧。"可现在特蕾泽朝安德鲁瞥了一眼,他丝毫没有记起来的样子。他已经忘了。他只想着字谜游戏。

雷随随便便地吸着他的饮料,漏了几滴在椅子上。特蕾泽递给他一张纸巾,他用它在椅垫上轻轻地擦着,可安飞快地起身跑去厨房,带着块冷的湿布回来,责备似地擦着雷的椅子。

"噢,不用担心。"她母亲说。

"我想我已经搞定了。"安严肃地说。

"现在我要表演我的线索了。"安德鲁不耐烦地说。特蕾泽看看维尼,她在她妈妈的怀里安静地观察着,像尊粉色的佛,还不会控制大小便却什么都明白,看来她是房间里最正常的一个。

安德鲁在用胳膊做一个扫的动作,表示包括屋子里的所有人。

"人。"泰德说。

"家人。"帕姆说。

安已经从厨房回来,在沙发上坐了下来,"我们。"她说。

安德鲁微笑着点头。

"我们(us),托马-斯(Thom-us),"安说,"克莱伦斯·托马斯。"

---

① 美国最高法院大法官。

"对,"安德鲁拍着手说,"时间是多少?"

"三十秒。"泰德说。

"嘿,我想他差不多就挂在每个人的嘴边。"特蕾泽的母亲说。

"我猜是这样。"特蕾泽说。

"看到这些耶鲁毕业的黑人真有意思,"特蕾泽的母亲说,"全都坐在参议院党团活动室里。我打赌他们的父母很自豪。"

安没能进耶鲁。"我不喜欢的,"她说,"是那些不喜欢白人的黑人。他们充满敌意。我在法学院经常能看到。大部分白人都非常乐意坐下来,友好地打成一片。是黑人们太过愤怒。"

"想想看。"雷说。

"是啊,想想看,"特蕾泽说,"他们为什么要愤怒呢?你知道我还不喜欢什么?我不喜欢那些已经变得严肃过头、男人腔的男同性恋们。你知道我的意思吧?如今他们跟葬礼似的沮丧!老早的做作和兴高采烈的劲儿到哪里去了?同性恋们的欢快劲哪儿去了?这真是让人头昏,太不方便了!少了张该死的演出海报你都分不清谁是谁!"她站起来看着雷。该走了。她几个小时前就已失去了她与法官相称的性情。她担心自己会再来一个扑地倒,只不过这一次她会打碎什么东西。她已经看到自己被放在担架上抬出去,带到机场,带回家,向她的家人说出她不得不说、总是不得不说的临终遗言。听上去像哭出来似的。

"再见!"

"再见!"

"再见!"

"再见!"

"再见!"

"再见!"

"再见!"

可雷得先做他的字谜游戏,那个词是"孔夫子"。"行,我准备好了。"他说着,开始在客厅里四下漫步,睁大眼睛做茫然状,尽可能地显得迷惑,摸索着书架,手掌放在眉头。那一刻,特蕾泽想,他是多么英俊、多么善良、强壮,而她又多么爱他,世界上没有人能及得上一半。

四只啼鸟,三只母鸡[①]

猫是在退伍军人节死的,他的骨灰随后被装进一个刻着粉红色诗句的漂亮罐子里,放在高高的壁炉台上,屋子显得孤寂,艾琳开始喝酒。她已经失去了她与动物世界的全部联系。她现在生存于一个完全人造的世界了:沙发上没有毛发,地毯干燥,没有粪便,厨房那个以前放食盆的角落不再有盛着青花鱼的大浅盘,也不再斑渍点点难以插足了。

噢,伯特!

他是只美丽的猫。

她的朋友将她悲痛的长度和强度解释为哀悼错置的迹象:她的悲伤是因为某些更大、更恰当的事情——是她父母行将临近的死亡;是她和杰克没能有过的那个儿子(不过三岁的苏菲难道不是像拉链一样机灵可爱吗?);是因为波斯尼亚、柬埔寨、索马里、丁金斯、朱利亚尼、北美自由贸易协定这摊子事情。

不,真的,就是因为伯特,艾琳坚称。就是她那只乖巧英俊的猫,她十年的伙伴。她和他在一起的时间已经超过了她和杰克、苏菲或是她一半的朋友在一起的时间,而且他是一个如此聪明有趣的家伙——高大、忠诚,而且像狗一样会说话。

"你指什么,像狗一样会说话?"杰克拧起眉头。

"我发誓。"她说。

"拜托。"杰克说道,看着她那杯混合麦芽威士忌。音响连续

[①] 标题源于《圣诞节的十二天》的歌词。

轻声播放着普契尼的《哼吟合唱》、勃拉姆斯的《女低音狂想曲》和塞缪尔·巴伯的弦乐曲。他飞快地把它关掉。"你有个女儿。节日就在眼前。那只该死的猫可不会为你掉一滴眼泪。"

"可我实在不觉得是这样。"她有些激烈地说,也许她口气中有太多的火和麦芽。她现在时不时会那样说话,坚持己见,瘸着腿出去冒险,危险地生活。她已经——小心翼翼地、顺从地——走完了丧亲的所有阶段:愤怒、否认、讨价还价、哈根达斯、狂怒。从愤怒到狂怒——谁说她没有进步?她握紧拳头,不过把它藏了起来。她头痛,主要是刺痛,但有时偏头痛曲曲折折钻入她的头骨,像条奇形怪状的廉价领带坐在她面前。

"很抱歉,"杰克说,"也许他会。募资会。卡片和信件。谁知道呢?你俩很亲密,我知道。"

她不理他。"这儿,"她指着她的酒说,"稍微来点节日气氛吧!"她啜饮着琥珀色的烈酒,它刺痛了她干裂的嘴唇。

"帝王。"杰克说道,恼怒地看着瓶子。

"好吧,"她辩解地说,坐直了身子,扣上毛衣的纽扣,"我猜你不喜欢帝王。我猜你更喜欢杜伊。"

"没错,"杰克反感地说,"没错!而且明天醒来我会发现自己已经败给了杜鲁门!"他怒气冲冲地走上楼梯,而她听着他最后一声脚步声重重响起,门被哐啷一声甩上。

可怜的杰克,也许她已经让他受够了。就在去年春天,她得了姆囊炎肿——一瘸一拐,拄着拐杖,穿着那双大蓝鞋。接着在九月,又是咪咪·安德森的宴会,只有杰克不抽烟,大家都待在里面吞云吐雾的时候他不得不跑到门廊去。再接着,是艾琳的单人表演《吕西斯忒拉忒》之家务版"。"不扫地,没糖吃。"杰克那么说它,可它成功了。某种程度上。大约两个礼拜。毕竟,一个女人在偌大、可怕的舞台上能做到的终究只有那么多。

"我很担心你,"杰克在床上说道,"我是说认真的。而且也不是说海明威①。"他皱起了眉头,"你明白我说的是什么吗?这儿的一切都古里古怪的。"他们作书架用的床头板上堆满了小说和伤感的回忆录,现在它更像是张图书馆的书架式阅览桌,而非夫妻睡觉的床。

"你很好,我很好,大家都很好。"艾琳说,她试图在被单下找到他的手,随后又放弃了。

"你在别的什么地方,"他说,"你在哪里?"

鸟儿的胆子越来越大,慢慢地重新占据了院子,栖满枝头,早晨在窗台和屋檐饥饿地唧唧叫着。"是什么在尖叫?"艾琳问。树叶已经掉光了,可现在松鸦、渡鸦和美洲家朱雀把树林变得黑压压的——它们有的往南飞,有的留下来,在坚硬的地面上啄着找籽吃。松鼠跑来拨弄着以前从多花海棠树上掉下的果子。一只负鼠在门廊下替自己安了家,砰砰作响,嚼着东西。浣熊发现了苏菲的小健身器材,一天早上,艾琳往外看时发现有两只在荡秋千。她想要动物的生活?这就是动物的生活!

"不是这个,"她说,"要是伯特还在,这一切都不会发生。"伯特会在这儿巡逻,他会让一切都井然有序。

"你是在和我说话?"杰克问。

"我想不是。"她说。

"什么?"

"我想我们需要把这儿用药水喷一喷。"

"你是说,杀虫喷雾?"

"杀虫喷雾,兔八哥,"苏菲唱了起来,"杀虫喷雾,兔

---

① 海明威的全名为 Ernest Miller Hemingway,Ernest 与 earnest(认真的)谐音。

八哥。"

"我不知道自己在说什么。"艾琳说。

在她的女性主义影评小组里,大家还在讨论《猫人》,一部自一个男人从一幢公寓大楼跳下去的那一瞬开始倒叙的电影。这部影片不是以幕或章节分的,而是以由大变小的楼层数字分割的。影片的最后,那个英俊的恢复记忆的男人双脚着地。

噢,伯特。

艾琳的小组里的一个女人,丽拉·康奇,对这部影片很愤怒,"我就是讨厌这种套路,每当一个女性角色说任何有实质内容的话时,她总是碰巧半裸着。"

艾琳叹了口气。"实际上,我发现这些部分是最写实的,"她说,"这些是我最喜欢的部分。"

整个小组对她怒目而视。"艾琳,"丽拉说着重新跷起了二郎腿,"替我们去趟厨房,亲爱的,准备好布朗尼和茶。"

"当真?"艾琳问。

"呃——是的。"丽拉说。

感恩节来了又去,非常机械。艾琳和杰克带着苏菲去餐馆点了不同的菜,好像他们三个是陌生人,都要坚持自己的坏品味似的。然后他们开车回了家。只有苏菲还算开心,她点的是儿童的南瓜盅,她坐在汽车后座上唱着一首她白天在托儿所学来的感恩节歌曲。"'噢,火鸡不是猪,你这个笨瓜/他不说呼噜噜/他说咯咯咯。'"他们上一次真正的节日是万圣节,那时伯特还活着,他们把他打扮成杰克。然后又把杰克打扮成伯特,艾琳扮成苏菲,苏菲扮成艾琳。"现在,我是你了,妈咪。"艾琳给苏菲系上自己的一条围裙,替她的嘴唇印上口红时,苏菲说道。杰克走过来用他魔术记号笔画的胡须蹭艾琳,她穿着宽松的粉红脚丫睡衣咯咯直笑。唯一不怎么高兴的是伯特自己,他戴着杰克的一条领带,想用爪子把它解下来。未能如愿时,他便英勇地拖着领带到处走,试图忽视它。最后,他又恼又羞,摇摇晃晃地跑到靠近钢琴的角落躺了下来,十分气恼。一个礼拜之后想起这些——这时伯特在兽医院的氧气舱里奄奄一息,心脏衰竭,肺部积水(尽管艾琳去看他时他的耳朵仍会竖起来;她喷了她常用的香水好让他知道她的气息;没人能让他进食时她亲手喂零食给他吃)——艾琳被悲痛和后悔席卷。

"我觉得你该去看看谁。"杰克说。

"你说的是心理医生还是外遇?"

"外遇,当然,"杰克横眉怒目,"外遇?"

"我不知道。"艾琳耸耸肩。她最近喝的威士忌已经让她的关节肿胀,所以现在当她抬起肩膀时,它们似乎就那么僵硬地停留在她耳朵旁。

杰克揉着她的胳膊,他要么是爱她,要么是在掸掉她袖子上的什么东西。会是哪一种呢?"生活是穿越一大片国土的漫长旅程,"他说,"有时候天气很好。有时候很糟。有时候糟得让你的车翻下马路。"

"真的。"

"去和谁聊聊天,"他说,"我们的健康保险能报销部分费用。"

"行,"她说,"行,只是——别再打比方了。"

她有了推荐人选,列出名单、预约、进行面试。

"我有宠物去世的问题,"她说,"你们治这个需要多久?"

"请原谅?"

"你们需要多久才能让我从我的猫的死亡中恢复过来,还有收费多少？"

结果，每个心理治疗师都显出一副震惊的样子，尽管他们的装备略有不同，他们的盆栽略有不同。

"瞧，"艾琳说，"别提百忧解。别提弗洛伊德的放弃诱奸理论。别提杰弗瑞·麦森——还是杰基·麦森？唯一能彻底改变这个行业的是竞标报价！"

"恐怕我们不是那样工作的。"她一次又一次地被告知——直到最后，终于，她找到了一个能够那么做的。

"我专攻圣诞节。"那位心理治疗师说，这个男人叫西德尼·坡，穿着件多色菱形花纹的羊毛背心，戴着挺括的领结，锃亮的黑色牛津皮鞋，没穿袜子，"圣诞特别套餐，到圣诞节时你就会感觉好多了，不然你的最后一次治疗免费。"

"这话我爱听，"艾琳说，这时已经十二月一号了，"这话我非常爱听。"

"好。"他说，给了她一个微笑，她不得不承认，那显得颇为邪恶狡猾。"那么，我们要讨论的是什么，猫还是狗？"

"猫。"她说。

"好家伙。"他写着什么，喃喃自语，显得有些气馁。

"我能先问你个问题吗？"艾琳问。

"当然。"他说。

"你推出圣诞特别套餐是因为圣诞期间的高自杀率吗？"

"'圣诞期间的高自杀率'，"他觉得好笑，带着优越感地重复着，"圣诞期间的高自杀率，这是神话。居高不下的是他杀率。假日谋杀。一家人突然聚在一起那么多时间，接着，砰，那种蛋奶酒。"

她每个周四去看西德尼·坡——"周四降临节，"她这么称呼它们。她膝上放着一盒设计师版本的舒洁坐在他面前，回忆着伯特的优良品德和精彩瞬间,他强大的幽默感,他有趣的吵闹嬉戏,"他过去总是想要讲电话,在我打电话的时候。还有一次,我找我的钥匙,我大声说道'我的钥匙(keys)在哪儿?'而他飞奔进房间,以为我说的是我的猫咪(kitty)在哪儿?"

只有一次她不得不把西德尼拍醒——轻轻地。大多数时候,她只需拍一下手,叫他的名字——西德!——他就会在他的心理治疗师椅子里猛地坐直,撑开双眼看。

"在动物医院的重症监护室,"艾琳继续,"我看到一头被气枪弹击中脊柱的猫。我看到从颌部手术中恢复的狗。我看到一头金毛猎犬做了换臀手术,身后拖着一辆小推车走进大厅。他看到他主人时那么高兴。他拖着步子走向她,而她跪下来张开双臂迎接他。她大声喊他的名字,哭了起来。这是动物版的《波吉与贝丝》,"她停顿了一分钟,"这让我疑惑这个国家是怎么了。这让我想到我们该问问自己,到底是怎么了?"

"恐怕我们的时间到了。"西德尼说。

接下来的那个礼拜,她先去了购物中心。她在张灯结彩播放着甜腻的圣诞颂歌背景音乐的商店里逛进逛出。无论她走到哪里,都有小猫的圣诞书、猫的圣诞卡、猫的圣诞包装纸。她讨厌那些猫。它们乏味、愚蠢、漫画腔、可以互换——及不上伯特的一块皮毛。

"我本来对伯特抱很大的希望,"她后来对西德尼说,"他们对他实施了所有抢救措施,全部的治疗——可药物把他的肾搞坏了。医生建议让他安乐死,我说:'我们就没别的可做了吗?'你知道医生说什么?他说:'有。验尸。'在我花了一千美金后,他说:'有。验尸。'"

"哦唷。"西德尼说。

"榨钱,"艾拉说,"他们让可怜的伯特掏空了钱包!"这时她哭了起来,想着氧气舱里伯特脸上那楚楚可怜的恐惧表情,他爪子上用胶带贴着的管子,他眼中的湿雾。这不是动物的死法,而她却让他经受了全套的治疗,签了字,让他们对他使用那些金属、荧光的巫术,没有别的办法可想。

"跟我说说苏菲。"

艾琳叹了口气。苏菲讨人喜欢。苏菲非常可爱。"她很好。她很棒。只不过苏菲的托儿所让她带小纸条回来。'今天,苏菲朝老师竖指头——只不过是食指。'或是'今天,苏菲在自己脸上画了胡子。'或是'今天,苏菲要求别人叫她沃尔特。'"

"是嘛。"

"我们上一次真正开心的假日是万圣节。我带她去邻居家讨糖果,她真是可爱。到了夜晚快结束的时候她才开始明白这到底是怎么回事。大部分时候,她那么兴奋,按响门铃后,等有人来开门了,她会一把打开口袋说:'看!我请你吃糖!'"

艾琳在门廊外的人行道上站着等她,穿着大粉红脚丫睡衣。她让苏菲自己说。"我是我妈咪,我妈咪是我。"苏菲解释。

"明白了。"邻居们会说。接着他们会在门口挥手,大声说:"你好,艾琳!你好吗?"

"我们得把重点放在圣诞节上。"西德尼说。

"是啊,"艾琳绝望地说,"我们只剩下一个星期了。"

圣诞节前的那个星期四,她感觉被回忆淹没:田鼠、白天出去遛弯、一起睡长长的午觉。"他有固定的音调表达他的需要,"她说,"他有表示要'食物'的喵喵叫,我会跟着他去他的盘子边。他有表示要'出去'的喵喵叫,我会跟着他去门口。他有表示要'梳子'的喵喵叫,我会跟他去放着他的梳子的柜子前。然后还有他存在主义的喵喵叫,我就会跟着他在屋里到处乱走,在房间里进进出出,不知道到底要什么或为什么。"

西德尼的眼中涌出泪水,"我能明白你为什么想念他。"他说。

"你可以?"

"当然!不过我只能为你做这些了。"

"圣诞特别套餐结束了?"

"恐怕是的,"他说着,站了起来,他伸手和她握了握,"假期结束后给我电话,让我知道你感觉如何。"

"好吧,"她伤心地说,"我会的。"

她回到家,给自己倒了杯酒,站在壁炉架前。她拿下粉红罐子,摇了摇,害怕自己会听到骨头碰撞的闷响,可她什么也没听到。"你肯定那是他吗?"杰克问,"对于动物,他们可能是集体火化的,猫一勺,狗两勺。"

"行行好。"她说。至少她没有把伯特埋葬在本地的宠物公墓里,那儿竖着密密麻麻的墓碑,上面刻着伤感的碑文——挚爱的雷克西:我很快就会来和你会合。或是纪念麦芬,你教会了我如何去爱。

"我找到了最后一棵圣诞树,"杰克说,"它靠在大棚外的墙上,掉了一只高跟鞋鞋跟,嘴里叼着一根香烟。我想我该把它带回家给它喂点汤。"

至少她找到了比公墓更有品位的地方,找到了合适的场合让他重归大地和天空,让他以一种有意义的方式从壁炉台上下来,离开屋子,尽管她还没找到恰当的日子。她让他留在壁炉台上,深深地哀悼——这再恰当不过。你不可能装作什么也没失去。一头好猫死了——你不得不从这儿开始,不让自己的血凝固。要是你的心对此逃避,它也会逃避别的更重大的事情,然后愈演愈烈,直至你的心一直被回避,一成不变,你的想象力被重新分配,从这个世界转移,只回到你自己的糟糕地图,你自己脉搏的臭池塘，你自己渺小、卑劣、毫无意义的需求。就此打住！从这儿开始！从伯特开始！

为伯特干杯！

圣诞节清晨，她叫醒苏菲，替她穿上暖和的滑雪衫。地上积起了薄雪，风在院子里一阵一阵地吹起粉末。"我们要去和伯特道别。"艾琳说。

"噢，伯特！"苏菲说着，哭了起来。

"不，会是高兴的事！"艾琳说，她摸着自己上衣口袋里的粉红罐子，"他想要出去。你记得他以前多想出去吗？他会朝着门喵喵叫唤直到我们放他出去？"

"喵—呜，喵—呜。"苏菲说。

"对，"艾琳说，"所以这就是我们现在要做的。"

"他会和圣诞老人在一起吗？"

"对！他会和圣诞老人在一起！"

她们走出门外，走下门廊台阶。艾琳撬开了罐子。里面是一只小塑料袋，她把它撕开。里面是伯特：卵石花纹般的灰，像沙滩上的沙和贝壳。十二月的夏天！圣诞节若不是一大个混杂隐喻，又是什么呢？如果它不是关于那神秘的跨越物种的爱——上帝对人类的爱！——又是什么呢？爱找到了可以飞跃的峡谷，落在此岸：牲畜中的圣灵、教师的宠儿被送来受宠，而后死去。艾琳和苏菲各自抓了一把伯特，绕着院子奔跑，让风把灰带走吹散。山雀从树上飞了起来。受惊的松鼠跑去了隔壁的院子。通过放飞伯特，她们也许会变得有点像他：驱逐外来者，守卫边界，然后回到屋里玩耍饰物，抓抓包装好的礼物，吃上一大只没了脑袋的鸟。

"祝伯特圣诞快乐！"苏菲喊道。罐子现在已经空了。

"对，祝伯特圣诞快乐！"艾琳说。她把罐子塞回口袋。然后她和苏菲奔跑着回到屋里取暖。

杰克在厨房里，站在炉子跟前，还穿着睡衣。他正在倒着橙汁，热着面包。

"爸爸，祝伯特圣诞快乐！"苏菲拉开了她的滑雪衫摁扣。

"对，"杰克说着转过头来，"祝伯特圣诞快乐！"他把橙汁递给苏菲，接着给艾琳。不过在喝上一口之前，艾琳等着他说点别的什么。他清了清嗓子，向前走了一步，举起杯，他大大的揶揄的笑容在说：这是个非常古怪的家庭。不过相反，他叫道："祝这个广阔的世界上的每个人都圣诞快乐！"就是这样。

漂亮的分数

这是个寒冷的夜晚，从里到外都冷得刺骨。经过长达一个月的恐怖诉讼程序，比尔的好朋友艾伯特又恢复了单身——而且非常具有可展览性：艾伯特邀请他的朋友去他转租来的房子迎接新年，并且观看他结婚时和结婚后的录像。艾伯特从书架上拽下这些录像给大家时，带着反讽的赞叹和欣喜。艾伯特的三次婚礼上，他年迈的母亲把仪式全都拍摄了下来，而在关键的宣誓时刻，每一次艾伯特的脸都顽皮地从他的新娘边转开，直视着他母亲的镜头说："我愿意，我发誓我愿意。"相形之下，离婚的进程显得悄无声息、东拉西扯且光线不足（"一个文员。"艾伯特说。）：有的是无力的笑容、商务套装、以及一支舞动的笔。

播放完毕，艾伯特的客人鼓起了掌。比尔把手指放进嘴里，吹起了尖锐的口哨（这可不是每个男人都能做到的；比尔也是到了大学才学会的，尽管那已经是三十年前的事了；三十载刺穿耳膜的口哨——青春切不可虚度）。艾伯特点点头，迅速地把磁带放回塑料盒子，开了灯，叹了口气。

"再也不结婚了，"艾伯特宣布，"再也不离婚，再也不浪费时间。从现在起，我只要出门找个我真的不太喜欢的女人，再给她幢房子。"

比尔只离过一次婚，今晚是和黛比一起来的，她是个对他来说过于年轻的女人：他知道至少别人是这么说的，不过下次要再有人当面这么说，比尔就会喊："请你再说一遍！"也许不是喊叫。也许是尖叫。尖叫，带着些许乞求。然后他就会倒在地上恨不得立刻被乱石扔死。然而现在,这一秒,他会假装有颗更勇敢、更进化的心脏,向每个可能会问起的人解释,再和自己年纪相仿的前妻冒险试试可能会容易很多,但不,不是比尔,不是勇敢的大比尔:比尔已经变成了某个复杂的、精神上双重种族的、政治上狡诈多端的,而且——说实话——身体需求旺盛的人。青春不会虚度。

那到底是谁啊?

她看上去才十四!

你不可能是认真的!

比尔不得不喝得比平时更多。他不得不向自己承认,如果没有酒,就他自己,根本没有丝毫足以开始这段恋情的勇气。

("不是我好打听,比尔,或是用女权主义来轰炸你,不过,请原谅——你在和一个二十五岁的姑娘交往?"

"二十四,"他说,"不过你很接近了!")

他的女性朋友已经冲他大喊大叫——某种程度上的大喊大叫。其实更接近于叹气和咯咯发笑的混合体。"别那么刻薄。"比尔不得不说。

艾伯特则要厚道一些,更微妙一些,如果不是在内容上,就是在口气上。"某些人可能会认为你和这个姑娘在一起是在滥用你的魅力。"他慢吞吞地说道。

"可我很努力才得来这点魅力,"比尔说,"相信我,我是白手起家的。我难道不能用它来做点自己想做的事吗?"

艾伯特打量着比尔瘦下来的身材,小麦色的皮肤,浆果籽一般洒落在比尔胳膊上的雀斑,自劳动节那天起就在法学院大洞穴似的拥挤报告厅穿着的白色夏装,然后他说:"那好吧,某些人可能会觉得这是一种对你地位的不当使用。"他顿了顿,用胳膊搂住比尔,"不过嘿,我觉得这让你显得非常——有网球气质。"

漂亮的分数　117

比尔把手插进口袋,"你这是陌生人的客气话?"

艾伯特收回了胳膊。"你在说什么啊?"他问,接着他的脸色缓和下来,显得关切,"噢,你这个可怜的家伙,"他说,"你这个可怜,可怜的家伙。"

比尔曾经抗议、感到困惑、搞地下活动。但他实在疲于再将黛比藏着、掖着。身体的怯场也就这么几个星期,之后它就会放弃,而后登台。况且这个学期黛比不再修他的任何一门宪法课了。每周没课的时候,她不再在家待着,在他的床上看着借来的片子,说些意图逗他发笑的话,比如:"老实说,公子。那是口水吗?"还有"你甭以为我这么做是为了一个好分数。我这么做是为了一个漂亮的分数。"黛比不再向他表演她的言论了,这让他有些怀念,她的卖力与欲望。"若我不过是你一时的喜欢,那么我想超越喜欢,"有一次她这么说,还有,"法学院:它是九十年代的电影学院。"

不管怎样,黛比不再是他的学生了,所以他们出现在一起顶多显得不登对,顶多让自己难为情,但不会不合法。比尔可以和她一起参加晚宴。他可以生活在当下,这个他新近喜欢的时态。

可他得记住这次聚会上都有谁在,对这些人来说,历史、后天习得的知识以及日积月累意味着一切——或者这只是他自己偏执省事的表达?这儿有艾伯特和他的录像;艾伯特的老朋友布里吉特,一位出生于柏林的政治学家;斯坦利·米克斯,每隔一个学期就会飞往日本研究广岛和长崎的辐射带来的动物学影响;斯坦利的妻子罗伯塔,一名旅行经纪,斯坦利的飞行里程的执着制表人(比尔经常欣赏她的广告:及时后退,来阿根廷,她门上的那张是这么说的);丽娜,美貌的塞尔维亚访问学者,教斯拉夫研究;还有丽娜的医生丈夫杰克,德克萨斯人,五年前在南斯拉夫他把达拉斯的泥土放在丽娜的产床下,好让他的儿子"生在德克萨斯的土地上。"("可孩子是个地地道道的塞尔-维亚人,"丽娜说起她的儿子,发音带着可爱的"儿"音,"可别告诉杰克。")

丽娜。

丽娜,丽娜。

比尔对丽娜有些着迷。

"你和黛比在一起是因为曾经有个漂亮的小姑娘离开过你。"丽娜有一次在电话里对他说。

"或者,可能是因为我认识的人全都已经结婚了。"

"哈!"她说,"你只是以为她们结婚了。"

这在比尔听来有如《小飞侠》①之深夜成人版——没有玛丽·马丁,没有歌曲,只有很多的愿望,和一些美妙的念头。然后,所有的参与者全都把自己投出窗外。

而无忧,无忧岛呢?

婚姻,比尔想,它才是九十年代的电影学院。

说实话,比尔有点害怕自杀。结束自己的生命,他想,可以提供太多引人注目的东西:叙述的绝对优势(尽管是回顾式的),不相称的哲学优势(尽管同样还是回顾式的),遗言、最终的剪辑,发人深省的临别赠言。最重要的是,它让你离开这个鬼地方,不管你此刻置身何处,而他能看出这样一件事情会如何发生在某个软弱或者辉煌的时刻,而之后,当你从无垠的天空向下俯视,或是从两座蚁冢和数根杂草之间往上张望,你可能只会懊悔不已。

然而,他发现丽娜仍是自己心中挂念的那个,他早上为之精心打扮的那个——拿掉所有的干洗标签,搭配着袜子的

---

① 《小飞侠》(*Peter Pan*),又译《彼得·潘》,是苏格兰小说家詹姆斯·马修·贝瑞最为著名的剧作,讲述了会飞但又拒绝长大的小男孩彼得·潘在永无岛与温蒂和她的弟弟们经历的各种冒险故事。

颜色。

艾伯特把他们领入餐厅，大家在宽大的柚木桌旁漫步，研究着每份餐垫上精心堆就的沙拉——沙拉里面有小块的芝士、探出的细香葱、还有细小卷边菊苣叶，宛如复活节小帽子。

"它们是用来戴的还是吃的？"杰克问。他的嘴里有块灰色的口香糖，像老鼠脑。

"我欣赏同性恋，"比尔的声音低沉有力，"有勇气爱你想爱的人，面对一切偏见。"

"放松，"黛比推推他，低声说，"这只不过是沙拉。"

艾伯特大致安排了他们的座位，跟龙卷风的名字一样，将男人和女人交替错开，尽管这样排座把所有的夫妻都分隔得远远的，哪怕是除夕夜也不例外，比尔怀疑艾伯特正希望如此。

"别坐在他边上——他会咬人。"丽娜在艾伯特旁边的座位坐下时，比尔对她说。

"六度分隔，"黛比说，"你们相信那个关于每个人之间只隔着六个人的说法吗？"

"噢，我们中间至少隔着六个人，不是吗，亲爱的？"丽娜对她丈夫说。

"至少。"

"不，我是说只有六个，"黛比说，"我是说陌生人。"可没人在听。

"这是一个政治性的除夕夜，"艾伯特说，"我们要在此抗议新年、抗议旧年。请愿书会交到时间老人那儿。不过也要大吃一顿，在中国今年是猪年。"

"啊，猪年，"斯坦利说，"我喜欢。"

比尔在自己的沙拉上撒着盐，然后抱歉地抬起头。"我什么都要加盐，"他说，"这样它就跑不掉了。"

艾伯特端出三文鱼排，在布里吉特的帮助下分发着。自从艾伯特关于弗兰纳里·奥康纳的论文（《好人真的难寻》《发生的一切必将会合》《图腾的南方：暴力者的的确确赢得了它！》）未能获得学院的赏识，他未能被提升至教授级别之后，他就已经决意为别人服务，递送通知和备忘录、在各种招待会上安排宾治酒和甜饼。然而他还不太长于此道，不过他的努力赢得了感动和喜爱。现在每个人都手放在膝盖上坐着，靠在椅背上，等着盘子被放好。等艾伯特坐下后，大家开始吃了起来。

"你知道，在南斯拉夫，"杰克一边嚼着一边说，"你要上四年学校才能成为一名服务生。四年的侍者学校。"

"典型的南斯拉夫人，"丽娜补充道，"他们必须读四年书来学习怎么为别人服务。"

"我打赌他们干得很好。"比尔蠢蠢地说。大家都没注意他的话，他为此庆幸。他的鱼闻着比别人的更有鱼味——他对此很肯定。也许他已经被下毒了。

"你们有没有听说那个可怜的日本留学生停下来问路却被当作闯入者遭到枪击？"这就是黛比，亲爱的黛比。她怎么能够转到这个话题的？

"噢天哪，我知道。那可不糟透了？"布里吉特说。

"像那样的枪击确实还有很多意味，"比尔说，"当你想到日本人的街头犯罪是多么出名时。"丽娜轻声笑了起来，比尔稍微动了动他的鱼。

"我猜那个人以为那个学生要进屋去给他的电脑重新编程。"杰克说道，大家都笑了起来。

"那么这算不算种族歧视？"比尔问。

"算吗？"

"可能。"

"我不这么想。"

"算不上。"

"只是我们。"

"那是什么意思？"

"有人还要添点吃的吗？"

"那么斯坦利，"丽娜说，"研究进行得如何？"

这是无心一问还是有针对性的讯问？比尔判断不出。上次他们聚在一起时，陷入了关于二战的可怕讨论。二战本来就不是什么很好的话题，到了他们八个人中间，更是变成一团糟。斯坦利大喊大叫，丽娜威胁说要走人，而布里吉特则在吃甜点时崩溃了："我那时是个小姑娘，我在那儿。"布里吉特说的是柏林。

丽娜有一次告诉比尔，她的三个叔叔被纳粹用刺刀刺死了，现在她叹息着，掉转视线看着墙纸——浅色的宽条纹，像睡衣。根本不可能吃得下东西。

布里吉特谴责地看着每个人，她的脸肿得像烤过的苹果。她眼中泪水涟涟。"他们不是非得像那样轰炸，不是非得那样。他们不是非得搞那么多轰炸。"接着她开始呜咽起来，随后哽噎着止住了呜咽，然后只剩下哽噎。

比尔对此感到震惊。很多年来，布里吉特一直都是他私下跟艾伯特开玩笑的可疑对象。他们会替她关于欧洲史的著作编造假书名：《那个怪僻领袖》和《希特勒：好一个坚果卷！》。可那个晚上，布里吉特的泪水如此苦涩满盈，过了这么多年还是萦绕他的心头，令他惊讶。哭成那样——在晚餐桌上，这意味着什么？他从没见识过那样的战争，真的。他甚至从没见识过那样的晚餐。

"很好，"斯坦利对丽娜说，"很棒，真的。我下个月会回去。到目前为止，关于小脑袋尺寸的数据是最有意思也最具总结性的。"他嚼着鱼，"要是我能按字收费，我就是个有钱人了。"他流畅自负的嗓音有如某个得克萨斯歌剧比赛的专家评委。

"这儿杰克是按字收费的，"比尔说，"那个字是下一位？"也许比尔能够灵巧地将话题从核破坏引开，转移到国家医疗保障计划。那会是种改进么？他想起有一次问丽娜杰克是哪方面的医生。"噢，他是妇产科的外科医生，"她轻描淡写地说，"跟往阴道里扔东西有关。"她打了个冷战，"我不喜欢想这个。"

往阴道里扔东西。出于某种原因，东西这个词令比尔想起桌子和椅子，或者，更迷人一些，钢琴和枝型吊灯，现在他已经将杰克视为某种职业搬运工：妇产科的联合货车运输公司。

"过了这么久，比尔对医生还是心存疑问。"现在杰克说道。

"我能看出来。"斯坦利说。

"有一次我被切错了扁桃体。"比尔说。

"你发现广岛和长崎有什么不同之处吗？"丽娜坚持问道。

斯坦利扭头看着她，"你这么问很有意思。你知道，广岛扔的是铀弹，而长崎是钚弹。而事实上，我们发现铀弹更有杀伤力。"

丽娜倒吸了口凉气，放下叉子。她扭头惊讶地看着斯坦利，似乎是在研究他的脸部症状，他那结痂的榴霰弹片般的绿褐色痤疮囊肿好似埋在皮肤里的小扁豆。

"他们使用了两种不同的核弹？"她问。

"没错。"斯坦利说。

"你是说，打从一开始，这就只是一场实验？他们一开始就已经明确设计好了，就像是某项研究一样？"血涌上了她的脸。

斯坦利变得有些戒备起来。毕竟，他是研究者之一。他在椅子里挪了挪身,"关于这个话题有些写得非常好的书。如果你不理解二战期间日本到底是怎么回事,我强烈建议你去读几本。"

"噢,我明白了,然后我们可以更好地交谈。"丽娜说。她转过身去,看着艾伯特。

"孩子,孩子们。"艾伯特喃喃道。

"'二战',"黛比说,"不就是那场结束一切战争的战争吗?"

"不,那是'一战',"比尔说,"至于'二战',他们可没有做出任何承诺。"

斯坦利不甘就此罢休。他又转向丽娜,"我不得不说,看到一个塞尔维亚人试图在外交政策方面占据道德高地,令我非常吃惊。"他说。

"斯坦利,我过去喜欢你,"丽娜说,"记得你还是个好人的时候吗?我记得。"

"我也是,"比尔说,"他过去总是笑眯眯地送钱给大伙。"

比尔很想解救丽娜。今年她已经遭了很多罪了。就在去年春天,当地电台请她参加访谈节目,让她回答关于波斯尼亚的问题。在试图解释前南斯拉夫发生的一切时,她说:"你必须想到,欧洲如果拥有一个民族主义的伊斯兰国家意味着什么,"还有"那些法西斯克罗地亚人",以及"这一切非常复杂"。第二天,学生罢了她的课,在她的办公室贴满标语,上面写着种族大屠杀并不"复杂"和悔过吧,帝国主义者。丽娜给比尔的办公室打了电话。"你是个律师。他们在骚扰我。这些学生难道没有犯法吗?肯定的,比尔,他们触犯了某项法律。"

"谈不上,"比尔说,"而且相信我,你才不想和他们待在同一个国家。"

"我不能请求删除动议吗?那是什么?听上去很不错。"

"那是在法庭上或辩护时用的。那不是你想要的。"

"是啊，我想不是。我只希望他们不要再有什么动作了。而且，我想揍他们。你不能做点什么吗？"

"他们有他们的权利。"

"他们什么也不懂。"她说。

"你没事吧？"

"不。我停车时撞到了保险杠，我心情太差了。前灯掉了下来，而且我把它拿到汽配店去，他们却修不了。"

"你得把这些东西用冰袋包好，我想。"

"这些孩子，老天爷，他们对这个世界毫无概念。我是出了名的和平主义者和抵制者；去年在贝尔格莱德，是我用可乐瓶买了汽油，庇护一个男孩躲过征兵，帮助组织抗议、广播和摇滚演唱会。不是他们。是我在那儿和大家站在一起，在米洛舍维奇的窗下拍手喊口号：'别指望我们。'"这时丽娜的语音变成了低沉的斯拉夫语调，"别指望我们。别指望我们。"她戏剧性地停顿了一下，"我们有T恤和海报。那可不是儿戏。"

"别指望我们？"比尔说，"我不是想表示怀疑，但作为一个政治口号，它显得，我不知道，有点……"无力。它甚至缺少"见鬼，我们不去"的愤怒和决心。也许脏话能管用一点。"别他妈指望我们，畜生。"那样会更好些。当然会是件更好的T恤。

"一切都非常成功。"丽娜生气地说。

"可你们到底怎么衡量成功呢？"比尔问，"我是说，这需要时间，请你原谅，不过我们终止了越战。"

"噢，你们全都念念不忘你们的越战。"丽娜说。

比尔再次见到她时是她的生日，她喝了三杯半威士忌。她大声叫嚷着蛋糕有多美丽，然后，深呼吸了一口，她把头凑得离蜡烛太近，头发壮观地着了火。

时间除了自己还能衡量什么？除了它自身在某个容器里的寄放和登记，它还能估量什么？

桌上传着一大碗豌豆和洋葱。

他们已经省却了关于 O.J. 辛普森的笑话——敲门的那个和关于墨镜的那个。他们禁止了所有别的笑话，不过现在比尔被问及他对大搜捕的看法。自从他开始以现在时时态生活，比尔就将宪法视为一件正在发生可喜变化的东西。他不觉得当下的行为一定要遵守过去的法律。譬如他个人就感觉大可以放弃几项第一修正案的特权——比如堕胎抗议，以及所有的电话营销，或许还有部分的色情（不过不是一九六五年的四月小姐——绝不！）——用以换取第二修正案的精华。毕竟，立法之父们是革命家。他们在这一点上会赞同他，他这么感觉。他们会赞同在前进中编纂，在事情发生的时候进行应对，如同一场伟大狂野的演出。宪法没什么神圣的，它不过是又一份虚构的契约，一份你可以写了再擦，擦了再写的手稿。不过当你被警察勒令停车时，有的只有当下的法规。现在是如此。比尔信奉自由言论。他信奉昂贵的言论。他不认为可以在拥挤的电影院里喊"火"，但他认为可以喊"嚯！"并且这么干过两回——两次都是在放《阿甘正传》时。"我信奉'当下的法规'。还有'当下的承诺'、'当下该做的事'、以及便利无比的'当下管用'。"

布里吉特对他怒目而视。"道德真是高尚。"她说。

"是啊，"罗伯塔表示赞同，她整个晚上都很安静，也许是在替斯坦利琢磨升级舱位的事情，"多么迷人。"

"我是就理论而言，"比尔说，"我相信常识。在理论上。理论上的常识。"他突然感觉词穷，被误解了。他真希望别人不要老是要他对实时的法律情形发表意见。他甚至从没有真正办过案，除了一次。那时他刚刚法学院毕业，在圣保罗的一幢旧砂石校舍的地下室开了个小事务所，大楼内的指示牌上写着"威廉·D.贝尔蒙特，律师：往下一层"。这总让他有些伤心，那个往下一层。他曾经出庭辩护的唯一一桩案子是持械抢劫及秘密携带武器案，他穿着和法警一模一样的米色和褐色衣服——他感觉这种策略能让自己占优势，至少能让他显得和起诉人一样属于法庭大家庭的一员。但到了黄昏时分，他已紧张得快崩溃了。他过于迫切地看着评审团（他们一到审议室，就一致投票通过认定有罪，所花的时间不会超过一点完比萨便狼吞虎咽吃完的时间）。他曾恳切地看着他们的脸说："女士们先生们，如果我的被告不是无辜的，我就吃下我的短裤。"

在他执业后期，他时常出现在别人的办公室聚会上——这不是生活中的好兆头。

如今，装备了更高的学位，像这儿的其他人一样，比尔拥有某个领域的学者充满假设的专业知识，以及些许有关预算、停车及电子邮件的知识。他不介意电子邮件，已或多或少习惯于此，它那似乎有些下流的手动绘图仪，不过有一次他发现自己迷失在网络之中，懵懵懂懂地把自己的名字写在某个公告栏里，上面除了他只有另一个名字，"猛男"。不过大多数时候，他的职业生涯算是波澜不惊。尽管他为教职工会议及课文这个词烦恼——每次一听到他就感觉自己应该就此放弃，到别的地方去搞顶假发戴——比尔对归属于某个学院饶有兴致：它是个国际大杂烩，衣着无性别，在这个地方，煞有介事地思考并发表言论总是比其他选择更受欢迎。这样一种价值观能减少遗憾。而比尔正在减少，他决意减少。有一次他被法学院院长叫去，责备他翘了那么多次教师会议，"这会让你每年少涨大约一千美金的薪水。"院长说。

"真的？"比尔说，"好吧，如果就是这样，每一分都很值。"

"吃，吃。"艾伯特说。他端来了烤土豆和甜点奶酪。情形已有些不对头。宴会究竟是社会的样板还是家庭的恶意童话剧？已经十点半了。布里吉特又起身去给他帮忙。他们拿着酸奶油、细香葱、格拉巴酒和法国干邑回来。黛比在桌子那头朝比尔看着，热情地微笑着。比尔也回以微笑，至少他以为自己这么做了。

这个关于年龄的禁忌是为了让我们相信生命很漫长，而且确实能让我们更完善，我们日后会比早先更有智慧、更好、更有知识。这是个捏造的神话，好让年轻人不了解我们到底是怎么回事，不至于鄙视且谋杀我们。我们让他们保持口气清新，毫无准备，向他们暗示前方有比懊悔和老朽更多的东西。

比尔还在脑子里写着论文，一篇关于理论常识的文章，不过也许他已经喝得太高，这根本不是什么论文，不过是糖分的简单新陈代谢。但这是他此时此刻所知的，随着晚宴接近尾声，午夜如同丧钟一般潜伏。生命的拥抱短暂而忙碌，在它怀里，无论何处的人们都一样匮乏，一片好意而又疯疯癫癫。何不承认历史分割和摧毁的力量？为什么要把我们自己和古老的故事牵在一起，以为它们会比新的更真实？活在过去，你总是知道接下来会发生什么，而那会剥夺你的惊奇。它让大脑衰竭、扭曲。我们能活着在一起已属万幸，何必要对我们中间谁是谁加以区分和评判？能有人在就要感谢上帝。

"我相信现在时，"现在比尔说道，没有特别对着任何人，"我相信特赦。"他停顿住，大家在看着他，但没有说话，"或者那只是漂亮的修辞？"

"不那么漂亮。"杰克说。

"漂亮。"艾伯特善意地说，到底是主人，"又不多愁善感。"他拿出更多格拉巴酒。每个人都从艾伯特大萧条时期风格的或绿或蓝或琥珀色的玻璃杯里饮着酒。

"我的意思是——"比尔开口说，遂又停下，什么也没说。音响里放着智利民间音乐，忧郁而感伤。"把你所有的老情人都带来，好让我也能爱你。"一个女人用西班牙语唱着。

"那是什么意思？"比尔问，但到了这个时候，他可能并没有真的大声说出来。他说不太准。他往后靠着，听着歌曲，翻译着伤感的西班牙文。哪怕是在最简短的歌中，每个写歌的人似乎都有巨大的哀愁，而旋律让它变得澄澈优雅，比尔想道。而他自己的哀伤，相形之下，则低调地在他的生活中四处晃荡，不成形状，自我毁灭。有时他喜欢把这看作是谦虚。如今没人再谦虚了。每个人都夸大着自己的失望。他们对一切都大张旗鼓地进行战斗；他们要求收据，退回自己的礼物——生活拙劣、愚蠢、不假思索地就赐予他们的一切不快之事，甚至没有费心去结识他们一下或私下询问一番！他们把这全都拿回来要求退换。

那他呢，有还是没有？

年轻人被派到地球上来是为了逗年长的发笑，何不发笑？

黛比走过来在他身旁坐下，"你看上去乱糟糟气呼呼。"她轻声说道。比尔只是点点头。他能说什么呢？她又说："乱糟糟与气呼呼——那听起来可不挺像律师事务所的名字？"

比尔又点点头，"出现在汉斯·克里斯蒂安·安徒生的某个故事里，"他说，"也许是丑小鸭雇来起诉他父母的那家。"

"或是美人鱼留着用来粘住王子的。"黛比说。有些针对性，比尔想——谁知道呢？她少女的嗓音最近开始装扮上了梦幻高傲的腔调，也许完全是出于恐惧。也许她比自己的年龄老成是比尔一手造成的。

杰克已经站起来朝门厅走去。丽娜跟在他身后。

"丽娜，你要走了？"比尔问道，声音带着太多的情感。他发现黛比眼睛朝下看着,已经注意到了这点。

"是啊,我们在家有个小习俗,所以不能留到午夜了。"丽娜有些满不在乎地耸耸肩,随即拿起她的红色羊毛围巾,把它套在脖子上,松松的一圈。杰克在她身后替她拿着外套,她的手臂滑进绸缎里子。

是性,比尔想。午夜钟声敲响时,他们做爱。

"一个习俗?"斯坦利问。

"呃,是的,"丽娜淡淡地说,"不过就是思考一下来年。我祝你们新年前夜全都睡个好觉。"

丽娜总是会省去新年前夜里的那一个单引号和 s,比尔注意到,并莫名其妙地为此着迷。新年前夜为什么该有一个单引号和 s 呢?不应该。圣诞夜就没有①。逻辑上讲——

"他们在午夜钟声敲响时做爱。"等他们走后艾伯特说。

"我就知道!"比尔大喊。

"在午夜钟声敲响时做爱?"罗伯塔问。

"我自己则把这个留给林肯生日那天。"比尔说。

"这显然是一项本地的新年习俗。"艾伯特说。

"我已经在这儿住了二十年,从来没听说过。"斯坦利说。

"我也没有。"罗伯塔说。

"我也没。"布里吉特说。

"我,也没有。"比尔说。

"那么,我们都得做些让人同样大感兴趣的事了。"黛比说。

比尔飞快地扭过头看看她。她黑丝绒裙子的上半身盖着亚麻餐巾,像下了雪。她的脸因为酒精而通红。她是什么意思?她什

---

① 丽娜将新年前夜(New Year's Eve)中的"'s"省去,说成 New Year Eve。而圣诞夜(Christmas Eve)中自然不需要"'s"。

么意思也没有。

"黑眼豆!"艾伯特叫道。他冲进厨房拿出一大铁锅热乎乎的酥烂的带黑点的豆子,还有六把勺子。

"喏,这是我所知道的习俗。"斯坦利说,他拿起其中一把勺子,吃将起来。

艾伯特端着锅在房间里四处走动,"要等十二点敲响了才能吃。豆子必须是你在新年吃的第一样东西,这样才会一年都有好运气。"

布里吉特拿起把勺子,看着表,"我们还有五分钟。"

"我们该做什么呢?"斯坦利问,他像拿棒棒糖一样举着他盛满豆子的勺子,豆子开始往下滑。

"我们要对取得的工作成果和伟大成绩进行沉思,"艾伯特叹了口气,"不过,当然,当你想到甘地、巴斯德或是像马丁·路德·金这样的人,他死于三十九岁,这当然会让你怀疑你自己这一生到底做了什么。"

"我们做了些事情。"比尔说。

"是吗?比如?"艾伯特说。

"我们……"这时比尔停顿了片刻,"我们……吃了几顿美妙的大餐。我们……买了几件好看的衬衫。我们满意地换了一两次车——我想我不如现在死了算了。"

"我和你一道,"艾伯特说,"刀在水槽旁的抽屉里。"

"吸尘器如何?"

"吸尘器在后面的壁柜里。"

"吸尘器?"罗贝塔呵呵笑着,不过没人做出解释,也没人去任何地方,大家只是坐着。

"准备好豆子!"斯坦利突然大喊。他们全都站起来围着壁炉站成 U 形,炉膛里烧着新桦木,火光明亮呛人。他们举起

漂亮的分数　131

模压勺子,看着壁炉架上的钟,它那古老的分针猛地跳向午夜十二点。

"新年快乐。"沉默了片刻,艾伯特终于说道,举起勺子致意。

"阿门。"斯坦利说。

"阿门。"罗伯塔说。

"阿门。"黛比和布里吉特说。

"一样。"比尔说,他嘴里塞得满满的,不过用勺子示意着。

然后他们飞快地拥抱彼此——"抓到你啦!"每个拥抱比尔的人都说道——然后开始寻找自己的外套。

"你似乎对别的女人总是比对我更感兴趣。"他们一路无语回到家后,黛比说道,是黛比开的车,"上个月是丽娜,上上个月是……还是丽娜。再之前一个月是……又是丽娜,"她停了有一分钟,"很抱歉我这么自私又可怜。"她开始哭了起来,她哭的时候,身上有什么地方裂开了,比尔从那儿直接看到了她的心。那是颗美好的心。它有可亲的父母和好朋友,只经历过和平年代,对动物很仁慈。她抬头看着他。"我是说,我浪漫,有激情。我相信要是你恋爱了,那就足够了。我相信爱能战胜一切。"

比尔同情地点着头,从一个遥远的地方。

"可我不想陷入这种无力的一厢情愿的凑合在一起的关系——不管我有多喜欢你。"

"那爱战胜一切是怎么回事,就在四秒钟之前?"

黛比停了停。"我现在长大了。"她说。

"你们这些小鬼,你们长得真快。"

接着他俩之间是一长段的沉默,在这个新年的这一刻。最后,黛比说:"你不知道丽娜和艾伯特有染吗?你看不出来他们在恋爱吗？"

比尔心里有什么掉了下去，拐了个角，打了个干净利落的小结。"不，我没看出来。"他有种恶心的感觉，有时他打死一只苍蝇发现里面有血时就会这样。

"是你自己说他们可能是情侣。"

"我说过吗？开玩笑。真的？我这么说过？"

"可是比尔，难道你没听说吗？我是说，整个校园都在传。"

其实他听到过一些流言。他甚至说"但愿"，还有一次说"愿上帝保佑他们愉快的结合。"但他从没真正相信过这些。这种流言显得拙劣、刻板、不真实。然而真相不总是那样粗劣而不可靠吗？命运不正是如此的刻板么？他想起去年本地一次飞机失事的残骸中发现的那两个保存完好的断指，做着好运的手势。这种命运与人的愿望如此背道而驰，如此愚钝，像个呆笨的秘书，没法领会心愿的完全形态和诉求。他更喜欢一个更为深沉、聪明、甚至行动迟缓的命运，就像他在法学院认识的那个女孩的命运。多年前，她曾遭强暴、枪击，随后被弃等死，但她爬了十个小时爬出树林到公路上拦了辆车，脑袋上还有一颗.22口径的子弹。那时你才知道生命中有些事是可以自己做主的，知道那个叙事者在道歉。那时你知道上帝终于从他的编织活中抬了抬眼，甚或从他吱嘎作响的藤摇椅里站了起来，终于蹒跚地来到窗边张望。

黛比研究着比尔，显得担心而同情，"你只是在这段感情中不快乐，对吗？"

这些措词！这种谈话！比尔对此不擅长，这个她比他强。她大概什么都比他强，至少她还没有用课文这个词。

"千万别用课文这个词。"他警告。

黛比很安静，"你只是对你的生活感到不快乐，"她说。

"我想是的。"别指望我们，别指望我们，畜生。

漂亮的分数　133

"一丁点快乐没那么难,你知道。你能够做到,就像开卷考试。基本上就是回家作业。"

霎时,悲伤吞噬了他。黑眼豆豆!它们为什么不起作用!黛比的脸闪烁不定,神情紧张。她的眼妆全都洗掉了,眼睛光秃秃、圆溜溜的,像个灯泡。"你打分一向很严,"她说,"曲线打分到底怎么了?"

"我不知道,"他说,"那到底怎么了?"

她的眼皮垂了下来,她突然无声地倒在他大腿上,头发宛如一顶金色的风车。他能感觉到抵在他大腿上她那坚实柔软的胸部。

他怎能如此苛刻而不知福地评价自己的生活,此刻他正与她在一起,而她是如此善良。新的一年又正如一顿便宜而漫长的自助餐一样等待着他们?他怎能如此苛刻而吝啬?

"我改主意了,"他说,"我很快乐,我洋溢着幸福。"

"你没有。"她说,不过她把脸仰了起来,满怀希望地微笑着,像是某种需要热量的短命的像花朵一样的东西。

"我有。"他坚持,不过看向了别处,思考着,想的完全是别的,想着他的前妻——把你所有的老情人都带来,好让我也能爱你——她仍旧和他的女儿住在圣保罗,再过五年,女儿就会有黛比那么大了。他相信他那时曾快乐过,很长一段时间,有那么一阵。"我们远不至于要离婚。"最终他妻子苦涩地说道。要是她能敞开怀抱,他们或许还能重修旧好,她那不时闪烁的风趣才智于他有如灯塔,可是她不,她捏起她的食指和拇指贴着脸表示怀疑。不过,在他离开之前,他们的婚姻是堆杂乱然而尚算适度的废墟,只有过两次出轨事件,十几次争吵,他们会带着工作中经受的小小难堪各自回到家中,而他们终究能将这些转化成欲望。到了最后的阶段,他们也曾在那宣告八月终了的冰冷光线中一起散步——空气冷冽，叶子已经开始随风飘落，沿着人行道疾舞，住处附近种着赭石色菊花，甚至最顽强的野草也开着花，绣球的花变绿了，为它们自己的汁液迷醉。谁不想要快乐呢？

而正如他散步时一样，他现在记起了小时候在德卢斯有一次想象一头怪兽、一个恶魔在他放学后追赶着他回家。那是一个特别的冬天；圣诞已过，积雪龌龊坚硬。他父亲在海外，而他的妹妹莉莉则带着医院的人工呼吸器回家，躺在楼上她的床上，因小儿麻痹症而奄奄一息。他父母总是——是暗地里，他们可能有所感觉，不过也是肆无忌惮地，也许还是满怀负疚地——喜欢他们的女儿多过严肃的大儿子。也许这会令他们自己都感到意外。但比尔通过研究他们的表情和言语发现了，虽然他从来不知道该做什么来应对。他怎么才能让自己更讨人喜欢呢？他父亲不在家时，他会写下冗长沉闷的信，每个单词都拼写正确。"亲爱的爸爸，你好吗？我很好。"但他没有寄出去。他把它们攒起来，用一根绳子系好，等他父亲回家时他把那个包裹给他。他父亲说"谢谢"，把信件揣进外套，然后便再也没提起过。但是，整整一年，他父亲每天都上楼去为莉莉哭泣。

有一次——那时莉莉还很健康漂亮——比尔一整天都重复着莉莉说的每一句话，直到她受不了哭了起来，他母亲狠狠地一巴掌掴在他眼睛上。

莉莉讨人喜欢。他们喜欢她。谁能责怪他们呢？讨人喜爱的女孩！令人愉快的快乐！而比尔自己却不能获得这种东西，不管是哪一面。他隔着某种气体看着它，隔着一片绿色的扇贝形的海洋——"亲爱的爸爸，你好吗？我很好。"——好像它是个时而跃入眼帘的星球，或是图画书里那种暖橙色的热带岛屿。

但他童年时所经历的那个一月，他知道，有着真实的颜色，傍晚的灯光是发蓝阴暗的，雪堤瘀青般的冻土是叫人害怕的，银色、冰冷。一开始，那个彪形怪兽人是缓慢地迈着步子，那个红色的恶魔巨人，它就要开始追赶比尔。它追得越来越快，越过每座回家的小山，投下长长的影子——它们偶尔会像网一样把他俩都罩住。当教堂钟声敲响四点的赞美诗，那个怪兽人会摇摇晃晃地大步飞起来，横冲直撞，飞快地跃过冰层扑向比尔的脚跟。比尔转过一个街角。恶魔跃过了一箱路盐。比尔抄近路穿过一条小路。恶魔跟着他。比尔猛地冲上自家前门门廊，冲进没上锁的已经黑下来的屋子，砰地把门关上，靠着门往下滑，滑到门垫上，终于在零乱的靴子和鞋子堆里变得安全，尽管还在为自己伟大的虎口脱险大口喘着庆幸的粗气。而所有这一切的恐怖，在一个用如此稀松平常的伎俩就抛弃了所有魅力的世界里，对他而言刺激无比。

只要你高兴

麦克这辈子搬了那么多次家，以至于觉得看到的每个电话号码都是他以前用过的。"我发誓以前这是我的号码。"他说道，把车停好，指着旅游指南，923—7368。电话号码的内在韵律总是带给他同样的私人感受：如同某样熟悉而又遗失了的东西，某件重大而又微不足道的事——好比和他曾约会过的姑娘的一次性爱。

"那就打呗。"奎狄说。他们下了五十五号公路，在芝加哥城外的第一家麦当劳门外。他们在度假，公路旅行，背起行囊就走的那种。奎狄已经唱了一下午的电影插曲，翻来覆去地唱着《吾爱吾师》，而现在他和麦克似乎注定要让对方发疯。麦克一边摸索着拿更多的口香糖（很快就嚼完里面的糖分，一根接着一根）一边飞速地超着大巴，而奎狄则弯腰趴在仪表盘上的小贮藏箱上，因那句"那些讲故事啃指甲的女生时光已一去不返"的歌词而情绪激动，脸色发紫。"要是我能这样背诵莎士比亚而不是露露，"奎狄至少已经讲了三遍，"我现在已经是个天才了。"

"要是。"麦克说。那麦克也早就是个天才了，要是他生下来完全是另一个人的话。可你又能做什么呢？有一次他在一本杂志上看到说只有超过三十岁的女人才能生得出来天才，他母亲生他的时候是二十九岁。见鬼！妈的就差那么一点！

"我们就找个地方订间旅馆用浴油泡个澡吧，"奎狄说，"还有你别杀价，你总是在磨价钱的时候把时间都磨没了。"

"有那么糟？"

奎狄做了个鬼脸。"我不喜欢'杀价'之后的东西。"

"是什么?"

奎狄叹了口气,"最逊。① 我是说,真的,这又不是竞赛!"奎狄转身去摸他的导盲犬瓜波,一条巧克力色的拉布拉多,他们停车去喝咖啡时经常把它留在汽车后座上喘气。"乖狗,乖狗,对。""浴油泡澡"是奎狄对于结束或美妙或糟糕的一天的想法,"明天,我们往南沿密西西比河进发,到新奥尔良,最后再回头往北去看皮博迪酒店的鸭子。听起来怎样?"

"只要你高兴,行。"麦克说。

他们两年前才认识,在印第安纳州泰普斯镇的戒酒会上。麦克初来乍到,最近刚干完某份刷高压塔的无聊粗劣活儿,突然需要一位律师,于是第二天他给奎狄打了电话,"我在想我们能不能做笔交易,"麦克说,"一个老酒鬼对另一个。"

"有可能。"奎狄说。他固然是个瞎子,又是个戒酒中的酒鬼,但他在秘书玛莎的帮助下,搞出了一个颇为体面的律师事务所,而且并不是免费服务。不过,值得的以物换物,他也喜欢。这让一个盲人的生活变得更容易些。他毕竟是个实际的人。在他全部的古怪外表下,深藏着一种极其敏锐的实用主义性格,会让别人误以为是明智。

"我有麻烦了。"麦克解释说。他告诉奎狄做个家庭粉刷匠有多难,他在本城完全是初来乍到,而那些挑剔得不行的家庭主妇又是怎么没法对真正专业的活儿感到满意,还有他又是怎么惹上了一场官司。"我因为粉刷得太马虎而被起诉,斯坦因先

---

① 此处奎狄在玩文字游戏,把 dicker(杀价)一词当作 dick(阴茎)的比较级,比较级之后的则是最高级 dickest(最逊)。

生。不过我能支付你的方式只能是替你刷墙。你有需要粉刷的房子吗?"

"糟糕的粉刷既是指控又是酬金?"奎狄哈哈笑了起来,他喜欢大笑——这会让瓜波到他身边。"这就好比是告诉我说你因为造伪钞而被通缉,而你只能用伪钞支付报酬。"

"很抱歉。"麦克说。

"没关系。"奎狄说。他接了麦克的案子,尽他所能地替他摆脱了麻烦。这是"世界上最伟大的艺术"。在和解听证会上,奎狄告诉法官,"大家知道,边界总是模糊的。"然后让麦克把他的屋子刷成一种清澈的矢车菊蓝做补偿,或者,如一个邻居暗示的,那是带着条纹斑点的飞燕草?午饭时间,奎狄从街那头的办公室回家,站在车道上,瓜波紧随其后,梯子上的麦克在他们头上哼着某支悲伤的阿巴拉契亚恋曲,或是《泰普斯》的诙谐版。为什么是《泰普斯》?"那是我们居住的镇子,"麦克日后会解释,"而且那是你拐杖的声音。"

白日已尽。太阳下山。

"活儿干得怎么样,麦克?"奎狄问。他的黑发像绳子一样又长又毛糙,他说话时总喜欢用力拉着它。"我的邻居告诉我,我的灌木丛全变蓝了。"

"有一点滴溅总是难免的。"麦克不开心地说。他从来不用油布,不像其他粉刷工那样。他甚至一张都没有。

"好吧,我不介意。"奎狄说道,颇有意味地轻轻敲打着墨镜。

不过后来,粉刷侧墙老虎窗时,麦克听到奎狄在屋里和一个朋友打电话,带着讪笑大声哼道:"嘿,我知道什么?我有蓝色的灌木丛!"或是"我让人把灌木丛染成了蓝色:暴发户——当心——总是与你同在。"

只要你高兴　139

屋子差不多快刷完时,橡树叶开始在地上堆积成一堆堆金子与红宝石,是梨子的颜色。黄昏来得很早,又消失在那冬夜开始的漫长溶剂中。这时麦克开始在此流连不去——喝咖啡和茶,接着吃晚饭,然后又是咖啡和茶。他喜欢看奎狄敏捷地在厨房里走动,拒绝麦克的帮助,搞出一些简单的东西——意大利面、豌豆、沙拉、面包和黄油。麦克喜欢和他谈论戒酒会的会议、交换彼此的故事。那寥寥几次像特棒的歌曲一样驻留记忆的饮酒狂欢,还有那些彻底毁了他们的生活的人。他注视着奎狄的脸,疲倦或喜爱在他脸上溢出,或泛起涟漪。奎狄生来就看不见,他从没学会像有视力的人那样伪装和掩饰;他的脸一直是松弛、未经训练的,是张干净的画布,像婴儿的屁一样透明,从里到外一望便知。在一张如此毫无戒备也让人失去戒心的脸上,你看到的是自己天真的自我——而有时你会退缩。

但麦克发现他自己无法走开——不能完全地,不能真正地走开。他帮奎狄弄他的长发,用梳子把头发往后梳,用一根皮绳子系好。他带给奎狄他从市中心的二手商店里顺手牵羊来的礼物。一本布莱叶盲文的地理书,一件袖子上有块咖啡渍的汗衫——那是不是太恶劣了?为奎狄数不清的茶杯准备的软木杯垫。

"我对你万分感激,亲爱的,"奎狄每次都这么说,一边摸着麦克的袖子,有时候口气活像个维多利亚时期的情人,"你是到我家来的人里面最好的一个。"

也许是因为奎狄最为娴熟的就是触摸和言语,或者是因为麦克已经经历了一段烂透了的人生,一切都令他痛苦不堪,又或者是因为大地已经陷入阴影与寒冷,而他妈的所有未来又似乎都在那糟糕的墨水里面浸过了。一天晚上,在客厅里,在一个只是令麦克感到吃惊的吻之后,其实即便当时他也只是稍感意外而已,麦克和奎狄成了恋人。

然而，有时候麦克还是感到非常困惑。他怎么会变成这样？是哪一记嘴里的软拳把他带到这个新地方？

不确定导致了害羞，而害羞，奎狄总是说，让整个世界连在一起。或者，更确切地说，它以往总是让这个世界连在一起，让它不至于因混乱而变得疯狂。现在——现在！——则是个不一样的故事了。

不一样的故事？"我不喜欢故事，"麦克说，"我喜欢食物，我喜欢汽车钥匙。"他停了停，"我喜欢椒盐卷饼。"

"好——吧。"奎狄说道，抚摸着自己肩膀的轮廓，接着是麦克的。

"你经常这么做，是不是？"麦克问。

"做什么？在杂务部升级？"

"把你觉得有点呆的不是同性恋的大男人带到你床上。"

"我从来不那么干，从不，"他把头歪到一边，"以前。"他用他杏仁形状的平坦指尖玩弄着麦克的胳膊，像是在玩键盘，"以前从没有过，你是我重要的性试验。"

"可是你看，你是我重要的性试验。"麦克坚持说。在遇到奎狄之前，他怎么也不可能想到自己会和一个皮包骨头戴着墨镜光着身子的男人在同一张床上，"怎么会是那样？"

"亲爱的，就是那样。"

"可总有人是主导的。我们俩怎么能在一场实验性的冒险里幸存下来？总得有人替船掌舵。"

"哦，去他妈的船。我们会没事的。我们现在在一起。这是运气。是上帝的旨意。是时间的同步性！是意外发现的珍宝！安拉的意志！卡米洛！安妮，亲爱的，他妈的操起你的枪！"奎狄在尖叫。

"我的前妻叫安妮。"麦克说。

只要你高兴　141

"我知道，我知道。所以我才这么说，"奎狄说，现在尽量不去叹气，"这么想吧，瞎的领着直的①，行得通，不是没可能的。"

早上，电话响得太多，有时让麦克心烦。当你真正需要椒盐卷饼和汽车钥匙的时候，它们在哪？他发现奎狄完全知道胳膊离听筒的距离，能一下子迅速地拿起来。"你是一个人还是两个人？"奎狄的朋友会问。他们说话大声又夸张——像是在跟聋子说话——麦克总是能听到。

"两个。"奎狄会说。

"哦——"他们会柔声说，"那么两人先生今天怎么样啊？"

"你该把你的东西搬过来。"一天晚上奎狄终于对麦克说。

"你真那么想吗？"麦克发现自己在用令自己感觉陌生的方式遵从别人的意思。他从没和男人一起睡过觉，大概是因为这个——尽管多年以前有那么些个夜晚安妮会化上浓妆穿上皮衣，她的性别似乎变得混沌不清，它对麦克具有莫名的吸引力，它自给自足。它没有对他提出要求，于是他想要靠近，贴近它，了解它，让它需要他，把它带走，让它死亡。那是些奇怪、大胆的夜晚，他俩之间的赤裸以对更像是古老的深入骨髓的打斗，而非婚姻。但究其根本，它仍是他解读不了的，不过他觉得阅读本来就不是自然的事情，不该用在人身上。总体而言，人并不是地图。人不是象形文字或书本。他们不是故事。一个人是一堆意外的集合。一个人是石头无尽堆积而成的，底下的东西在生长。总的来说，当你感觉渴望爱情时，你就找个女人，小心翼翼而不抱太多希望地占有她。直到你最后松手，睡觉，醒来，而她又再次诱惑你。然后你们从头再来，或者不。

然而，奎狄身上并没有什么诱人之处。

---

① 直的（the straight），指异性恋。

"我是不是真那么想?当然是这样。我难道不是本欲望手册吗?"奎狄问,"盲文的,当然,不过仍然是。看看行不行,搬过来。"

"好吧。"麦克说。

麦克和安妮有个孩子,他们的儿子卢。就在一切结束之前,麦克还拼命想着该对安妮说的话,试图挽救一切。他会说很多"好吧"。他不知道该怎么抚养孩子,一个没有牙齿不会耍花招的孩子,但他知道必须对它稍加保护,你不能就这么把它送出去让它落入世界的虎口。"有些东西会随着时间在人们之间生长。"他有一次说道,试图让他们继续在一起,留住卢。要是他失去卢,他相信这会完全毁掉他的生活。"不管你喜不喜欢,它都会生长。"

"污秽。"安妮说。

"什么?"

"污秽!"她喊道,"人们之间生长的是污秽!"

他猛地摔上门,去和朋友喝酒。他们一起去的酒吧——蒂姆的酒吧——很快就烟雾腾腾,无聊乏味。有人——也许是鲍勃·贝肯——建议去"活色生香",州际公路边上的一家脱衣酒吧。但麦克已经开始想念他的妻子。"我为什么要去那种地方?"麦克大声对他朋友说道,"我家里就有个漂亮老婆!"

"好吧,那么,"鲍勃说,"我们去你的家里。"

"行,"他说,"行。"

等他们到那儿时,安妮已经不见了。她已经迅速理好行李,带着卢,逃走了。

如今,安妮离开已有两年半了,而麦克现在正和奎狄一起旅行。他们的计划是穿过芝加哥和圣路易斯,再往南沿密西西比河进发。他们会入住含早餐的旅馆，游览历史名胜，像情侣那样。他们决定十月旅行的部分原因是麦克动了个小手术，正在养病。他的"私密地方"切除了一个小小的良性囊肿。

"卫生间？"手术后第一天，奎狄问道，伸手去摸麦克密密的黑色针脚，然后叹息着，"接下来两个星期里面我们能做的最不性感的事情是什么？"

"去旅行。"麦克提议。

奎狄满意地哼哼。他找到麦克的手腕内侧，静脉像硬邦邦的绳子的那个地方，用拇指抚摸着，"已婚男人永远是最好的，"他说，"他们那么知恩图报，又有男人味。"

"让我歇会儿。"麦克说。

第二天，他们买了几瓶一夸脱装的矿泉水，椒盐饼干，驱车离开了城区，离开了高速公路，路的一边是耶稣复活公园公墓，另一边是日落记忆公园公墓——出租车司机把这条路线叫做"坟区"。麦克初到泰普斯镇时开过一个礼拜出租车，他很快就熟悉了城里的布局。"我在坟区，"他曾不得不对着无线电话筒说，"我在坟区。"但他讨厌这句该死的话，讨厌在机场等候，那吝啬的小费，沉重的行李箱。而且泰普斯镇的地名——叫峰景庄园的公寓楼、一棵树都没有的小区叫做乔木谷地，公墓则不加掩饰地叫日落记忆和复活公园——全都让他起鸡皮疙瘩。复活公园！上帝。该死的山地人全都直接把词给拧死了。

但坐在奎狄的车里驶出坟区去旅行让他俩都觉得有趣。他们能够再一次逃离这座城市的一切不幸以及它触目惊心的安息地。"永别了，你们这帮老骨头。"麦克说。

"再见，我的客户。"当他们经过县监狱时，奎狄大喊。"再见！再见！"然后他满足地重重坐回座位，而麦克则加速向州际公路驶去，来到乡下农场，银顶的筒仓像宇宙飞船一样闪闪发光，空气里是青草的味道，还有浓浓的公猪味。

"我想订间双人房，要是可能的话。"现在麦克正压过州际公路的交通噪音大喊。他看着奎狄从车里出来，把瓜波留下，用拐杖摸索、敲打着朝麦当劳的大门走去。

"对，一间双人房，"麦克说，他回头留意着奎狄，"美国运通卡？是。"他在奎狄的钱包里摸索着，大声念着数字。他再回过头，看见奎狄在点苏打水，但没找到自己的钱包，因为他已经把它给麦克订房间了。麦克看到奎狄把拐杖夹在胳膊下，拍遍了所有的口袋，除了一条红色的何奥洞①手帕什么也没找到。

"你想要卡上的号码？3112……"

奎狄现在转身离开，没有苏打水，朝大门走去。但他选错了门。他误入了游乐场，麦克看到他在塑料芝士堡和炸薯条秋千中用拐杖四处乱打着，那儿在夜间为孩子开了灯。游乐场别无出口，只能再退回餐厅。但奎狄显然不知道，他一开始轻轻敲打着，接着用拐杖大声撞击着颜色俗艳的障碍丛林。

"……81006。"订房员在电话里重复着。

等麦克到他身边时，奎狄已经瘫倒在一块陶瓷鸡胸上。"老天，路易斯。我以为你离开我了，"奎狄说，"我发誓，从此刻起，我什么都照你的意思去做。我已经看到了地狱，上帝作证，里面全是大件可怕的露台家具。"

"我们订到房间了。"麦克说。

"太棒了。我们还能再要杯苏打水吗？"麦克让奎狄挽着他的胳膊，扶着他走回去，点了杯百事和一个眼镜盒大小的苹果派——在车上分着吃，像孩子那样。

"祝你们今天过得愉快。"柜台的男生说。

---

① 何奥洞（Howe Caverns），美国纽约州境内一地下石灰岩洞群。

"谢谢你的忠告。"奎狄说。

他们带上了棋盘问答游戏,晚上奎狄喜欢玩这个。尽管麦克答应了——只要你高兴,行——但他觉得这是个无聊的游戏。如果你不知道答案,你感觉自己很笨。而要是你确实知道答案,你一样觉得愚蠢。更蠢。你用那么丁点愚蠢的信息在大脑里做什么呢?麦克情愿躺在房间里盯着天花板,想想芝加哥,想想他们的一天。"说出四个以总统名字命名的美国州府。"他犯困地念着卡片。他情愿去琢磨下午看过的那些油画的意思,他差不多理解了。劳特累克的万圣节色调;皮维·德·夏凡纳的白垩色;维亚尔和伯纳尔甜美的指画法作品里充盈着从窗户透进的光线和盥洗架。麦克听到奎狄耳机里嗡嗡响的话音,但他自己没有耳机。让盲人去听解说吧!麦克有自己的眼睛。不过最后,看到可怜的奎狄既不能看也不能摸那些油画,他实在看不过去,就把奎狄领到楼下的雕塑馆,等没人注意的时候,他把奎狄的手放在一座大理石裸体女子雕像上。"啊。"奎狄说,触摸着她的鼻子和嘴唇,接着变得安静无语,满怀敬意地摸着她的肩膀、她的胸部、臀部,等他经过她的大腿和膝盖摸到她的脚时,奎狄放声大笑。脚!这个他最熟悉了,这个他喜欢。

后来,他们去一家夜总会听了一出滑稽戏,叫《天黑后的科威特》。

"林肯、杰克逊、麦迪逊、杰斐逊市,"奎狄说,"你觉得我们会打仗吗?"他似乎已经对游戏变得不耐烦了,"你曾经服过役。你觉得这次会不会是真的?这次乔治·布什的大摊牌?"

"才不。"麦克说。他参军只是在和平年代。他受遣驻守德克萨斯,随后是德国。他那时和安妮在一起,那是些美好的年头。只偶尔哭一哭。只稍微喝点酒。后来,他被调到后备军,不过后备军永远不会被征召上前线——大家都知道，至少到目前为止。

"也许这只不过是军火的销售演示。"

"好吧，那么他们会开火，"奎狄说，"不是吗？如果这是次演示，那么就得把东西演示一遍。"

麦克又拿起一张卡片。"在《他们把风叫做玛丽亚》这首歌里，他们把雨叫做什么？"

"是玛-莱-亚，不是玛丽亚。"奎狄说。

"是玛-莱-亚？"麦克问，"真的？"

"真的，"奎狄说，玩游戏时奎狄的脸上会有种邪恶、责备的表情，"该你了。"他摊开手，"现在把卡片给我，免得你作弊。"

麦克把卡片递给他。"玛-莱-亚。"麦克说。这首歌几乎回到了他耳边——他记得在哪里听过。也许安妮过去老唱。"他们把风叫做玛莱亚。他们把雨叫做……好吧。我想我就要想起来了……，"他把手指按在太阳穴，眯着眼思索着，"他们把风叫做玛莱亚。他们把雨叫做……好吧。别告诉我。他们把雨叫做……帕莱亚！"

"帕莱亚①？"奎狄大笑。

"好吧，那么，"麦克说，有点恼火，"大雨，他们把雨叫做大雨。"他暴躁地伸手去拿迷你吧的果汁，下一次，他得飞快地看一眼卡片背面。

"你不想知道正确答案吗？"

"不。"

"好吧，那我就拿下一张卡片了，"他拿起一张，假装在看，"上面说：'亲爱的，火星上有生命吗？是或否。'"

---

① 帕莱亚（Pariah），此处和玛莱亚（Uar-eye-a）音律对仗，但其实是"贱民"的意思。

麦克已经回头想那些画了。"我说否。"他心不在焉地说。

"唔，"奎狄说着放下了卡片，"我想答案是是。这么去看吧：他们确定哪里有冰晶。哪里有冰，哪里就有水。而哪里有水，哪里就有滨水产业。哪里有滨水产业，哪里就有犹太人！"他拍着手，躺回了化纤床罩上。"你在哪儿呢？"他终于问道，在空中挥舞着胳膊。

"我在这儿，"麦克说，"就在这儿。"不过他没动。

"你在这儿？嘿，好。至少你不是在我表妹伊瑟·马蒂安的湖畔别墅和她吓人的老公霍华德在一起。尽管有时候我在想他们过得怎么样。他们好不好？他们从来不来看我。我把他们吓坏了，"他顿了顿，"我能问你个问题吗？"

"行。"

"我长什么样？"

麦克踌躇着，"褐色的眼睛。褐色的眉毛，还有褐色的头发。"

"就这样？"

"好吧。还有褐色的牙齿。"

"是嘛！"

"对不起，"麦克说，"我有点累了。"

汉尼拔和所有那些最近努力将自己装扮一新的河畔小镇一样，将沿河的楼房改成古董店和家庭旅馆。这让麦克伤感。这些屋子仍旧有种没落的辉煌气质，然而它似乎是漫不经心地一耸肩，将这种气质照耀在单调的猎奇旅游和保健设施的经济上。一百年的航班和疗养如同雨水洒落在这个地方。大雨！寥寥几艘仍然往上游行驶的驳船显得古老而荒谬。可是奎狄想听那些招牌所说的——马克·吐温餐馆、汤姆与哈克汽车旅馆，这让他觉得有趣。他们去参观了萨姆·克莱蒙的故居、克莱蒙先生的办公室、小小的监狱。他们上了辆奎狄称为"忒,忒吐温"的小火车,它绕着该地区行驶,让这个地方更显得阴森而无望。奎狄摸着篱笆粉刷一新的宽木条,"这是现代的涂料。"他说。

"乳胶漆。"麦克说。

"哦,跟我说说,跟我说说,宝贝。"

"你能不能别这样?"

"行。好吧。"

"漂亮的狗。"在汤姆·索亚餐厅,一个穿紫色裙子的大个子女人对他们说。餐厅紧挨着停车场,是那种传奇篱笆的大模型,那儿的熏肉生菜番茄三明治是跟薯条一起用垫着硬蜡纸的红色塑料篮子端上来的。奎狄照常叫了杯牛奶。

"谢谢。"奎狄对女人说,她在朝她停车场的汽车走去之前停下来亲昵地摸了摸瓜波。奎狄突然显得窝火,"他得到了所有的赞美,而我得说谢谢。"

"你想要赞美?"麦克反感地问,"行,你也很漂亮。"

"是吗?好吧,我怎么能知道,要是每个人都只是不停地赞美我的狗!"

"真没法相信你在跟你该死的狗吃醋。来,"麦克说,"我拒绝和长着牛奶胡子的人说话。"他递给奎狄一张餐巾,用它折叠的边碰碰他的脸颊。

奎狄接过去擦了擦嘴。"恰恰在我们这么善于让对方乏味的时候。"他说。他伸过手来拍拍麦克的手臂,又伸手往上粗鲁地摸了摸他的头。麦克的头发稀薄,往后梳着,而奎狄从后面重重拍了它一下。

"嗷。"麦克说。

只要你高兴 149

"我老忘记你的头发是那么爱尔兰而敏感,"他说,"我们得给你弄些结实的犹太头发。"

"很好。"麦克说。对此他已经感到厌倦,对他俩感到厌倦。这样的旅行他们经历了太多。他们参观了波士顿的鹅妈妈之墓。他们参观了萨拉托加的战场。他们参观了阿灵顿。"尽是墓地!"麦克说,"不管到哪都是该死的坟区!"他们参观了林肯纪念堂("我把它想象成一个大理石的大奥兹,"奎狄说,"亚伯拉罕·奥兹。这名字好多了,你觉得呢?")。就在隔壁,他们又参观了越战纪念碑,它冷酷的伤亡册枯燥沉闷,麦克更喜欢那非主流的纪念碑,老兵们为战友竖起来的雕像,它并不想成为某种艺术,更想成为人。"这是关于那些男人,而不是那些男人的名字,"他说,"男人们在那儿死去。名单没有在那儿死去。"然而奎狄花了一个小时摸索着寻找他那些死于一九六八年和一九七〇年的朋友,他似乎有些反感而又倨傲地叹了口气。

"你完全弄错了,"他说,"名单也死了,一个难以置信的令人心碎的名单。"

"抱歉我没那么知识分子。"麦克说。

"你在妒忌,因为我在到处摸别的男人。"

"是啊,我妒忌。我妒忌我不在那儿。我妒忌是因为——愚蠢的我——我等到和平年代才入伍。"

奎狄叹了口气,"我差点就去了。不过我的编号很靠后。况且,你猜怎么着?平足!"

这时,他俩都牵强地放声大笑,笑得筋疲力尽,像两个紧张的疯子,就在那儿,靠着墙,直到某个穿制服的人请他们离开,别人正在认真祈祷。

为了去个没有公墓的地方,他们曾飞往基韦斯特,吃了很多海螺杂烩浓汤，还去了奥杜邦①的故居，那其实根本不是奥杜邦的故居，只不过是奥杜邦曾经待过一两次的地方，射杀他要画的鸟。"他开枪打死它们？"麦克不停地问，"他开枪打死那些鸟？"

"令人作呕，"奎狄大声说道，"可怜的鸟。从现在开始，我要把我所有的钱都捐给高速公路基金会②。让那些奔驰开得快、快、快！"

为了防止麦克在绝望之下喝酒，他们后来找到了一家戒酒会，顺道拜访了一下，交了些朋友，向他们忏悔，当然并不是完全按这个顺序。第二天，他们带着新朋友去海明威的故居晃了一圈，戴着羽毛围巾——"只是为了嘲弄一下爸爸。"

"在动笔之前，"奎狄说，假装在大声念旅游指南，"海明威会射杀他的人物。这被视为一种不同寻常然而并非前所未闻的创作方式。不过，即便是在文学圈内，这也没有得到广泛讨论。"

第二天早上，在一个名叫查克的和善老人的要求下，他们去了一场艾滋病死者纪念仪式。他们坐在查克身旁，握住他的手。有人朗诵了沃尔特·惠特曼的诗歌。大提琴组曲演奏得如此煽情，人们都跪倒在地，为悲伤的美崩溃。祷告仪式结束后，大家都肃穆地上车缓缓驶向墓地。不管麦克和奎狄多努力避开公墓，他们还是又置身于此。坟场自有它执著的召唤，如同钱财对于水手，或是水手对别的水手。"这实在太浓烈了。"在一次祈祷中间，麦克对奎狄低语。在墓地，麦克偷偷让两人站在远离哀悼者的地方。"这本该是我们的假期。等这次祷告结束，我们去海滩吃纸杯蛋糕吧。"他们去了，让瓜波在沙滩上来回奔跑，追逐海鸥，

---

① 奥杜邦（John James Audubon，1785—1851），美国画家，博物学家，他绘制的《美国鸟类》被称为"美国国宝"。
② 高速公路基金会（Autobahn Society），Autobahn 与 Audubon 发音相似。

而他俩躺在一条浴巾上,海风刮着他们的脸庞。

现在,在这一段行程,麦克开始赶路。他想离开汉尼拔那些斑驳的白砖,那些树林和黑果木,那些全都停在叫什么"汤尼的客厅"的停车场的当地人的车子。他想继续前往圣路易斯,孟菲斯,新奥尔良,然后回去。他想结束旅行,结束这种他们过于频繁地在路上的生活,像是老女人在充分考验她们结实耐穿的新鞋。他想把缝线拆掉。

"我希望不会有疤。"他说。

"疤?"奎狄用他经常性的刺耳嘲讽说道,"真不敢相信我和一个操心自己鸡巴好不好看的人在一起。"

"提问:哪个美国剧作家因为她的作品而入狱?"

"她的作品?啊哈!莉莉安·海尔曼?我怀疑。桑顿·怀尔德——"

"梅·韦斯特。"麦克脱口而出。

"别那样!我还没回答呢!"

"这有什么关系?"

"这对我有关系!"

只剩一个礼拜了。

"在圣路易斯。"——奎狄又开始假装念着旅游指南,这是他的老噱头了。他们正一路颠簸地驶往拱顶——"有座著名的大门,或'拱门',由麦当劳集团建造。神圣的主啊,美利坚,跪下你的膝盖!"

"我有,我有。"

"事实上,这是真的。我听到有人在楼下谈论它。这东西是由一家叫麦当劳的公司建造的。一座灰石造成的金色拱门,那是通往西方的大门,在日落时非常金色,非常拱门。"

"谁晓得。"又是灰色的石头,根本逃不掉。

"跟我描绘一下景色。"他们在拱顶下车时奎狄说。

麦克透过玻璃窗向外看,"还行。"

"我是说描绘,不是评价。"

"中西部,空中的,绿色与褐色。"

奎狄叹着气,"我想瞎子不该和聋哑人交往,除非已有人写了攻略。"

麦克肚子开始饿了,"你饿吗?"

"那样太紧张了!"奎狄补充道,"不,我不饿。"

他们错误地去了水族馆,而不是提早去晚餐,这让麦克觉得每种海洋生物都很可口。奎狄和一个可爱的学校老师模样的名叫朱迪的导游领的队一起参观,而麦克则自己去探险。他感觉自己像是条在学生当中被松开绳子的狗:这是他的朋友们!巨型鹦鹉螺、电鳗、披着波浪般的斗篷、笑得像个白痴的黄貂鱼无声地抵着玻璃尖叫——或者是在进食?

一样东西什么时候在尖叫什么时候在进食——麦克为什么分不出来?

这是一天中错误的时刻,一生中错误的时刻,和海洋生物在一起。尖叫或进食。裹上面包屑或煎炸。麦克小的时候,他婶婶老给他唱一首歌:"我在陆地上是人,我在海上是海豹。"而此刻他想着这个,这首关于半人半海豹或鸟的歌——它到底是什么?它是回来带走他孩子的生物——他和陆地上的一个女人生下的孩子。但那个女人的新丈夫是个猎人,一个神枪手,他试图和孩子逃回大海时被他杀死了。也许那样最好,最终的结局。不过歌曲很悲伤。偷来的爱,失去的爱,两栖类的宿命——就是麦克自己的人生。我在海上是海豹。"我的生活幸运又富有。"他过去在肯塔基刷高压塔时总这么对自己说,而梯子上的电场让他胳膊的汗毛都竖了起来。幸运又富有！它们听着像是史宾格猎犬，或是两个声名狼藉的伯伯。幸运伯伯！富有伯伯！

我在陆地上是个男人，他想。可这儿，在海上，我是什么？尖叫还是进食？

奎狄来到他身后，带着瓜波。"我们去吃饭吧。"他说。

"谢谢。"麦克说。

晚饭后，他们躺在汽车旅馆的床上接吻。"啊，亲爱的，对。"奎狄喃喃道。他的"亲爱的"和"我亲爱的"像是热浪中叫人舒坦的敷袋，然后就没别的词了。麦克贴得很近，发凉的肚子暖和了起来。他的心脏抵着奎狄的怦怦跳动，像个移动的水汽球，里面的液体从一侧撞向另一侧。拥抱一个和你差不多个子的人，麦克想道，这其中有某种令人安慰的东西。甚至是令人兴奋的东西。你们的下巴在彼此的肩上，你们的脚碰着脚，脑袋耳对耳紧贴着。再说他喜欢——他热爱——奎狄的嘴吻在他身上。一个男人饱满的嘴。奎狄身上总有一丝绝望而卖力的东西，摆好架势。他大大的搜寻着的嘴唇，他狂野无遮挡的眼睛如同水族馆的生物，禁锢于密闭的空间而又自由地漫游着。他俩这么吻着——无罪辩白、详尽阐释、红字标题——这种情形下，话语是外钞。只余嘴里的软拳，既是尖叫又是进食，令麦克的耳朵充满光。这个，他想，就是盲人赖以观看的方式。这是鱼之行走，这是岩石之歌唱，根本没什么能像一个男人有力的吻一样，向肯塔基的女人们致歉。

他们在一家叫做"妈妈家"的地方吃早饭，那儿打着"飞卷"的广告。

"那是什么？"奎狄问。结果它们只不过是服务生扔向顾客的热牛奶黄油卷。麦克的卷饼正好砸在他的胸口，他震惊之下一直紧紧抓着它。"别担心,"服务生对奎狄说,"不会朝你扔的,一个盲人,不过可能会扔你的狗。"

"老天,"奎狄说,"我们还是离开这儿吧。"

出去的时候,在门口,麦克停下来看失踪儿童的海报。他没看女孩的。他看着男孩:格拉姆,八岁;埃里克,五岁。那么五岁的孩子就是这样的,麦克想道。卢下个礼拜就五岁了。

麦克走的是南边的慢路。他和奎狄像鸟一样,收复着六周前在北方离他们而去的夏天。"我打赌在泰普斯镇他们已经给靴子套上盐鞋套了,"麦克说,"他们的轮胎上肯定已经有厚厚的冰片了。"麦克知道奎狄讨厌冬天。冰冻的空气让一切都无法触摸,无法嗅闻。当天气变暖,这个世界又回来了。"太阳闻着像火。"奎狄说,微笑着。经过漂白过的门垫似的老麦田,土地愈发绿油油起来。在密苏里这么靠北的地方,棉花已经开始收割。田野像一卷卷凸点薄棉布一样延展,有一次麦克和奎狄在路肩上停了车,下去采了朵棉花,剥去潮湿的花苞,感觉着棉花慢慢变干。"瞧瞧你错过了什么,北方佬。"麦克说。

"我错过的多了。"奎狄说。

他们偶遇了一拨吉普和悍马车队,漆成米灰色,往南向一艘船行驶,那无疑会把它们从一个海湾带往另一个海湾。麦克吹响了口哨。"真见鬼。"他说。

"什么?"

"眼下,我们前方有大约两百辆军队车辆,刚刚刷成沙漠灰。"

"真受不了,"奎狄说,"要打仗了。"

"我本来想发誓不会开战。我本来想发誓那只是拍电视剧。"

"我打赌要开战了。"他们跟随着吉普车队行驶到库特尔,随后转而驶向赫洛伊斯去看河。仍旧是那条獴褐色的缓慢河流,缺乏一种麦克无法言明的美。河流在他看来像是条讨厌的大狗,不知道自己有多脏,一直在某侧跟随着你的车前行。

他们下车舒展一下四肢。麦克点了根烟,想着吉普车和沙特阿拉伯的沙漠。"那么就是那样。褐色,接着更多的褐色。我猜一条河不过如此。"

"你真是……佩姬·李,"奎狄说,"来点杰罗姆·科恩怎样?它不长土豆,它不长棉花,它只是不停向前奔流。"

麦克知道这首歌,但连看都没看奎狄一眼。

"闻闻它的泥土和潮湿气味。"奎狄说道,做着深呼吸。

"我闻了。伟大的潮味。"麦克说。他觉得疲倦。他还厌倦了努力,厌倦了活着,又害怕死去。要是奎狄想要音乐喜剧,那儿就是音乐喜剧。麦克慢悠悠地抽着烟。战争的前景占据了他的大脑。它引发了他心中某种旧的、未曾停歇的恐惧。作为一名前士兵,他依然相信军队。但他相信的是休憩的军队,放松的军队,在陆军消费合作社逛街的军队,在弥撒堂用晚餐的军队。而像电视转播的足球队一样的军队?一个迅速结束的迅速开始。

"我听说对方连袜子都没有,"回到车上后奎狄说道,想着这场战争,"或者,他们有一些袜子,但并不全都配得成对。"

"也许军方等待这个已经很多年了。某张王牌——终于到时候了。"

"感谢上帝你已经不在后备军了。他们征召了所有的后备军人入伍,"奎狄的手伸进麦克的上衣,揉着他的背,"整个月都有年轻人来我的办公室列遗嘱。"

麦克在后备军只呆了一年,就因某次撤退时醉酒而被开除了。

"后备军以前就是露营旅行。"麦克说。

"呵,现在它是走歪了的露营旅行,一次有抱负的露营旅行,一趟大大的火热的露营旅行,杀字开头的露营。这些孩子来列遗嘱,你该听听他们声音里的震惊。"

麦克缓慢地开着车,因担忧而发怔。"你在后面怎么样,黛西小姐?"奎狄扭头对瓜波说。离开孟菲斯,在阿肯色州,他们在一家餐桌椅仓库隔壁的丹尼餐厅停了停,他们又把瓜波放出去奔跑。

餐桌椅,麦克想着,那正是这个世界所需要的,一仓库的餐桌椅。

"我曾想写本书。"奎狄说,舒服地坐在座位上,吃着煎蛋饼。

"哦,是吗?"

"是啊。我的那些段落那么大,它们占据了好几页。句子也巨大无比——有两三页长。我必须缩减一下,有人告诉我。"

麦克微微一笑。"那字呢?你也用大字吗?"

"巨大的字。为了润饰它,我第一个字母是用剃刀从广告牌上割下来的,"他顿了顿,"那是个玩笑。"

"我明白了。"

"不过确实有一本书。我打算叫《和我的沙发约会:盲人生活指南》。"

麦克没说话。这一路上说了太多话了。

"我们回去的时候再去孟菲斯吧,"奎狄烦躁地说,"现在,我们直接去新奥尔良。"

"你想那样? 行。"麦克对孟菲斯没有太多好感。小时候,有一次他在那儿曾经被一只蜜蜂追过,在一条又长又窄的街上,一侧停着车。他躲进了一个电话亭,可蜜蜂候着他,结果麦克二十分钟后从亭子里走出去，终究还是被蜇了。他们关于蜜蜂的说法是不对的。它们并没有那么忙，它们有时间，它们能够等待。那些关于像蜜蜂一样忙碌的说法，是个谬论。

"那样，回去的时候，"奎狄说，"我们就能时间宽裕地在鸭子出来的时候去皮博迪。我想看完整的鸭子表演。"

"当然，"麦克说，"鸭子的事是大事。"离开丹尼餐厅后的路上，麦克从奎狄身旁稍微走开了会儿，看着又一张失踪儿童的海报。一个叫塞斯的男孩，五岁。这个世界——你开得再快再远也躲不开它——带着许多匕首扑向他。

"你在看什么？"

"没什么，"麦克说，然后心不在焉地加了句，"一个男孩。"

"真的？"奎狄说。

麦克驱车往南飞速穿过三角洲的小镇，欧朵拉、欧帕拉、塔鲁拉。最穷的几个镇拥有好莱坞般的名字，银行，富裕。每个镇上，浸礼会教堂都紧紧挨着鱼饵店或是蒂娜高级鸡尾酒屋。麦秆似的杂草齐人高，这儿的棉花种在已经沙化了的土壤里，在棚屋或是烧毁的汽车边上，一座棉花籽炼油厂高高耸立在田野上，最近的哈迪斯汉堡包店还有四英里远。有时候棉花田看着像是下了雪一般。麦克注意到摇摇欲坠的招牌上写着，来梅德莱特吃或迪克家的肉最棒。它们既天真又苍老，这怪异的混合体，像是个长得像祖母的孩子，或是长得像姑娘的祖母。他和奎狄在提供炸玉米面团和炸蛋奶裹泡菜的地方吃午餐和晚餐，这让奎狄想起他姊姊的厨艺。空气变得稠厚、暖和。辛克莱雷龙和老式可口可乐的招牌从路旁小店和加油站伸出来。而后，离巴吞鲁日更近时，古董店里卖着同样的老可乐招牌。

"回收。"麦克说。

"每个人都在回收。"奎狄说。

"有人曾告诉我,"——麦克想着安妮——"我们都是用星星做的,我们身体里的每个原子以前曾是星星的原子。"

"你信了?"奎狄大笑。

"去你妈的。"麦克说。

"我是说,在此之间,我们很可能还是女生联谊茶会上的某种奶酪。我们和星星的远古联系!"奎狄说着,已神游万里,在某个法官前论证着他的观点,"这是道听途说的生物学等值物。"

他们住在一幢内战前的大宅里,有四柱顶蓬床。他们坐在顶篷下玩棋盘问答游戏。

麦克再次大声念着他的问题,"乔治·布什说:'我们取得了些胜利;我们犯了些错误;我们有过些性爱'时,指的是谁?"

麦克凝视着。四柱床像是有精神病。窗外,他看到街对面的一块招牌写着绝对酸奶有铺出租。它边上,一个大块头白种女人正用购物袋打一条小黑狗。这个国家是怎么了?他翻过卡片看了看,"罗纳德·里根。"他说。他已经喜欢这样作弊。

"那是你的答案?"奎狄问。

"对。"

"好吧,你大概是对的。"奎狄说,他总是在麦克念给他听之前就已经知道答案了。麦克又盯着床看了起来,顶篷像是《爱丽丝漫游仙境》里的女公爵戴的帽子。他婶婶有时候会给他读那本书,而它总是让他觉得不安又迷惑。

床头柜上有几包桃核和杏核,是癌症病区那种叫人作呕的甜味。

"哪个前匹兹堡海盗队强击手是一九八八年唯一入选棒球名人堂的球员?"麦克念道。轮到奎狄了。

"我落到该死的体育类了?"

"对。你的答案是什么?"

"琳达·朗丝黛,她演过《潘赞斯的海盗》。我知道这在匹兹堡演过,不过我对名人堂那部分不确定。"

麦克没说话。

"我答对了吗?"

"没。"

"唔,你以前从不那样——让我答那些体育题。现在你变得难相处了。"

"对。"麦克说。

第二天上午,他们去了家可口可乐博物馆,看来南方遍地都是这个。"你会以为可口可乐是国家珍宝。"麦克说。

"不是吗?"奎狄问。

各个州,佐治亚、密西西比或随便哪个,都在竞相争夺头衔。可口可乐第一次在此上桌、第一次在此装瓶——第一次口渴,第一次爆裂——这是一场公司品牌大战。开车穿过又一片公墓——维克斯堡的公墓,仿佛找到了一处离奇的避难所。于是他们又去参观了,不过速度很快,不停向前,这样他们就不会感觉到那种他们在泰普斯镇的每个下午都可能感觉到的无可追回的流逝,不会感觉到那逼人的黑暗一天终于又匆匆终了——只为了早上从头再来一遍,雷同得令人压抑,如同西洋跳棋里的一颗棋子,或是笑话书里的一个笑话。

"看来他们这儿一切都是州里规划的。"麦克说,他往外看着维克斯堡的土地,翻滚的碧浪就像点缀着阿司匹林。他又回头看摊在方向盘上的墓园地图。他在这里:重回坟区。

"嗯,我们去印第安纳区吧,"奎狄说,"赞美死去的山地人。"

"行。"麦克说道。当他开到一小块写着印第安纳的石头前——其实根本不是那个区——他放慢车速说,"就是这儿。"于是奎狄摇下车窗大喊:"赞美死去的山地人!"人们对一个盲人总是比对看得见的人能表现出更多善意。

瓜波叫了起来,麦克也发出了一声不和谐的叛逆叫喊。

"你站在谁那边啊?"奎狄责备道,重新摇上车窗,"我们走吧。太热了。"

他们离开墓园有段距离后,在前一天看到过广告的内战博物馆停了下来。

"这是张五十吗?"奎狄低语,他俩走向入口收银台时,他把一张钞票递向麦克。

"不,是张二十。"

"给我找张五十。这是张五十吗?"

"是啊,这是五十。"

奎狄把五十推给收银员,"对不起,"他大声说,"你能替一位伟大的美国将军找开零钱吗?"

"我想可以,"收银员说着咯咯笑了几声,拿起五十,抬起收银机的抽屉,"你们北方佬就爱这么干。"

里面阴暗凉爽,排列着玻璃陈列柜和身着制服的人体模特。有士兵、护士、"总统和戴维斯夫人"的照片。因为几乎什么都在玻璃后面不能触摸,奎狄有点闷。"维克斯堡市,"麦克大声念道,"被迫于七月四日向格兰特投降,一直拒绝庆祝独立日,直至一九七一年。"

"现在已经没人再在乎了,"奎狄补充道,"我喜欢一个记仇的地方——当然,他们会把这称为'熟知历史'。"他清了清嗓子,"不过我们接着去新奥尔良吧。我也喜欢一个毫不在乎的地方。"

在一间俯瞰河流的餐厅,他们吃了更多的炸玉米面团,还有鲶鱼。松开绳子的瓜波在河岸上来回狂奔，像发了疯似的。

暮色中，他们往南开，穿越波特吉布森，开往纳切兹小径。美得无法烧毁——尤利塞斯·格兰特，欢迎牌上这么说。奎狄在打盹。天黑了起来，路并不宽，然而麦克超过所有开得慢的车，一辆老大众公交车（北方的冬天已经令它们在泰普斯镇消失），一辆堆着干草的红色皮卡，一辆普利茅斯德斯特——上面坐满了用奇妙的手之舞打着手势的聋人。德斯特上的灯亮着，麦克跟上它，看着。大家都在同时说话——手指飞舞、剁切、拉展、缠绕、指着、摸着。惊人而美丽。要是奎狄不瞎就好了，麦克想。要是奎狄不瞎，他会非常喜欢做个聋子。

在新奥尔良，洛克菲勒牡蛎有各种做法。有配着切得又粗又长像海草一样的菠菜、上面撒着咸肉片的；还有把菠菜磨成亮青柠色，少量浇在贝壳上像海藻一样的；有菠菜叶像袜子一样从边上耷拉下来的；有带奶酪的；有不带的；甚至还有带豆腐的。

"蛤上赌场怎么不见了？"麦克问，"我过去在肯塔基总能吃到，非常好吃。"

"内陆地区的贝类？永远不是个好主意，"奎狄说，"还是忠于新奥尔良吧。一座不再因娼妓出名的城市很快会因它的美食出名。想想看，有巴黎，有这儿。而现在因娼妓出名的城市——拉斯维加斯、阿姆斯特丹、华盛顿特区——极少是美食城市。"

"你该写本旅行书。"麦克有讽刺之意么？他自己也说不清楚。

"那就是《和我的沙发约会》将要写的。一种扶手椅旅行书，为盲人而写。"

"我还以为《和我的沙发约会》会是本小说呢。"

"以前它是本小说，它即将成为一本旅行书。"

他们把小旅店的铸铁玉米秆围墙抛在了身后,朝法租区走去。他们很快就来到码头,既然无所事事,便上了一艘光彩夺目的桨轮轮船参加种植园游河之旅。奎狄被坡道上一块稍稍翘起的板绊了一下。"你知道,我发现这座城市既不大,也不随和。"他说。本计划的旅行主要是啤酒、阳光和一小支爵士乐队,不过在新奥尔良战役旧址沙尔梅特也将稍作停留,人们可以下船参观一下公墓。

麦克把奎狄带到阳光下的座位上,然后在他身旁坐下。瓜波仰起头,嗅着沼泽地的空气。"再也不看公墓了。"麦克说,奎狄也很乐意地赞同,尽管麦克也怀疑等他们到了那儿,能不能抵制住。当他们面对那些牙齿般的石头与骨头的几何图形,似乎很难不冲上去打个招呼。他俩不适于生活,无疑是这个原因。因为感觉怪异、无家可依、被诅咒、疲倦,他俩已经变得过于友善。他们已不再有任何标准可言。

"不管怎样,这儿所有的墓都在踩高跷,"麦克说,"海平面的关系。"汽笛风琴开始演奏,桨轮船开始旋转前进。麦克仰头枕着座位靠背,看天空布满云缕,像蓝色的鸟儿与白色的茸毛相偎依。右边,云朵有了更多形状,蓝天映衬之下如同韦奇伍德餐具上的图案。真他妈是个精致的碗,而他们都被罩在下面,被要求游出方外!"这么看吧,"人们过去总对麦克说,"情况本可能更糟。"这是给一条金鱼或一只臭虫看的保险杠贴纸,而且话说的没错,只不过没说到点子上。

他睡着了,等船回到码头,已有上万名麻醉医师入侵镇上。到处是大巴和人群。"呃哦,当心。医疗大会,"麦克对奎狄说,"小心脚下。"在码头附近一家青绿色的售货亭,他看到了更多失踪儿童的海报。他有些期待看到自己和奎狄也被张贴在上面,又多了两个在美国迷路的男孩。然而,上面有个令人痛心的九岁男孩叫查理;有个三岁的叫凯尔;还有个跟北边那家丹尼餐厅贴的一样的男孩:塞斯,五岁。

"他们可爱吗?"奎狄问。

"谁?"麦克说。

"那些年轻的医生们,"奎狄说,"他们好看吗?"

"我怎么会知道。"麦克说。

"噢,别跟我来这套,"奎狄说,"你忘了你在跟谁说话,亲爱的,我能感觉你在四处张望。"

麦克有一阵没说话。直到他把奎狄领到一家咖啡店买了菊苣咖啡和一个法式炸面包圈,他喂了几块给瓜波。邻桌的人像是在进行某种病态的戏剧竞赛,正在大声朗诵《皮卡云时报》上的讣告。"这个镇真变态。"麦克说。回到酒店,隔壁的人正用卡祖笛吹《星条旗永不落》。

第二天他们火速离开——穿过炽热的橄榄绿牛奶般的沼泽地,光秃秃被烧焦的树木像十字架一样竖着。"你开太快了,"奎狄说,"你开得像该死的肖恩·潘!"麦克没照什么特别的路线走,朝着盐碱滩进发。鹏鹩、乌鸦和翅膀像果汁奶冻、压着羽毛般的灯芯草低低飞来的火烈鸟,非常美,带着点孤寂。孤零零的牛信步大嚼着石油钻塔中间的大米草。

"我们走哪条路?"他突然往北转向孟菲斯的方向,"往北,孟菲斯。"他现在能想到的只有回家。

"你在想什么?"

"没什么。"

"你在看什么?"

"没什么。景色。"

"性感的家伙?"

"是啊。刚看到一头很棒的牛,"麦克说,"还有一头不太差的负鼠。"

当他们终于入住皮博迪酒店,已是傍晚时分。他们的房间有点挤,灯光是奇怪的金色。麦克倒在床上。

奎狄开始冒汗,脱下外套扔在地板上。"我说,你是怎么了?"他问。

"你什么意思,我?你怎么了?"

"你那么心不在焉,古里古怪。"

"我们在旅行,我在观光,我累了。要是我看上去显得疏远,对不起。"

"'观光'。真不错!那我呢?哟嗬!"

麦克叹了口气。奎狄发起这样的攻击时,会同时朝着五个痛苦的方向发展。他会短暂地精神崩溃,从每个崩塌的角落吼叫,过后又恢复正常,然后道歉。全都似曾相识。麦克闭上眼睛,好从他身旁漫游开去。他的思想飘荡着,设法不去想卢,稍微想了想安妮,不过一阵突然的充血让他勃起,扯动了伤口,猛地把他唤醒。他坐了起来。他踢掉鞋子和袜子,看着自己腌过似的脚趾头,它们看上去像盒子里的鼻涕虫。

奎狄盘腿坐在地上,设法做深呼吸的练习。他正努力将气运至丹田——或是类似的事情。"你以为我不知道你被你看到的一半人吸引?你不知道我能感觉到每到一个地方你的头就扭过去,视线停下来?"

"什么?"

"你太过分了。"奎狄最后对麦克说。

"我太过分?你才是!你那么紧张兮兮,地盘感那么强。"麦克说。

"我有极其强烈的领地感,"奎狄说,他已经放弃了练习,

只要你高兴 165

"盲人就是这样。我不想你竖起搭车的大拇指,越过边界。这是种背叛,对社区来说也不雅观!"

"什么社区?你在说什么?"

"你们看得见的人全都一样。你们以为我们是脱线先生!你以为我不如一个粉刷水塔并且鸡巴上长囊肿的家伙有见识?"

麦克摇着头。他坐起身,开始把鞋穿回去。"你还真喜欢杂耍[①],是不?"他说。

"杂耍?"奎狄吼叫着,"杂耍?不,显然,我喜欢小丑。"

麦克有些疑惑。奎狄的脑袋那么高度紧张地侧着,是在说这房间里没有什么能逃得过他。"杂耍师,"麦克说,"难道不是这个词吗?那是哪个词?"

"杂耍师,"奎狄像面对着评审团似的慢慢说道,"是玩手技的。"

麦克的胸腔缩紧,围着一小块空缺。他感到自己的坏运气如诅咒般再次降临。"你根本就不喜欢我,是么?"他说。

"喜欢你?你问的真是这个吗?"

"我不清楚。"麦克说。他四下看着酒店房间,不是这间,有奎狄在的任何房间都不会是他的家。

"让我给你讲个故事。"奎狄说。

"我不喜欢故事。"麦克说。

现在看来,来到这儿需要麦克付出太多代价。在他脑海里——回忆或是预感,到底是哪个,他的脑子分不清楚——他看到自己回去,不只是回到泰普斯镇,而是回肯塔基,或伊利诺伊。不管安妮现在住在哪里,去把他的亲骨肉偷回来,他爱儿

---

① 麦克想说的应是 go for the jugular,取人要害之意,他把 jugular(致命处)误用成了容易与之混淆的 juggler(杂耍表演者)。

子，儿子是他的，他要带着他飞快跑到一辆车旁，把他放上去，然后把车开走。这会是恰当的做法，某种意义上来说。别的男人曾这么干过。

奎狄的故事是这样的："我刚开业没多久，一个女人来我的办公室。她的案子是简单的离婚案，她因为贪婪和固执把它搞得很复杂，最后她的账单数目很大。她拿到账单后，给我打电话，大喊大叫，说着气话。我说：'瞧，我们可以拟一份付款计划。一个月一百美元。怎么样？'我的要价很合理。我的事务所刚开，很困难。可她还是一分钱都不肯付。结果，五年后，那个女人的医生打电话给我。那个医生告诉我她得了骨癌，而我是镇上仅有的一个德国犹太人，可能会有相同的血型替她做骨髓移植。我能不能考虑一下，至少考虑验下血？我说：'绝无可能，'就挂了电话。医生又打电话回来。他求我，但我又挂了电话。一个月后，那个女人死了。"

"你想说什么？"麦克问。奎狄的声音现在已经炸开。

"说这就是关于我的真相，"他说，"你没看出——"

"对，我他妈看出来了。我是看得见的那个！我和瓜波。"

他停顿了很久，"我不原谅任何人任何事情。这就是我要说的。"

"你知道么？这一切就是扯淡。"麦克说，但他的声音单薄而底气不足，他穿好了鞋，没穿袜子，然后抓起了外套。

楼下，钟指向四点三刻，一群人正聚在一起看鸭子。从电梯到喷泉已经铺上了红地毯，这让鸭子很兴奋，被剪过的翅膀扑打着，急切地等待傍晚的仪式。麦克在后面选了张桌子坐下，叫了杯双份威士忌加冰。他喝得很快——它仍像原来那么棒，既冰冻又热辣，好久没喝过了。他又点了一杯。大堂另一侧的钢琴师正在弹《梦之街》。"爱情嘲笑国王，国王什么都不是。"那个男人唱道，麦克觉得这是世界上最美妙的歌曲。这世界上的男人即将为他们不知道且就算知道也不会喜欢的原因死去。但这儿有一首歌值得那么做，疯狂发作的人生这次不会一败涂地。

鸭子在喷泉里喝水扑腾。

麦克大概已经酩酊大醉了。

靠近联合路的门边有个年轻的女哑剧演员在用可乐瓶玩杂耍。等待鸭子的人们聚上去观看。即便画了白色的大饼似的妆，她还是很迷人。她的红发像萱草一样明丽，黑色的紧身连衣裤下，腿像弓一样紧绷。

喜欢杂耍，麦克想着。他的头很痛，但他的喉咙和肺热辣透亮。

他的眼角突然瞥见奎狄和瓜波，缓慢而不确定地迈着步子，在人群的外围走着。他们的表情孤单而烦恼，就连瓜波也是。麦克继续看向喷泉。瓜波很快就会找到他，但麦克在此之前不打算动弹，他需要奎狄为他们的感情做出努力。他知道奎狄会想出某种求和的办法。他会走上前来碰碰麦克，低语："回来吧，别生气了，你知道我俩就这样。"

但眼下，麦克只打算观看鸭子，看它们的饲养员。一个穿着制服的老黑人召唤它们，他吹了下银铃般的口哨，挥舞着一根长杆，示意鸭子们从水里出来，排队走上地毯。它们不劳而获，但它们就在那儿，上帝的宠儿，长年住在大酒店里，下半辈子都有人照顾它们。这世界上别的鸟儿——食槽空空的老鹰、没有主人的母鸡、呆呆的孵蛋鸡——它们将过着艰难、不幸的生活，飞南飞北，飞这儿飞那儿，寻找栖息的地方。不是这些鸭子。不是这些富有、幸运的鸭子！它们脚下有体面的地毯和楼梯，上楼下楼、从屋顶到池塘到阁楼，永远有人带路指引，在欢迎声中走向金色的电梯门，像天堂的口，不过它并不真的是天堂的口，它可能就是什么东西的嘴唇。

麦克叹气。为什么他总要衡量自己愚蠢痛苦的处境呢？为什么他非要四处张望拿自己和别人比较呢？

因为上帝希望人们这样。

哪怕你在拿自己跟鸭子比？

特别是在你拿自己跟鸭子比的时候。

他感到自己的脑袋因为恨，因为无处可去的爱转化而成的恨而紧缩。他要这么干，他要回去找卢，哪怕这会要了他的命。一百万的士兵正准备为更小的事送命。他会找到安妮，也许这不会那么难。不过他会先客气地请求她，然后他会做一个父亲必须做的。儿子是父亲的，儿子最爱他们的父亲，麦克有一次在杂志上看到过。

然而对于找到卢他想得越多，就越怀疑这整个疯狂的任务真会要了他的命。他看到——好像又是一种幻象（他必须预防或者他无法预防，幻象谁知道呢？）——他自己的死亡和他儿子的悲痛。他看到自己背上的伤口，他的眼睛由鱼灰色的胶冻状变为连环漫画里尸体那样的加减符号。他看见卢抓着爬着回到一幢房子，繁星满天的天空是麦克的裹尸布，闪闪发光的是嘲讽。

但他终归会这么做的，不然他算什么？在池塘边嫉妒鸭子的渣滓。

一切都好，安息，上帝就在身边。

鸭子走上红地毯，咋呼着大声地嘎嘎叫着，像一群快乐的美国小姐。麦克看着它们暂时停下脚步，抬头，满足而又疑惑地看着走道两旁好莱坞一般纷纷亮起的游客相机的闪光灯。这些鸟儿来回走了一番，停住，接着又往前，似乎不清楚为什么有人会想要拍照、亮闪光灯，或是要来这儿，为什么这一切会发生。尽管在上帝的意志下，当然有时并非上帝的意志，同样的事情每天都在发生。

奎狄在人群边，他举起了手指，向他经过的每个人做着和平的手势，说，"和平。"他靠近了麦克。

"和平。"他说。

"人们已经不说那个了。"麦克说。

"好吧，他们应该说。"奎狄说。他的鼻孔开始张大，那通常是哭泣的信号。他跌坐在地上，抓住麦克的脚。奎狄的忏悔姿态颇像彗星，稀少、光彩夺目，但附带着很多太空垃圾。"停止战争！"奎狄喊道，"停止破坏！"

眼下，垮掉的只有奎狄。人们在看着他们。"你抢了鸭子的风头。"麦克说。

奎狄抓着麦克的裤子站了起来。"发发慈悲。"他说。

这是奎狄的试镜仪式，只要他感觉是时候，他就会试演一段求爱戏。他没有脚本，没有可靠的舞台感，只有一脸他自己内心的色彩和对掌声永不停歇的需求。

"好吧，好吧。"麦克说。当电梯在这十几只鸟和它们鞠躬答谢的训练员面前关上，酒店大堂里的每个人都鼓起了掌。

"谢谢，"奎狄喃喃道，"你们太好，太好了。"

房　产

不过当然，这些小玩意儿很可爱……

——《纸醉金迷》

一定是这样，露丝想，她会在春天死去。此时她感觉到这般莫名其妙的荒凉，心中这般郁积，她感觉到季节的嘲讽，喉咙口那牛奶水果冻似的潮湿如同马衔。不然该如何解释这种感觉？她几乎能放声大笑，有人能因为了无生趣而大笑吗？她所感觉到的太怪异、太矛盾、太孤立，不是简单的情绪。那一定是预感，经过如许多乏味的扑腾拍打和烦劳无益的工作，生活就是由它们构成，最终被呼地一下带走。而且是在春天，居然会有死亡的预感。一次排练，还有秘书提醒约会的来电。

当然，她总是在春天发现她丈夫的外遇。不过最近一次是很多年前了，而如今她对那些还有什么可在乎的呢？曾有过一长串的一时放纵。最后，它们令她发笑：哈！哈！哈！哈！哈！哈！哈！哈！哈！哈！哈！哈！

哈！哈！哈！哈！哈！哈！哈！哈！哈！

哈！哈！哈！哈！哈！哈！哈！哈！哈！哈！哈！

哈！

房　产　171

哈!哈!哈!哈!哈!哈!哈!哈!哈!哈!哈!哈!
哈!哈!哈!哈!哈!哈!哈!哈!哈!哈!哈!
哈!哈!哈!哈!哈!哈!哈!哈!哈!哈!哈!
哈!哈!哈!哈!哈!哈!哈!哈!哈!哈!哈!
哈!哈!哈!哈!哈!哈!哈!哈!哈!哈!哈!
哈!哈!哈!哈!哈!哈!哈!哈!哈!哈!哈!
哈!哈!哈!哈!哈!哈!哈!哈!哈!哈!哈!
哈!哈!哈!哈!哈!哈!哈!哈!哈!哈!哈!
哈!哈!哈!哈!哈!哈!哈!哈!哈!哈!哈!
哈!哈!哈!哈!哈!哈!哈!哈!哈!哈!哈!
哈!哈!哈!哈!哈!哈!哈!哈!哈!哈!哈!
哈!哈!哈!哈!哈!哈!哈!哈!哈!哈!哈!
哈!哈!哈!哈!哈!哈!哈!哈!哈!哈!哈!
哈!哈!哈!哈!哈!哈!哈!哈!哈!哈!哈!
哈!哈!哈!哈!哈!哈!哈!哈!哈!哈!哈!
哈!哈!哈!哈!哈!哈!哈!哈!哈!哈!哈!
哈!哈!哈!哈!哈!哈!哈!哈!哈!哈!哈!
哈!哈!哈!哈!哈!哈!哈!哈!哈!哈!哈!
哈!哈!哈!哈!哈!哈!哈!哈!哈!哈!哈!
哈!哈!哈!哈!哈!哈!哈!哈!哈!哈!哈!
哈!哈!哈!哈!哈!哈!哈!哈!哈!哈!哈!
哈!哈!哈!哈!哈!哈!哈!哈!哈!哈!哈!
哈!哈!哈!哈!哈!哈!哈!哈!哈!哈!哈!
哈!哈!哈!哈!哈!哈!哈!哈!哈!哈!哈!
哈!哈!哈!哈!哈!哈!哈!哈!哈!哈!哈!

哈!哈!哈!哈!哈!哈!哈!哈!哈!哈!哈!哈!
哈!哈!哈!哈!哈!哈!哈!哈!哈!哈!哈!
哈!哈!哈!哈!哈!哈!哈!哈!哈!哈!哈!
哈!哈!哈!哈!哈!哈!哈!哈!哈!哈!哈!
哈!哈!哈!哈!哈!哈!哈!哈!哈!哈!哈!
哈!哈!哈!哈!哈!哈!哈!哈!哈!哈!哈!
哈!哈!哈!哈!哈!哈!哈!哈!哈!哈!哈!
哈!哈!哈!哈!哈!哈!哈!哈!哈!哈!哈!
哈!哈!哈!哈!哈!哈!哈!哈!哈!哈!哈!
哈!哈!哈!哈!哈!哈!哈!哈!哈!哈!哈!
哈!哈!哈!哈!哈!哈!哈!哈!哈!哈!哈!
哈!哈!哈!哈!哈!哈!哈!哈!哈!哈!哈!
哈!哈!哈!哈!哈!哈!哈!哈!哈!哈!哈!
哈!哈!哈!哈!哈!哈!哈!哈!哈!哈!哈!
哈!哈!哈!哈!哈!哈!哈!哈!哈!哈!哈!
哈!哈!哈!哈!哈!哈!哈!哈!哈!哈!哈!
哈!哈!哈!哈!哈!哈!哈!哈!哈!哈!哈!
哈!哈!哈!哈!哈!哈!哈!哈!哈!哈!哈!
哈!哈!哈!哈!哈!哈!哈!哈!哈!哈!哈!
哈!哈!哈!哈!哈!哈!哈!哈!哈!哈!哈!
哈!哈!哈!哈!哈!哈!哈!哈!哈!哈!哈!
哈!哈!哈!哈!哈!哈!哈!哈!哈!哈!哈!
哈!哈!哈!哈!哈!哈!哈!哈!哈!哈!哈!

哈！

坚守着那一小方婚姻阵地，她曾看着他的情人们如芭蕾舞女演员飘过，或是像蒲公英绒毛落下。她们全都突然而至，转瞬即逝，好似老电影里的月历女郎，月历每个月都被同一阵神秘的风撕下，令时光匆匆流逝。你好！再见！哈！哈！哈！露丝现在还在意什么呢？这些姑娘已经结束，消失。婚姻的关键，她得出结论，就在于别太把这当回事。

"你假设她们结束，消失了。"她朋友卡拉说，她正在露丝的客厅里训练她的内心和大腿内侧，摒弃孩子气去贴近大腿。露丝没法让它变得笔直。卡拉有时过来在露丝的阿富汗地毯中央做练习。卡拉喜欢脱口而出，"哎呀，我那么说了？"或者有时候，"你知道么？生命很短暂。也很破烂，所以你得做到最好。别穿高腰线的裙子。"她仰天躺下做呼吸练习，还鼓励露丝一起做。"我不行。我会睡着的。"露丝说，尽管她怀疑自己并不真的会睡着。

卡拉耸耸肩，"要是你睡着了，很好，是美容觉。要是你几乎睡着了但实际并没有，那就是冥想。"

"那就是冥想？"

"那就是冥想。"

两年前露丝接受化疗时，芝加哥的肿瘤科医生把露丝活过五年的几率定为五十对五十。多吝啬，干嘛不撒个谎说六十对四十呢！那时卡拉带来了千层面，它们缩水成千奇百怪的形状，在露丝的冰箱里待了几个礼拜。"加热的时候尽量别去想被车撞死的动物。"卡拉说。她还带来了鼠尾草和迷迭香肥皂，看上去就像厚厚的黄油片里嵌着嫩枝。她带了一本书给露丝看，一本名为《信任我》的小说集。她在护封上划掉了作者的名字，写上了自己的名字，卡拉·麦格劳。卡拉是朋友。这年头谁还有很多朋友呢？

"我确实是假设，"露丝说，"我必须这样。"特伦斯的上一次外遇，是两个春天以前，结束得很糟糕。他告诉露丝说他有个会要开到很晚，大概十点钟样子，可他七点半就回家了，浑身沮丧，衣衫不整。"会议取消了。"他说，然后直接上了楼。她听到他在浴室里哭泣。他哭了大概一个小时。她聆听的时候，心中充满了同情和深沉的姐妹之爱。在所有爱情的葬礼上，爱自有它的绝妙伎俩让你哀悼它。结果它又重现了，直接从棺材里跳出来。或者，就算它自己没有重现，它派了个外表惊人相似的亲戚来，一个苗条迷人的双胞胎，你把它带回家，把它喂胖，拥抱它，用鼻子蹭它，责备它。

噢，生活中充满了折磨。她只是不再调查特伦斯的行踪了，不再用蒸汽烫开信用卡账单，不再"意外地"拿起电话分机。正如替她诊断癌症现已完全好转的医生有一次对她说的，"要彻底了解生活中的一切，唯一的办法是解剖尸体。"

婚姻的法医。露丝要让她的婚姻活着。不要安乐死，不要验尸。她要让它活着！哈！正如一个人必须的那样，她会习惯于不完全知道，把无知当神秘，神秘当信仰，信仰当食物，食物当作性，性当作爱，爱当作恨，恨当作超然。这是什么宗教？还是某

房　产　175

种古怪的数学?

或者,其实,这只是春天的缘故?

有些东西是有帮助的。例如偶尔来支温斯顿。尽管只剩了一个肺,嘴唇上起着水泡,肋部有瘢痕瘤。露丝确信,她最终会更懊悔的是她没抽的那些烟,而不是抽过的。况且,她已经咳得不那么厉害了,更别说咳得视网膜脱落。半边莲盆栽("对不起,得走了,"她曾不止一次对某个滔滔不绝的店员说,"我有盆新的半边莲坐在滚烫的车里呢");外加寻找新居这个风景优美的漫长过程。

"搬家……对。搬家很好。我们已经把这个窝弄脏了,在很多方面。"她丈夫说。他迂回的句法和懒洋洋慢吞吞的路易斯安娜口音,一如他别的特征,曾让她充满如雾似烟的欲望,而现在则叫她鄙视抓狂。"想想看,亲爱的。"在第一次和解、第一次宽恕以及通过房产经纪进行的第一轮侦查后,他说道。在她的感受早已超越了愤怒的阶段,变为嘲弄和癌症。"我们或许应该考虑把这个家完全抛在身后。这要看你怎么想——或是,当然。要是你心里还有另一个家,我几乎可以肯定我会通情达理的。不过我们需要讨论一下,或是随便什么别的你可能想的。我自己——虽说我可能有点自以为是,我意识到了——不过,嘿,这又不是第一次,难道现在会是?我个人以为,要是你倾向于——"

"特伦斯!"露丝响亮地拍了两下手,"说快点!我没那么长时间可活!"他们已经结婚二十三年了。她感觉婚姻总体而言是个很好的安排,只不过你永远不会从总体上理解它。你总是非常、非常具体地理解它。"还有,拜托,"她说,"别被中介的花言巧语给蒙了。这永远不是一个家,亲爱的。这是幢房子。"

就像一场情绪上有缺陷的停车场婚礼，一条费力梭织而就的财产与烦恼的花边，他们成功维系着婚姻。他不算是坏人！只不过是个英俊的乡下男孩，不相信自己的运气，运气不完美却不断地光临他，如同饼干罐里的薄脆饼干。她曾指望他赚钱。这有什么不对吗？而他也赚了一些，通过二手车买卖和电脑软件的股票。婚姻有甜蜜、迫不及待的开端和充满感激、手牵手的结尾，它的中间段永远是最糟的。它永远是一团乱麻、一片废墟、一片无法航行的地带。但她感觉，它还不是彻头彻尾的荒原。她自己的婚姻中有一个周期性出现的甜美小季节，一间无名的小房间，它适合她，能安慰她。她会躺在特伦斯的臂弯里，而他沉默无语。他的安静能让她复原。有音乐，有和平，足矣。没有言语。但那个小地方像任何季节、月亮或是剧院布景，像回转展示带上的蛋糕，无一例外地转出你的视线，让你够不着，而争吵会继续，她不得不花上好长一段时间等待蛋糕再次出现。

当然，他们的女儿米茨热爱特伦斯。他那滚烫的幸运之火。而在露丝身上，米茨似乎只能感觉到一个勉强度日的女人的冷淡情绪。可别人要在露丝的处境下又该怎么做呢？除了从头开始把自己重建成一座冰山以外？露丝很想知道！于是，那些五月的夜晚，当临睡前那种古怪、温暖的溶解悄然向她袭来，如同点彩派画家将身体和自我乃至整个房间全部分解，温柔地分裂成气泡和黑色带点的薄棉纱，露丝又开始预见自己的死亡。

一开始，星期天下午去看别人的房子。在别人家的地板和地毯上漫步，打开壁柜看别人的鞋子。这让露丝觉得刺激。陶匠钢琴上的俗气照片，办公室门上没有门把手的系主任，给自己的三十双网球鞋造了三十个嵌入式舒适小窝的牙齿矫正医师，如白桦树树皮一般剥落的墙纸。各色有污渍、被磨损的地板和没有对齐的石膏线，涤纶地毯，咖啡桌上的垃圾杂志，还有那些经济小食！人们用书箱那么大的箱子装椒盐卷饼。但是没有书箱，他们会拿一本书怎么办呢？放进椒盐卷饼箱子里去！露丝对楼梯平台的偏差角度或是房间里的摆设有某种不得体的兴趣，例如陶瓷松果台灯以及狗的婚礼照片。是因为这镇子太无聊，她现在才会对这些感到好笑？是什么让她对这些向市场公开的屋子如此感兴趣？地下室的通风？朝墓地的一瞥？露丝雇了经纪人。走进一幢房子，试图发现它的那些小地方，检查它的天花板污渍和屋顶的腐烂令她兴奋。一幢房子总有什么不对的地方，这让她觉得惊奇。而过了一阵，她的惊奇变成了一种愉悦。总会有什么不对的地方，这令人愉快，这样房子显得更自然。

不过很快她就退缩了。"我永远也不可能买一幢咖啡桌上放着那种杂志的房子。"有一次她说道。她被一种恐惧占据了。"我不喜欢那种新佐治亚风格的东西。"她说。经纪人吉特甚至还没来得及把车熄火，她便逼着他又倒车出去。"对不起，但我一看到它，"露丝补充道，"我的眼睛就感觉紊乱，我的心脏就好像完全掏空了。"

"我关心你，露丝。"吉特说。他非常害怕失去客户，所以很卖力地掩盖她那只有蚊子那么丁点耐心的事实。"我们的信条是'我们关心'，如假包换。我们真的、真的关心，露丝。我们关心你。我们关心你的感觉和愿望。我们希望你高兴。所以我们才朝这儿开。朝一个地方开，然后又开过它。你想要一幢房子，露丝，或者我们干脆去看场该死的电影？"

"你认为我不切实际。"

"噢，我已经足够实际了。实际被高估了。我是真的说看电影。"

"真的？"

"当然!"于是,就那么一次,露丝和她的经纪人去了电影院。是《阿甘正传》的季前日场。看得她眼泪汪汪,因为疲倦、受伤以及能让骨质疏松的厌倦。"可怜的汤姆·汉克斯,这是部终结他事业的片子。记住我的话,"露丝悄悄对她的经纪人说道,糖纸在黑暗中向她的鞋子飘落,"感谢上帝我们买了太妃糖。没有这些太妃糖我们该怎么办?"

终于,甚至还没过一个月,露丝与特伦斯乘着吉特翻下顶篷的白色敞篷车——每个人的头发都被风吹得很不雅观——最后一次游览了小镇边缘颇似郊区的玉米地,找到了一幢房子。一座位于一九七九年开发的住宅区中央的古老方正的农庄,侧院挨着刚才提到的玉米地,里面挖了一座人工池塘,前院有一口许愿井,里面满是野花。

"就是它了。"特伦斯朝房子比划着说。

"是吗?"露丝说。她努力用开放的眼光去研究它,门廊和老虎窗的角度仿佛出自立体派艺术家之手,一侧的烟囱已摇摇欲坠,刷着旧绿漆的雪松木瓦像华美的鳞片。"要是我们中间谁去亲它一下,它会变成一座房子吗?"至少两侧那令人沮丧的白色饲养场和排成一排的错层建筑有她能够理解的几何图形。

"还需要做很多工作。"吉特承认。

"对。"露丝说。就连出售的牌子下面都已经冒出了一片蒲公英。"不像巧克力,房子是可以预见的。知道它会腐烂衰败并且要为它付一大笔漫长的按揭。吃掉它们还是把它们放回盒子,没有一场诉讼或是市政法令听证会你哪样都干不了。"

"不知道你在说什么。"特伦斯说。他把露丝拉到一边。

"就是它了,"他压低嗓门说道,"这是我们的梦中大屋。"

"梦中大屋?"她做的所有梦都是关于死亡,它面目模糊的癫狂,它穿越黑暗柔软的睡乡进入耀眼刺目的结尾的运动。

"我很惊讶你看不出来。"特伦斯说道,显然很沮丧。

她再次眯缝起眼睛看向拱腹和毕加索门廊,被青苔和煤烟弄得斑驳的屋顶。她研究起鹅来,池塘的石岸上随处散落着鹅粪和湿乎乎捣烂的雪茄。"啊,有可能,"她说,"可能是的。我想我现在开始看出来了。再问一下,主人是谁?"

"一个加拿大人。他已经把这儿租出去了。这是块很好的地方。靠近一座天然水库和动物园。"

"动物园?"

露丝考虑着。他们得雇很多人,当然。要把这地方搞得像样得像开家公司一样,指挥好每个人,监控贷款和付款。她叹了口气。她的家族里从来没有这种企业家精神。这不是她所熟悉的。她来自一个渊源已久的教师和牧师之家。他们是雇员,没希望的人,有信念但是没希望的人。她的基因里面一桩成功的小生意也找不到。"我开始看到整个情形了。"

在镇子的另一边,其他人住的地方,一个叫诺埃尔的男人和一个叫妮奇卡的女人在一套公寓的厨房里讨论音乐。女人说:"那么你什么都不知道?一首歌也不知道?"

"我想是这样。"诺埃尔说。这对她为什么会是个问题呢?这对他不是问题。他是什么歌也不知道。他总是乐意让她觉得比他懂得更多。这并不让他烦恼,直到这开始让她心烦。

"诺埃尔,不管怎样,你是怎么长大的?"他知道她觉得他被剥夺了一些东西,觉得他应该对此感到愤怒。他确实对此感到愤怒!"你父母难道从来不唱歌给你听吗?"她问,"难道你一首歌也背不出来?唱一首歌。随便什么歌。"

"什么歌?"

"要是有把枪指着你脑袋,你会唱什么歌?"

"我不知道!"他大喊,将一把椅子扔过房间。他们已经两个月没有性生活了。

"是不是你连一首歌的名字都不知道?"

每个晚上,他们就拿着杂志和泰诺安躺着,经常灯还开着就迅速被带入各自的梦乡——他的里面尽是旋转的树木、飞舞的古董机器和一束束的蕨类。他不知道为什么。

"我知道一首歌的名字。"他说。

"什么歌?"

"《开门,理查德》。"

"那是什么样的歌?"

那是他的朋友理查德的妈妈在他十二岁的时候唱的歌,他和理查德把自己锁在卧室里,疯狂地翻阅着杂志。《胸部以及其他》《翘臀》《绝色女郎》。不过这真的是首歌,现在依然存在——但那些杂志你再也找不到了。诺埃尔曾找过。

"瞧?我知道一首你不知道的歌!"他嚷嚷。

"那首歌对你有什么精神意义吗?"

"对,的确如此。"他捡起台面上的一根橡皮筋,用手指撑开,再松开手指。它弹中了她的下巴。"对不起,那是个意外。"他说。

"你这人很缺脑子!"妮奇卡大喊,然后怒气冲冲地冲出公寓散步去了。

诺埃尔又背靠冰箱坐了回去。他能看到自己在水槽上方的窗户上的倒影。影影绰绰、半透明,窗外屋檐下一条长长的歪歪扭扭的蜘蛛网来回荡过他的脸,像个绳套。他显得疯狂而病态——不过还有那么一丁点儿个人魅力!"要是有把枪指着你的脑袋,"他对自己的倒影说,"你会唱什么歌?"

露丝不知道自己是否真这么迫切地需要一项工程来转移注意力。一次复活，一桩事业①。他们的女儿米茨已经长大离开家了——这所谓的空巢真是如此大的危机，以至于他们自己剩下的日子都要交付给这位殡葬业者？没有米茨和她的烦恼装点他们的生活，真会安静得如此可怕，如此空虚，有如发出回声？不再有女儿的艺术家脾气每天在他们大脑的地毯上滴血，真有这么糟？米茨，亲爱的米茨，她是个舞蹈演员。小时候上的那些芭蕾课和踢踏舞课——她不该把它们那么当真！它们的本意是中产阶级的嘲讽及装点门面之用——不是真的要你成为一名舞蹈演员，可米茨当真。尽管每次她都是舞蹈团里最胖的一个，永远格格不入，总是被所有重要的公司拒绝，直到有一天一个年轻的导演看到她跳得那么美，那么饱含深情——"那个胖姑娘跳得真美！"——便领她走过整个舞蹈团，安排在舞台中央，把她变成了明星。如今她已经走遍全世界，成为评论家的宠儿。"十四码！"某个评论员得意洋洋地叫喊，"是个奇迹！"她已经成为双脚对笨重体形的胜利、精神对物质的胜利、重要对不重要的胜利，一个不朽的人物，一个肥大的天使，而且她有"许多、许多的同性恋粉丝"。至少特伦斯是这么说的。结果，她现在极少回家。露丝有时候会收到明信片，但露丝讨厌明信片——那么马虎而廉价，特别是从舞蹈家写给自己生病的母亲这个新的角度看。但孩子们就是这样。

有一次，一年半以前，米茨曾回来过，但只待了两星期——在露丝化疗期间。米茨一如既往地处在危机状态。"他们当然喜欢我的作品。"她哭着说，当时露丝正调整着第一顶让她发痒的

---

① 事业（undertaking），undertaking还有殡葬事宜、殡仪业的意思。

丙烯酸假发，过去总是吓坏别人的那顶。"可他们喜欢我吗？"米茨是独生女，所以她第一轮手足竞争的发作是针对自己的工作，这很自然。露丝提了许多建议后，米茨极为挖苦地看了她一眼，伴随着一声哼哼。之后，米茨翘起一边眉头，龇牙咧嘴，霸占了电话，讨论着搬家和旅行的计划。"你看上去好得不得了，妈妈。"她说道，扭头看看，一边匆匆记下东西。然后她就逃离了。

一开始，特伦斯因新房产的景色而显得充满活力，甚至比她还要强烈。最简单的讨论——关于门把手或是檐槽——也会让他的脸和脖子充血，像盏熔岩灯。屋顶木瓦的样本——赤褐色、玫瑰色和灰色的带木纹的粗粝方块——如爱情一般点亮他的双眼。他把门把手目录册带回家，给一两个泥水匠打电话。然而，过了一阵子，她看出他偃旗息鼓了，甚至退避三舍——又一次的心血来潮。"我的上帝，特伦斯。别在这个时候退出去。这真像是滚轴溜冰鞋！"他去年秋天曾经历过一阵滚轴溜冰热。

"我实在太忙了。"他说。

于是没等露丝察觉，这整个房屋工程——购买和装修——已经被移交给她了。

首先，露丝必须卖掉她们现在的房子。她决定尝试一下"FOSBO"，即"业主自售"。她在报纸上登了广告，买了块牌子竖在前院，还在花坛里种上了紫罗兰和珊瑚色凤仙花，给那些在园艺方面不存疑心、不知道多年生植物的人看。漂亮的院子！成熟的植物！她弄了一张小传单介绍装饰线和固定装置，全都是"屋子的本来面貌"。有人路过来看看，他指指一块破损的百叶窗，"屋子的本来面貌？"他说。

"好吧，你可以走了。"她说。在这之后，对未来的买家，她放弃了所有推销行话,实话实说。"我承认,浴室里有地方发霉了。看看这个愚蠢的小过道。这就是我们要搬走的原因!我们讨厌这幢房子。"她很快就请回了她的"阿甘正传"经纪人,他在接待看房日那天用音响放着维瓦尔第,烤了香蕉面包,两小时内就把房子卖了。

两处房子都成交的那晚,办两处的手续时他们都安静地坐着,聋哑人一般,而神秘的加拿大人再度缺席,由一位穿紫色西装名叫弗罗的经纪人代表。露丝和特伦斯站在空荡荡的新屋里,直接吃着装在纸盒里的中国餐馆的外卖。他们的家具在一辆卡车上,车还停在镇东的一座超市停车场里,要第二天才能全部送到。眼下,他俩站在他们宽敞空荡的新餐厅光秃秃的玻璃窗前。地板上点着的一小根蜡烛把他们的身影投射在天花板上,阴郁而肥大。风把窗玻璃吹得格格响,地下室的锅炉不停地发出吓人的小小爆炸声。暖气片嘶嘶作响,散发出猫的气味,加热时燃烧着灰尘,震动着他们头顶天花板角落的蛛网。房子的整个框架都在嘎吱作响。墙壁里面有奔跑的声音。脚步声——或像脚步声的什么东西——隔着两层楼,在阁楼上发出轻轻的砰砰声响。

"我们买了幢鬼屋。"露丝说。特伦斯的嘴巴里塞满了辣白菜蛋卷。"有鬼!"她接着说,"只不过多一点点蛋白质。只不过一点点额外的氨基酸奖励。"这是她父亲在自己碗里的蓝莓中发现小青虫时老爱说的。

"房子在下沉。"特伦斯说。

"它已经下沉了一百一十年了,你会以为到这会儿它已经停止下沉了。"

"会一直下沉下去。"特伦斯说。

"到时就知道了。"露丝说。

他看看她，接着埋头吃起了捞面。

前面的门廊传来刮擦的声音。特伦斯嚼着吞着，走过去把灯打开，可灯没亮。"这个他们说明了吗？"他喊道。

"大概只是灯泡坏了。"

"所有的灯泡全都刚换过，弗罗说的，"他打开前门，"灯坏了，该知会我们的。"他一手拿着电筒，一手拧下前灯螺丝。在灯的固定装置后面三双潜伏的眼睛闪闪发亮。天花板和屋顶之间的管道槽隙里已经堆起了深色的浣熊粪便。

"该死的什么东西？"特伦斯大叫一声，往后退。

"这屋子被害虫寄生了！"露丝说，她放下了食物。

"这些家伙怎么跑到那儿去的？"

她感觉一只肺里一阵刺痛。"什么是怎么跑到哪里去的——那正是我想知道的。"她原本不过是个最轻度的吸烟者，从不属于高风险范畴，可如今她肋部的每一招刺、每一格愣，这个物质世界随便什么小故障都会让她想点根烟吞云吐雾。

"哦，老天，恶臭。"

"检查员难道不该发现这个吗？"

"检查员！很显然，他们一无用处。这个地方需要的是核磁共振成像。"

"啊，天。这是最糟糕的。"

每幢房子都是座坟墓，露丝想。这些窃取生命的忙乱和准备工作。这让从一幢房子里搬出去成为复活——或是恶鬼出山，视你的观点而定——而让搬入一幢房子（但是是一幢房子！）成为最愚昧的蠢行和欲望。充其量，这也就是不安得到了虚假的安息。然而无可避免的腐烂和拆毁，灵魂最终必将弃之而去（是住在空中还是散居林中？），它必将以不快让一个人变得愚蠢。

噢，好吧！

等他们的家具来了，几乎完全按照原来的房子里那样摆放好，露丝开始打电话给很多人，让他们来测量、检查、捕获、运走、清洗、喷洒、带来样本、提供估价和报价，有时候他们确实会过来，不过一旦他们拿到了定金，通常就整个消失了。接电话的变成了机器而不是人，有时候电话号码干脆宣布它们完全无法接通。"对不起，您拨的号码……"

新房子的窗户非常大——布满灰尘，但由于它们的尺寸，屋里因此还是很明亮——而因为窗帘店还没把窗帘送来，整个管理有度的社区都能看到露丝和特伦斯的卧室。露丝度过了漫长而不知所措的一天，不停地挥手，但只有少数时候人们也向她挥手。更多时候，他们只是眯起眼睛看着。第二天，露丝用胶带把床单贴在窗上，但床单总是毫无例外地过十分钟就掉下来。她洗澡时不得不光着身子从浴室爬出来，爬过走廊，爬进卧室，然后爬进壁柜里穿衣服。或者有时候她就躺在浴室地板上扭动着套上衣服。这一切都很困难。

在他们的新后院，行李箱那么大的乌鸦在梨树枝头哇哇叫着跳着。木蚁——像是孩子游戏里的闪亮碎片——爬满了门廊台阶。露丝打了更多的电话，最后，一个长着颜色深浅不一的肉球鼻子的男人开着一辆干净的面包车来了，车上画着一只蟑螂。他往蚂蚁上喷着药。

"它看上去真像灭火器，你用的那东西。"露丝说道，看着。

"嗬，不，女士。比那厉害多了。"他喘着气。他疙疙瘩瘩的鼻子像腌黄瓜。他朝门廊下面看看，然后又看看露丝。"那儿死伤惨重。"他说。

"你对乌鸦有什么办法吗？"露丝问。

"我没有,不过你可以自己拿把枪打死它们,"他说,"这不合法,不过要是你的房子再往那个方向过去一百码,就行了。要是过去一百码,你一天能捕猎二十只乌鸦。既然你在这儿,在镇子的范围之内,你得晚上干,弄个消音器。早上用网和玉米活捉它们,然后等太阳落山了把它们拿出去,拿到车库后面,它们就烦不了你了。"

"网?"露丝问。

她给很多人打了电话。她收集了更多瞎猜和建议。一个为草坪公司工作的名叫诺埃尔的男人建议她忘了乌鸦,该担心一下松鼠。她该把郁金香种得更深些,堆上很多红辣椒,这样松鼠就不会把它们挖出来了。"看看这些松鼠!"他指着车库屋顶和杂草丛生的花坛说,"在这儿,门廊边上,种些地被小植物,井旁种些百合,侧院来点向日葵怎么样?"

"让我想一想,"露丝说,"我想把这些紫罗兰留点下来。"她指着鸢尾丛中那些好看的叶子。

"那不是紫罗兰。那是种杂草。一种很常见、很难对付的小杂草。"

"我一直以为那是紫罗兰。"

"才不。"

"它们可真能占领地方,不是吗?这星球整个就是你死我活的残酷生长大竞争。我是说,它们看着很像紫罗兰,不是吗?那叶子,我是指。"

诺埃尔耸耸肩:"我不觉得,不太像。"

她怎么能搞得清楚这些呢?有绣线菊,有假绣线菊——她忘了哪个是哪个了。"再问一下哪种是绣线菊?"她问。诺埃尔指着笑靥花的树篱,它们喜气洋洋地盛开着,从左到右,从阳光下到阴影中,而不到两个星期它们就会按同样的方向枯萎发黄。"啊,婚姻。"她大声说道。

"什么?"诺埃尔问。

"你结婚了吗?"她问。

他朝她疲惫地微微一笑,说:"没。想和一个女朋友结,可是没有,没结婚。"

"那样可能更好。"露丝说。

"这个蔬菜园打算怎么弄?"他紧张地问。

"里面尽是草,有棵大黄,"露丝说,"我想把它们全都挖掉,种上玫瑰——除非你觉得用花取代食物是不吉利的。上帝面前的虚荣,或是别的什么。"

"这随你。"他说。

当晚她给他回了电。他自己,而不是答录机,接了电话。"我一直在想向日葵的事。"她说。

"你哪位?"他说。

"露丝,露丝·艾金斯。"

"哦,对,露丝。露丝!嗨!"

"嗨。"她有点担心地说。他听起来像是喝了不少酒。

"那么向日葵怎么样?"他问,"我想尽快种上那些向日葵,你知道吧?原因是我女朋友说要离开我,而我刚刚被诊断出淋巴肿瘤。所以我希望八月底能看到向日葵长出来。"

"噢,天哪!生活真是可恶!"露丝说。

"对。所以我想看到向日葵。夏天结束的时候,我喜欢有可以期待的东西。"

"什么样的女朋友会在这种时候说要离开她的男朋友啊?"

"我不知道。"

"我的意思是分了倒好。另外一方面,你知道你该怎么做吗?你该给自己泡一杯好茶,坐下来给她写封信。经历这一切你需要有人照顾你。别让她掌控一切。让她明白自己行为的含义，还有她对你的责任。我知道自己说的是什么。"

露丝正要进一步解释，诺埃尔不悦地清了清嗓子，"我想你把自己扯进来提什么建议不是什么好主意。我是说，瞧，露丝，对吗？你看，我甚至不知道你的名字，露丝。我认识很多个露丝。见鬼你可能是任何一个。这个露丝，那个露丝，谁知道哪个露丝。事实上，淋巴肿瘤的事是我现编的，我以为你是另一个露丝。"说到这儿，他挂了电话。

她放了笼子抓松鼠——松鼠啃着风信子球茎，把它们光滑的表面啃得像抽丝的袜子，松鼠把番红花吃了个精光。在后门的门廊上，她看着每只笼子里的松鼠四处乱撞，看了一个小时。它们把自己扔向笼子栅栏，把自己的脑袋抓出秃斑，最终她起了恻隐之心，开车把它们送到一个遥远的采石场放掉。采石场是特伦斯推荐的地方，"一个优美的清静之地，啮齿目动物的伊甸园，流淌的小溪上是满山坡的橡树。"如此诗意，他大概曾经在那儿搞过一次。说说你的啮齿目伊甸园！事实上，这地方是个令人沮丧的小砾石山沟，流淌着一条褐色的细流，附近的斜坡上只有很小一片矮橡树林。松鼠黑手党会把它们先干掉，然后扔到这里来。

她打开笼门，看着每头动物向山坡上逃窜。它们知道自己在做什么吗？它们会加入它们的朋友，还是每一只都会各自找到回家的路，回到她房子的空墙里再次兴风作浪？

蝙蝠——蝙蝠！在之后的一个星期的下午，在一场震耳的黑暗雷雨中，像一场恐怖电影一样，它们在楼梯井里盘旋，又在餐厅的画框装饰线上倒挂着，隐蔽地排泄，在墙上留下一坨坨闪亮的黑色粪便。

露丝给她丈夫的办公室拨了电话,却只接通他的语音信箱。于是她打给了卡拉,她带着一只网球拍、一只蝴蝶网、一把长把扫帚冲了过来——扫帚柄上全都用丝带系着。"这是我给你的暖居礼物。"她说。

"它们又飞扑下来了!当心!它们飞扑下来了!"

"让我来对付这些狗娘养的。"卡拉说。

露丝像婴儿似的趴在地板上,抬头看着她,"我哪里修来的福分,有你这样的好朋友?"

卡拉停了下来。她的脸因为爱意而发红,脸蛋上泛起点点粉红色。"你这么觉得?"一只蝙蝠像炸弹一样朝她的头发俯冲下来。所谓无稽之谈(说蝙蝠被你的头发困住)在露丝看来比有稽之谈(说蝙蝠被你的头发困住不过是无稽之谈)更真切。蝙蝠拥有好奇心和傲气,它们是小小的社会科学家。它们靠近头发检查、测量、访谈。当有东西靠近时——扑火的飞蛾,来到一幢房子的女人,来到一座坟墓的女人,一个来到一座新鲜、大门敞开、像床一样的坟墓的女病人——它就会冲下来,被抓住。

"你该用钢丝绒把你的天窗屋檐封起来。"卡拉说。

"嘿,可不是嘛。"露丝说。

她们把被拍死的蝙蝠用塔博勒沙拉的盒子装好埋掉,埋在侧院里,一切最终不过是塔博勒沙拉。

露丝惦记着乌鸦,开始和卡拉去射击场。那些鹅,卡拉说,不是什么大问题。只消弄乱它们巢里的蛋,它们就会被吓跑。卡拉很实际。她的心脏是斧头形状的。她带来了一艘独木舟,把露丝划到香蒲丛里找鹅巢,然后把每只鹅蛋都拿起来拼命摇晃。"要是你只是把蛋拿走扔掉,"卡拉解释说,"该死的鹅会再下一个。而像这样,你把幼鹅杀死了,但鹅根本不会知道。它会坐在那儿孵着那见鬼的蛋奶酒，直到冬天来临，而那时鹅就会伤心地离开，再也不会回来。不过，对付乌鸦，你必须崩掉它们的脑袋。"

在射击场，她们付给一个拿着绿色金属钱箱的男人二十美元，打上一小时。她们有几罐健怡可乐，在休息室外面的自动贩卖机上买的。她们把可乐放在脚边，就在脚跟，就在身后。她俩都有手枪，露丝的枪是一战时期的，卡拉的是二战时期的，她们是在一家古董枪店里买的。"谁都会用猎枪打鸟，"卡拉说，"我们要与众不同。"

"我从来没有这方面的野心。"露丝说。

射击场只有她俩，她们站得离三个画着红圈圈的褐色稻草包五十码远。她们向圆圈开枪——一！二！三！——然后转身蹲下，放下枪，吸一口可乐。声音大得惊人，穿过她们身边的田野，在小山之间回荡着，然后消散在空气中，讽刺而报复似的。"老天爷！"露丝嚷嚷，她感觉她的枪又硬又难瞄准。"我想我大概做得不对。"她说。她本以为一把手枪会显得轻巧自然——她那愤怒凶猛的自我在无缝延伸。可相反，它沉重而庞大，而且声音大得那么不自然，她再也不想开这个东西第二次了。

可她开了。她只看到自己的稻草包变形了两次。大部分时候，她似乎打得太高，打进靶子后面的树林里，也许打中了松鼠——也许正是她用她发慈悲的笼子逮住而后放生了的松鼠又被她为求屋宅安宁的枪打死了。"这太难了，"露丝说，"我不可能做得好。简直太复杂，太阴险了。"

"你忘了该死的乌鸦，"卡拉说，"别忘了它们。"

"没错，"露丝说，于是又拿起了手枪，"乌鸦。"然后她放下了手枪，"可我难道不会近距离射击它们吗，用网把它们抓住以后？"

"有可能，"卡拉说，"不过也可能不是。"

房 产　191

妮奇卡最终离他而去时，先看完了她喜欢的电视剧，然后关掉电视，拿起她的唱片机和已经拔掉插头的录像机，在门厅停下来，摆出来戏剧性的姿势。"你知道，你压根不知道人类的体验是什么。"她说。

"又是这歌舞，"他说，"你打算带它上路？"她把她的东西放在外面的走道上，这样她就能大声甩上门然后离开他——离开他，他猜，投向某个在上班时认识的英俊新欢的怀抱。"被帅哥横刀夺爱"是他的人生标题。在天堂，为了鄙视她，那会是他见鬼的乐队的名字。

那个礼拜他喝了很多酒。星期五，他的老板麦卡锡打电话告诉诺埃尔说他被解雇了，"你以为我们能像这样经营草坪店？"他说。

"要是有把枪指着你的脑袋，"诺埃尔说，"你会唱什么歌？"

"去找人帮帮你，"麦卡锡说，"我只能说这些。"随后便是拨号音。

诺埃尔开始领失业救济，在快下班时才到办公室。他开始白天睡觉，晚上熬夜。他完全颠倒了。他半夜出去散步，感觉难以成眠，被邻里隐秘的鼾声嘲讽着。愤怒在他周围萦绕，在他心中累积，像某段萨克斯独奏。他开始闯入镇子的其他地方。人行道出现，复而消失。月亮在一边发光，接着又转到另一边。有一次，他带上了布基胶带和滑雪面罩。另一次，他带上了布基胶带、滑雪面罩和枪，那是他二十岁时他众多继父中的一位送给他的。要是你小心地从外面把窗玻璃用胶布贴好，它被打碎时就会没有声响。玻璃会粘在胶带上，平缓地向外落下。

"我不会伤害你们。"他说。他打开卧室的电灯，先贴住女人的嘴，然后是男人的。他让他们下床站在梳妆台旁。"我会拿走你们的电视机，"诺埃尔说，"我会拿走你们的录像机。不过在此之前，我想让你们给我唱首歌。我是个音乐爱好者，我想让你们给我唱首歌，随便哪首。用心唱，你先来。"他对男人说。他把枪顶在他脑袋上，"一首歌，"他轻轻撕下男人嘴上的布基胶带。

"随便哪首？"男人重复道。他试图朝诺埃尔滑雪面罩的眼洞里看，但诺埃尔猛地扭头盯着电视机灰绿色的玻璃屏幕。

"是啊，"诺埃尔说，"随便哪首。"

"好吧，"男人开始唱道，"噢美丽无垠的天空，琥珀色的麦浪……"他的声音深沉而坚定，"雄伟的紫色山峦……"诺埃尔转回头仔细研究着男人。他似乎全都能背出来。他怎么能够全都背出来的呢？"你想要我把全部歌词都唱完吗？"男人停下来问道。对一个被枪指着的人来说，诺埃尔想，这似乎有点太骄傲了。

"不，够了，"诺埃尔烦躁地说，"现在你唱。"他对女人说。他把胶带从她嘴上撕下。她的上嘴唇是湿润的粉红色，被粘胶弄破了。他看了眼胶布，看到上面细小的汗毛发出钉子似的光。她迫不及待地开口唱了起来，"你是我的幸运星，我在你身旁多幸运，两只可爱的眼睛看着我……"

"这是什么歌？"

她紧张地没注意到他，继续唱着："……闪闪发亮，我对星星着了迷。"她开始微微摇摆起身体，上下摆着手。她清了清嗓子，提高了一个音阶，发出轻松活泼的颤音，尽管她的脸因为恐惧而大张着，像加热的蜡。"你是我所有的吉祥物。我在你怀里真幸运……"这时她的手拍动着放到了心口。

"好了，够了。现在我要拿录像机了。"

"差不多也是结尾了。"女人说。

在他去的第二家人家，他听到的是一首圣诞颂歌，外加《玫瑰色的人生》。在第三家，那是第二个礼拜的事了，他得到了一首摇篮曲，半首校歌，还有《猫》里面的《回忆》。他开始把歌名和歌词写下来。在家里，看着笔记簿，他发现他在创造一种全新的歌集。然而这些歌的灵魂他还是抓不到。第二天看着歌词，看着脚下一台几乎全新的好录像机，他怎么也编不出曲调来。而没有曲调，这些词显得愚蠢，几近疯狂。

为了彻底躲开家里的烦乱，露丝开始去看日场电影。首轮播映的、第二轮的——她不在乎。电影院就是终极的房产，你走进去，四处张望，几乎总是会买票。特别打动她的一部电影是讲一个漂亮的寡妇爱上了一个以人的形象出现的太空外星人——是这个女人失踪已久的丈夫的模样！然而，最终，这个男人必须回自己真正的家，一艘巨大神奇的太空飞船降落在附近的田野来接他。对露丝来说，这显得如此悲伤而真实，正如生活，有人以你生命中挚爱的形象出现，结果却表示他只不过是个必须登上太空飞船回自己星球的外星人。当然这就特伦斯而言也是真实的。特伦斯早就已经上了飞船回去了。尽管，当然，在现实生活中你很少会看到真正的飞船。通常，只会有很多的纵酒、喃喃自语，以及偶尔在家庭娱乐室中的昏厥。

有时候，从电影院回家的路上，她会开车经过他们的旧屋。他们已经将它卖给了一对想不起模样的年轻夫妇。而现在，缓缓地开车经过它，像个变态一样地看着它，她开始想要回它。那是一幢好房子。他们不配拥有它，那对夫妇。看看他们有多无知——把连翘丛全都当做杂草拔掉了。

或许它们的确是杂草。她再也不知道什么是好的生活，什么又是坏的，什么是可喜之物，什么又是反物质，什么是事情本身而什么又是事情的消亡。它们彼此相似，她痛恨必须加以区分的工作。

而她又忘了，哪个是假绣线菊，哪个是真绣线菊？

房子是她的。要不是那该死的香蕉面包，它现在还是她的。

也许她会因为这样偷偷地开车缓慢经过它而被捕。她不知道。但每次经过，房子似乎都看到了她并大喊着：是你！你好，你好！你回来了！于是她尽量不常这么做。她会稍微提点速，匆匆挥挥手，然后把车开走。

在家里，她实际上不能用网捉住乌鸦，尽管它们的老栖息地，这片街区过去曾是的玉米地有如故土或是一段品着琴酒回忆的美好人生一样继续吸引着它们。它们在院子里盘旋，折磨着猫，直接从鸟巢里吃掉仍然湿漉漉的只有一天大的燕雀。她怎么能抓住这种恶魔呢？她办不到。她在树枝之间挂起网，想悄悄逮住它们，结果网总是被一阵风吹得缠在一起或是掉下来，或是有几张旧报纸飞过来，被裹在里面，网上便贴着社论或是广告的页面。现已变成花圃的蔬菜园总是传来没被防草布闷死的细香葱那挥之不去的洋葱味。而不管她怎么拔，大黄一直顽固地冒出头来，尽管它的根茎一次比一次苍白细弱。

她开始感觉全身不适。她的身体从来不是庙宇，已经从一个家变成了一幢屋子，变成了一个电话亭，最后变成了一只风筝。它身上没有什么能给她适当的庇护。她根本不再感觉居住在它里面。当她去散步或是在院子里把网扔上橡树时，附近住着的其他人步履轻快地经过她身旁。那些身体健康、感觉舒适的人，当他们这么感觉的时候，他们没有别的感觉，没法想象生病的样子。他们在自己的身体里面感觉好极了。他们不仅不属于有同情心的那一类，他们甚至连想象也做不到。然而病人只能想着变成另外的样子。他们的心思、他们的每一个念头都跑到了那个他们有些讨厌然而又想要成为的健康人那儿。但病人就是病人，他们没有掌控权。他们已经失去了在食物链里的顶端位置。感觉好的在指挥一切，所以这个世界才会是这么一个野蛮之地。从她自己的门廊上，她能听到动物园的扩音器播报通告。要开门了，要关门了，某人能不能移动一下他的车。她还能听到大象，它悲伤的布鲁斯乐般的小号声，还有孟加拉虎咆哮着它的心碎，那些动物的不幸。动物园是个糟糕的地方，它附近也不适合居住。踱步的豹猫、因真菌而发绿的北极熊，发狂而饥饿的斑马咬着围墙，孩子们被带到这儿来用纸杯和他们在这个世界上的排泄部位嘲弄着动物们，秃鹫在它的怒容背后呜咽。

露丝开始待在屋里，喝茶。她感觉身体紧绷、疼痛、晕眩。不过，这有什么新鲜的？看来她的身体，如此神秘且与她隔绝的身体，只能制造病痛。尽管，它曾制造出米茨。它是怎么做到的？米兹是她的身体能够生长出的唯一一件好东西。她真正是个重大变化，尤物中的尤物。她的身体是怎么做到的？身体到底是怎么做到的？生命栖居在生命之中。鸟栖居于树，骨头生出骨头，血凝聚而造出新的血。

生产的奇迹。

一个特别的下午，冷得不像春天，露丝坐在屋里喝茶，茶烫得她舌头都脱了皮，这时她听到有什么声音。楼上，又是阁楼里的脚步声，她已经开始对此不闻不问了。但现在响起了敲门声——响亮、有节奏、急促。外面有说话的声音。

"谁？"露丝喊道，走向门口，然后把门打开。

她面前站着一个女孩，大约十四五岁。"我们听说这儿有个聚会。"女孩说。她长着漆黑的头发，上嘴唇穿着枚银环。她的眼神显得温顺而迷惘。"我和亚里安娜在斯塔特街听说这幢房子里有个聚会。"

"没有，"露丝说，"根本没有。"随后紧紧关上了门。

可看向窗外，露丝看到更多的少年聚集在屋外。他们在草坪上集合，如同果蝇盯着水果。有些坐在前门台阶上，有的在助动车上大喊大叫，有的从旅行车上跳下来，车里挤满了更多像他们一样的孩子。一车的孩子从车上涌下来，直接大步迈上前门台阶，而且，没按门铃就打开了没上锁的门，走了进来。

露丝把茶放在书架上，朝门口走去，"对不起！"她说，面对着前厅里的孩子。

孩子们停下脚步，看着她。"需要帮忙吗？"露丝问。

"我们来看一个住在这儿的人。"

"我住在这儿。"

"我们被一个住在这儿的孩子邀请来参加聚会。"

"没有孩子住在这儿，也没有聚会。"

"没有孩子住在这儿？"

"对，没有。"

露丝身后突然发出一个声音，一个更有地盘感的声音，一个甚至比她更靠近屋子里面的声音，"不，有。"

露丝转过身，看见她的客厅中央站着一个十五岁的男孩，一身黑色打扮，头发剃得坑坑洼洼，耳朵、鼻子、嘴唇和眉毛都穿着许多金环和铜环，他的左耳廓上夹着三个青铜别针。

"你是谁？"露丝问。她的心扑扑乱跳，像是什么东西被车不小心撞了一下。

"我是托德。"

"托德？"

"人们叫我埃德。"

"埃德?"

"我住在这儿。"

"不,你不是。你不是!你什么意思,住在这儿?"

"我一直住在你阁楼上。"

"是吗?"露丝感觉汗从她的鼻翼上冒了出来,"你是我们的幽灵?你一直在楼上来回踱步?"

"是啊。"门口的一个孩子说。

"可我不明白。"露丝伸手从信件桌上的盒子里抽了一张舒洁,擦了擦脸。

"我几个月前从我自己家里跑了。我有这幢房子的钥匙,以前的主人给我的,他是我的朋友。所以时不时地我睡在你的阁楼上,上面没那么糟。"

"你什么?你一直住在这儿,进进出出?你的父母不知道你在哪里吗?"露丝问。

"瞧,我对聚会的事很抱歉,"托德说,"我没想让局面这么失控。我只请了几个人,我以为你出去了,这本该是个小聚会,我没打算搞那么大。"

"不,"露丝说,"你看来没弄明白。无论是大聚会还是小聚会,你根本不该在这儿搞。你甚至不该在这幢房子里,更别说请别人过来了。"

"可我有钥匙。我想,我不知道。我以为没关系。"

"把钥匙给我,马上。给我钥匙。"

他把钥匙递给她,怪笑着,"我不知道这对你有没有用,看。"露丝转过身,门口的孩子全都举起了他们闪亮的铜钥匙。"我配了很多。"托德说。

露丝开始尖叫,"出去!马上出去!你们全部!我不单会换掉门锁，而且你们要是再踏进这片地方，我会立刻让警察来抓你们，你们都不知道自己会挨什么揍。"

"可我们需要一块地方喝酒，伙计。"开始离去的男孩中间有一个说道。

"到该死的公园去！"

"公园里到处是警察。"一个女孩抱怨。

"那就到铁轨上去，像我们以前那样，看在上帝分上。"她喊道，"快滚出去。"她对自己声音里的布尔乔亚怨恨和愤怒感到震惊。她，毕竟曾经也是个嬉皮。她曾经敲碎过很多窗玻璃，还曾在芝加哥某个街角的红色奥伦毯下向人说教私有财产的罪恶。

生活：它永远编着一个多么荒谬的小故事。

"对不起。"托德说。他碰了碰她的胳膊，把一个布包甩上肩膀，和别人一起朝大门走去。

"滚出去。"她说，"埃德。"

鹅、乌鸦、松鼠、浣熊、蝙蝠、蚂蚁、孩子。露丝现在有空就和卡拉去射击场了。她会双腿分立，双手紧抓住枪，然后开火。她集中精神，努力聚起体内的那一丁点力量，把面包屑做成面包棍。生活给她的她已经受够了。上帝是不是把她和别人搞错了？找份工作，她无声地向上帝呐喊，找份真正的工作。我从来不是你真正的虔诚的仆人。接着她会扣动扳机。当你跟上帝开了个愚蠢的玩笑却没有得到回应，是这个笑话太蠢了还是不够蠢？她眯起眼睛。通常，她只是努力眯着眼，但随后恐惧会让她把眼睛完全闭上。她再次开枪。为什么她不像卡拉那样，因此变得精神百倍？她开枪前深呼吸了一下，注意到自己不匀称的、亚马逊人似的呼吸，可她心底知道，自己是只老鼠。一只携带枪火的老鼠，但终究是只老鼠。

"也许我该搞场外遇，"卡拉说着，手枪朝黄麻袋装着的稻草开了火，"我一直在想，也许你也该那样。"

现在露丝扣下了扳机，它雷雨似的响声充斥她的耳朵。一场外遇？在一个并非医学专家的人面前脱下自己的衣服并和他在一起，这念头实在荒谬。毫无意义，而且可怕。为什么有人要这么做呢？"外遇是年轻人的事，"露丝说，"就像吸毒或者跳崖。你为什么会想从悬崖上跳下去呢？"

"噢，"卡拉说，"你显然没见过我见过的那些悬崖。"

露丝叹了口气。也许，要是她认识镇上的某个亲切迷人的男人，她可能会——什么？她可能会做什么？她的感觉完全是性感的反面。她感到忙碌、经理似的、口干舌燥、疯狂；归根结底，一切都与性感背道而驰。要是她认识镇上的男人，她会——她会为他节食减肥！但不是詹妮·克雷格。她听说有人用詹妮·克雷格的方法送了命。要是她一定得采用以某个假女人命名的节食法，她会用贝蒂妙厨的方子，她自己的脸和贝蒂的被舀在一起，用那把大红勺子。对，要是她认识镇上的某个男人，也许她会让兴奋攫取自己的脑干，令日子充满活力。只要茎干，要把花瓣留着。她需要所有的花瓣。

但镇上的男人她一个也不认识，为什么她一个也不认识？

六月中旬，他选中了一幢古老的前农舍，在一片住宅区中央。房子显然正在重新翻修——院子里有梯子和防潮纸——从它们随便马虎的样子来看，这应该是个容易攻击的目标。音乐爱好者！他想。他们喜欢翻修！况且，老房子总会有一扇后窗已经扭曲变成梯形，被砂纸打磨了又打磨，能够像盖子一样从窗框上取下来。他为草坪公司工作时，为许多像这样的老房子干过活。他甚至可能来过这儿，一个月前的样子——他不确定。晚上的一切显得不一样，而今晚，月亮又没有上次那么明亮，不太圆，像是压低斜戴的帽子下的脸，像是自眉毛处被削去一半的脑袋。

诺埃尔看着这对夫妇。他们已经开始唱起《查塔努加火车》。最近，为了节省时间，激发歌者的灵感，也为了娱乐自己，诺埃尔已经开始要求二重唱。"等一下，"他打断他们，"我想把这个记下来。我已经开始把这些东西记下来了。"于是，像个傻瓜一样，他离开他们去隔壁房间拿笔和纸。

"你的声音很动听，"他回来后，女人说。她站在床头柜前。他正用胸口把一张皱巴巴的纸抚平。"说话的声音很动听。你肯定也唱得很好。"

"才不，我的声音很糟糕，"他说，一边在自己的衬衫口袋里摸索着找笔，"别的孩子唱歌的时候我总是被要求保持安静。小学音乐老师总是让我只动嘴唇。'黄褐色海洋中的荣耀，'她会说，'只动嘴唇就可以了。'"

"不，不。你的声音很悦耳，音质很好，我听得出来。"她往旁边挪了一小步。那个男人，丈夫，留在原地。他穿着件宽大的红色卫衣，没穿内衣。他的阴茎在上衣下摆处垂着，像是根长地瓜。啊，婚姻。女人把手插进她睡袍的口袋，又往旁边挪了一小步，"很悦耳，不过很有分量。"

诺埃尔感觉能听到有人在外面拍着手招呼一条狗。"真棒，"狗的主人说，或者听上去是那样，"真棒。"

"嗯，谢谢。"诺埃尔说，他的眼睛朝下看去。

"你的母亲肯定这么跟你说过。"她说，不过他决定对此不作回答。他开始写下《查塔努加火车》的歌词，随着旋律的开头徐徐进入他的脑海——原谅我，孩子们——什么东西在房间里炸开了。突然，他想他感觉到了他体内充满渴望的文明的心脏，噢，

房　产　201

妮奇卡，他终于感觉到了这个星球上的人类体验究竟为何物。它坚硬滚烫的核心、迅猛粗鲁的力量，他能感觉到它逮住了他，是突然袭击，如同钉子进入脑袋。随即一片暗紫，接着是光漫流过他，一切变得安静。他现在明白了，音乐把你不断引向寂静。你顺着一首歌的纹路进入某种突然的睡眠。白纸霎时炫目地跳了起来，滚烫而尖锐。梳妆台的桌沿在他的颧骨上留下长长的口子，他看来再也站不住了。他的鞋子滑向地毯。他的手举起，又垂下，又沿着梳妆台的把手往上举，在空中乱舞，旋而回到地板上。他聚拢的眉毛随即吞没了他的视线，最终阴湿地停落在自己的衣袖上。

热量从他的脑袋慢慢流走，它像块石头。

一辆警车静静地停在门外，警灯关掉了。远处传来池塘中鹅的叫声。

爆炸之后没有回声。不像在射击场。只是咔嗒一声，一声震颤的噼啪从她那儿飞向面罩，随后屋子咆哮，又重归寂静，什么也没有给回。

特伦斯猛喘着气。"老天，"他说，"我想这就是你一直想要的，一个男人死在你的卧室地板上。"

"你这是什么意思？你怎么能说出这种没心肝的话来？"她的声音中难道不该有一丝颤抖吗？相反，它听上去平板而冷淡。"甭想做什么体面人，特伦斯。去测测演技。你在电影里能演个体面的男人吗？"

"你非得打这么准么？"特伦斯问道。他开始来回踱步。

"我一直在练习。"她说。某种具有免疫力的东西涌上她心头，像是酒。有一刻，她感觉自己恢复了精力，很安全——比她多年来都要安全。有人竟敢闯进她的卧室！还要她再忍受什么？

但它随即就顽皮地离她而去,她能感觉到的又只是她的被遗弃和病痛。她从特伦斯身旁走开,哭了起来。"噢,上帝,让我去死吧,"她最终说道,"我实在太累了。"尽管她几乎看不清楚,她在戴面罩的男人身边跪了下来,把他长长的陌生的手压在她自己的小手上。它们还没有冷——并不比她的更冷。她以为自己能感觉自己和他一起离去,两个人一起升空,像水母一般透明,在空中离去,飘到外面吟唱着的令人解脱的夜空中,飞翔,直到他们来到一艘闪闪发光的太空飞船——在黑暗中犹如一排着火的牙齿。然后,被吸入更明亮的光中,被带到舱内回家。"而那些到底是什么?"她能听到他俩一起快乐地谈论着他们的生活,好像他们的生活现在只不过是古怪、嘈杂而遥远的东西似的,而事实上正是如此。

"这儿是什么情况?"她听到有人在说。

"你自己看,我想。"另一个人说。

她碰了碰男人的黑色针织面罩。它起着灰色的毛球,像她预感中所见的凸点薄纱,不过它被织歪了,眼睛的地方没对准——本该露出眼睛的地方是柔软的白色火鸡似的颧骨,而且它被水和褐红色的东西浸湿了。她可以把它剥下来看看他的脸,看看他是谁,但她不敢。她努力把织物拉直,努力找到眼睛,然后把它紧紧拉下,别开头,在自己的睡袍上擦着手。她拍了拍死者的胳膊,没看着他。随后她转身走出了房间,走下楼梯,从屋子里跑了出去。

她的哭声现在变得像是被闷住了,干嚎似的,她的头发掉进了嘴里。她的胸口作痛,所有的骨头都在剧烈震颤。她病了,她知道,她光着脚在草坪上奔跑,能感觉到肚子里的混乱——她的肠子不再有条不紊像圆号一样盘着了,而是像盒吸尘器零件一样随意地堆在一起。癌症,摧枯拉朽的癌症,又开始回来了。她感觉到它的毒液、它伸出的触须、它的紧攥,如同木偶感觉到手。

"米茨,我的宝贝,"她在黑暗中说道,"宝贝,回家来。"

尽管她早就希望自己一死了之,逃离,一了百了,可身体——上帝,身体啊!——却并不着急。它有它自己的意愿和乡愁。你不能只是干脆利落地变成光线,溜出窗外。你不能像那样走。在准备启程离去但依旧执拗的肉身里,只有漫长、伤感、一步一步的道别。先生?毛巾。有毛巾吗?身体,拖着沉重的哀伤,追逐着灵魂,在后面跛行。身体像是条可亲而迟钝的狗,在你尽量缓慢地把车开走,驶出长长的车道时,它一拐一瘸地小跑着向大门跑去。把我带上,把我也带上。狗在叫着。别走,别走,它说着,沿围墙跑着,几乎追上了但还是差了点,它在汽车后视镜里的倒影是渐渐消退的魔力,当你的车轮滚滚向前,经过荚迷属、经过松树林、经过地界线、经过每一块土地,直接驶上吞噬一切的道路,消失复消失,直到最终变成了真的,你已经消失。

这儿只有这种人：儿科肿瘤病区咿呀学语的儿童

一个开端，一个结束，似乎两者皆无。整件事像一片蓦然降临的云，饱含着雨水。开端是母亲在宝宝的尿布上发现了一个血块。怎么回事？谁把它放在这儿的？它又大又扎眼，里面有一根破裂的卡其色静脉。这个周末，宝宝一直显得无精打采、目光呆滞、沉重严肃。但今天他看上去很好——那么这东西到底是什么，在白色尿布上那么触目惊心，像是雪地里的一只小老鼠心脏？也许是别人的。也许是经血之类，是母亲或是保姆的，是宝宝在垃圾桶里找到了放在这儿的，出于某个疯狂的宝宝理由。（宝宝们是疯狂的！你能怎么办呢？）母亲在她脑子里把这东西从他身上拿走，放到别人身上。好了，那样不是更能说得通吗？

然而她还是给儿童医院的诊所打了电话，"尿片上有血。"她说，而电话那头的女人显得吃惊而疑惑地说："现在就进来。"

如此愉悦的迅捷服务！只消说"血。"只消说"尿片。"看看你得到了什么！

在检查室，儿科医生、护士、主任医师——比起单纯的疑惑，全都显得不那么紧张、疑惑。开始，母亲傻傻地因此而安心不少。但很快，除了仔细看着说"唔——"之外，儿科医师、护士和主任医师都开始阴郁地抿紧了嘴巴——感觉到中午来临的牵牛花。他们在穿着白大褂的胸前抱起胳膊，又松开，匆匆记下东西。他们预约了超声波。膀胱和肾脏。"给你卡，下楼梯左转。"

在放射科，宝宝紧张地站在桌子上，光着身子紧靠着母亲，她用腿和腹撑着他让他保持静止，放射科医师冰冷的扫描头在宝宝的背部移动。宝宝哼唧着，抬头看看母亲。我们离开这儿吧，他的眼睛在乞求。把我带走！放射科医师停了下来，将众多海洋灰的涡旋中的某个定格，不停地点击着，是宝宝那巨大洞穴似的内脏天气云图里的某一时点。

"你发现什么了吗？"母亲问。去年，她叔叔拉里被切除了一个肾脏，结果发现是良性的。这些成像机器！它们像狗，或是金属探测器，它们什么都能发现，但不知道自己发现的是什么。那需要外科医生来判断。他们就像狗的主人。"给我，"他们对狗说，"那到底是什么玩意儿？"

"外科医师会告诉你。"放射科医师说。

"你发现什么了吗？"

"外科医师会告诉你，"放射科医师又说了一遍，"那儿似乎有什么东西，不过外科医师会和你讨论的。"

"有一次我叔叔的肾脏长了个东西，"母亲说，"于是他们把肾脏切除了，结果发现是良性的。"

放射科医师露出了灿烂的不祥笑容，"事情往往如此。"他说，"没等到它落在桶里，你不会知道它到底是什么。"

"落在桶里。"母亲重复。

放射科医师的嘴咧得更开了，甚是吓人——他怎么可能张得那么大？"那是医生的行话。"他说。

"非常有意思，"母亲说，"这种说法非常有意思。"一个水桶里装着涡旋状的胆汁和血液，芥末色和红褐色，某种非洲国旗或是丰盛的沙拉吧的颜色：落在桶里——她全能想象到。

"外科医生很快就会见你。"他又说道。他揉揉宝宝卷卷的头发，"可爱的孩子。"他说。

"让我们来看看，"外科医生在检查室里说道。他已经走了进来，又走了出去，然后又走了回来。他干净挺括，皱着眉头，线条明晰的骨骼，穿百慕大短裤打网球晒出的小麦肤色。他架起穿着蓝色棉质裤子的腿，脚上穿着木屐。

母亲知道自己的脸是一个忧心忡忡的大白团子。她还穿着那件长长的深色派克大衣，抱着宝宝，他把帽兜拉到她头上，因为他总觉得那样很好玩。虽说在某些大风的早晨她喜欢想自己这副样子可能显得颇为浪漫，像是某个法国中尉的高原情人，但在她清醒的时候她知道不是这样。绝不。她知道自己显得很可笑——像是用派对气球扭成的动物。她拉下帽子，一只胳膊伸出衣袖。宝宝想要站起来玩电灯开关。他动来动去，叽里咕噜，用手指着。

"他这些天特别喜欢灯。"母亲解释。

"没关系，"外科医生说，朝电灯开关点点头，"让他玩吧。"母亲走到开关旁，宝宝开始把灯开了又关，关了又开。

"我们发现的是维姆肿瘤[①]。"外科医生说，他突然陷入一片黑暗。他说"肿瘤"时仿佛那是世界上最正常的东西。

"维姆？"母亲重复道。房间很快又亮起灯，着火一般，随即又是一片漆黑。他们三个人之间是一片长久的沉默，好似午夜突至。"是's还是s'？"母亲终于说道。她是个作家、教师。拼写可能很重要——也许即便在这样一个时刻亦如此，她以前从没经历过这样的时刻，所以她可能很轻易就使用不规范的语言而不自知。

灯亮了，世界被浇透了，曝敞着。

[①] 维姆肿瘤（Wilms' tumor），下文母亲质问医生的就是撇号的位置。

"s一撇，"外科医生说，"我想是。"灯灭了，但外科医生继续在黑暗中讲话，"左肾上有恶性肿瘤。"

等一等，就此打住。不过是个宝宝，用有机苹果汁和豆奶喂养的小王子！而且超声波检查时他站得离她那么近。他怎么可能长这种可怕的东西？那肯定是她的肾脏。一个五十多岁的肾脏。一个DDT肾脏。母亲清了清嗓子。"有没有可能扫描到的是我的肾脏？我是说，我从没听说过一个宝宝长肿瘤，而且，老实说，我当时站得非常近。"她会让血变成她的，肿瘤变成她的；一切都只会是某种危险而荒谬的错误。

"不，那不可能。"外科医生说。灯又亮了。

"不会吗？"母亲说。等落到桶里再说，她想。别这么肯定。我们非得等它到了桶里才能发现犯了个多大的错误吗？

"我们会先进行手术，彻底切除肾脏。"外科医生说完又被迅速丢入黑暗中。他的声音不知从哪里冒出来，又像是无所不在，"然后我们会开始化疗。这些肿瘤通常对化疗反应良好。"

"我从没听说过宝宝进行化疗。"母亲说。宝宝和化疗，她想道，它们根本不该在同一个句子里出现，更不用说在同一段人生中了。在她的另一生、在今天之前的人生中，她曾经相信替代疗法。化疗？无法想象。现在，突然之间，替代疗法像是传统疗法这位大佬的老处女婶婶。这个老姑娘多么快就晕倒放弃了啊，让你只能傻站在那儿。化疗？当然，化疗！不管怎样，化疗。绝对的！化疗！

宝宝又把开关打开，墙壁再次浮现，大片楔形的光与小幅当地湖泊的水彩画交错着。母亲开始哭泣，生活把她带到这儿、这一刻。此后，不会再有生活。是别的东西，跌跌撞撞、无法过活的东西，机械的东西，给机器人的东西，但不是生活。生活已经被迅速带走、打破了，像根棍子。房间又变黑了，于是母亲可以更自在地哭泣。一个宝宝的身体怎能这么快被偷走？一个上天派来的毫不知情的孩子能承受多少呢？为什么他没能逃过这不可想象的命运？

也许，她想，这是在惩罚她，太早替人带了太多孩子。（"到妈咪这儿来！到保姆妈咪这儿来！"她过去常这么说。可这是玩笑话！）也许，是她的生活太公然地戴着最最讨厌的标记和假发。她那些不像母亲的念头全都被记录下来了，手足无措时希望他的午睡时间能更长些；她偶尔想要热烈地亲吻他嘴唇的愿望（跟她的宝宝亲热！）；她关于妈妈词汇的不停抱怨，抱怨它让说话的人丢脸（"这是不是便便爬爬衣？对，这就是件便便爬爬衣！"）。况且，她还曾三次把奶瓶当花瓶用。她有两次让宝宝的耳朵里流着软软的耳垢。上个月的几个下午，在点心时间，她把一碗麦圈圈放在地上给他吃，就像喂狗一样。她让他玩吸尘器。在他出生前，就那么一次，她说："健康？我只希望孩子有钱。"老天爷，这是个玩笑！他出生后，她曾宣布她的生活已经变成了每天连续不断的要命的琐碎家务，同样的事情不断反复，就像加缪夫人的小说。又一个玩笑！这些玩笑能要了你的命！她太高兴地讲了太多次宝宝怎么和他的高脚椅说"嗨"，向湖面的波浪挥手，用俄罗斯般的口音大喊"好呀—好呀—好呀"，指着自己的眼睛说"冰"[①]。还有那些难以理解的儿语，那可不叫人头痛么？"标准的咿呀学语，"语言专家如是说。他用它讲述了完整的故事——完全是编造的，她看得出来。他添油加醋；他拐弯抹角；他夸大其词。真是张好牌！她向朋友讲起他的饮食习惯（胡萝卜吃，金枪鱼不吃）。她太多次提起他滑稽透顶的咯咯笑。她非得这么无聊吗？她就不考虑别人的感受，不考虑人类社会的智力需要和礼

---

① 宝宝将"眼睛"（eyes）的发音发成了"冰"（ice）。

仪？她难道就不能试着变得更有趣些？连试都不试是对人类思维的犯罪。

现在，因为所有这些原因——缺少母亲的感恩、母亲的判断、母亲的相称行为——她的宝宝要被带走了。

房间又一片荧光白。母亲在她的大衣口袋里四处挖着，拿出张纸巾。它又旧又薄，像是某次舞会留下的压碎了的花。她用它抹抹眼睛和鼻子。

"宝宝不会像你这么痛苦。"外科医生说。

谁能反驳？不是宝宝，他那贝蒂娃娃似的斯拉夫嗓音只会说妈妈、大大、芝士、冰、拜拜、外面、鼻涕—鼻涕、好呀—好呀、埃迪—埃迪，还有汽车。（谁是埃迪？他们不晓得。）这不足以表达他的肉体痛苦。谁能说出宝宝们怎么对付自己的痛苦和震惊？他们自己不会。（儿语，可不叫人头痛？）他们把它全放在没人能看得到的地方。他们像是不同的人种、不同的物种，他们似乎不像我们这般经历痛苦。是啊，就是这样，他们的神经系统还没有完全发育，他们不像我们这样经历痛苦。一段让你哼着歌度过战争的曲调。"你会挺过去的。"外科医生说。

"怎么挺？"母亲问，"人们怎么挺过去？"

"你只管低下头往前走。"外科医生说。他拿起他的文件夹。他是个熟练的手工劳动者。捉摸不定的情绪这种东西不合他的口味。宝宝，宝宝！关于宝宝，要说些什么才能安慰这些父母呢？"我会给值班的肿瘤科医生打电话让他知道。"他说着离开了房间。

"到这儿来，亲亲。"母亲对宝宝说，他已经摇摇摆摆朝地板上的一张口香糖包装纸走去，"我们得把你的外套穿上。"她抱起他，他又伸手去碰电灯开关，明、暗。躲猫猫，宝宝在哪儿？宝宝到哪儿去了？

回到家，她给丈夫的语音信箱留了言——"紧急！给我电话！"。然后她把宝宝带上楼去睡午觉，在摇椅里摇着他。宝宝向他的小熊挥手告别，然后看着窗户说："拜拜，外面。"他最近养成了跟一切挥手再见的习惯，而现在他似乎感觉到了迫在眼前的分离，听他这么说让她心碎。拜拜！她用低沉单调的声音唱道，如同小小的机器，他喜欢这样。他困了，昏昏欲睡，慢慢睡着了。这一年里他已经长了那么多，她的膝盖几乎放不下他了。他的四肢像圣母怜子像那样垂下，他的头在她臂弯里微微转动。她能感觉到他陷入沉睡，他的嘴巴圆溜溜地张着，如同最甜美的罂粟花。全世界所有的摇篮曲，所有贯穿着母亲哀伤的旋律现在都是为她而写的了——被上班的男人，或午睡的宝宝遗弃的母亲——那些带着沉重、沉重哀伤的歌曲。坐在那儿，弯着腰上下摇动，母亲感觉自己全部的爱都是忧虑和心碎。一种迅速而无法挽回的炼金术：如今再无半点无忧无虑、可以开心的东西剩下了。"要是你走了，"她把头埋进他柔滑的脖子里、在他那像毛茛属盘绕的花朵似的耳朵里低声哀叹，"我们也和你一起去。没有你，我们什么都不是。没有你，我们就是一堆石头。我们是坟墓和模型。没有你，我们是两根树桩，心里空无一物。不管这会把你带到哪里，我们都跟着。我们会在那儿，别怕。我们也会去，就这样。"

"做记录。"丈夫说道，他下午听到消息后直接从公司回了家，大声说着这些字眼——外科手术、癌细胞转移、透析、移植——然后眼泪汪汪地瘫倒在椅子里。"记下来。我们会需要钱。"

"老天。"母亲喊道。她体内的一切突然开始畏缩退避，骨质疏松一般。也许这是一名士兵的准备就绪，但还有死亡和挫败的气息。感觉像是心脏病发作，意志和勇气的丧失，断电；一切的衰竭。她看到自己镜子里的脸，因震惊而冰冷浮肿，眼睛血红、皱缩。她已经开始在室内戴墨镜了，像个明星寡妇。她自己的力量将从何而来呢？从某种人生哲学？从某种死板的小小人生观？她既不顽强也不现实，而且对基本概念都很糊涂，比如说事件只朝一个方向移动，不会跳跃、回头或自行消失的这一种。

丈夫开始说太多的"要是怎么怎么该怎样"，他正设法把脱轨的火车都拼合起来。他要努力把火车开进城。

"我们要采取所有的办法、经历所有的阶段。我们要去不得不去的地方。我们要搜猎、我们会找到；我们会付必须付的钱。要是我们付不起会怎样？"

"听起来像购物。"

"真不敢相信这会发生在我们的小男孩身上，"他说道，又开始哭泣，"为什么不发生在我们俩身上？太不公平了。就在上个礼拜，医生还宣布我身体健康无比；二十岁的前列腺、十岁的心脏、昆虫的大脑——不管他说的是什么。这真是场噩梦。"

能说什么呢？你只需稍稍转身，它就在那儿：你的孩子的死亡。它半带着象征，半带着邪恶，一直位于你的盲点，直到它完全扑向你，如果你倒霉的话。这时它就是一个绑架你的凶猛小国，它像间地下室直截了当把你装进它里面——你的最大边界就是它的边界。有窗吗？有时候不该有窗吗？

母亲不爱逛街。她讨厌逛街，通常不擅此道，尽管她确实喜欢大减价。她没法有目的地地漫步经过愤怒、拒绝、悲伤和接受。她直接去讨价还价，并且停留于此。多少钱？她朝天花板喊，朝某个她绝望之下在脑中构筑并向之祈祷的、并非没有创意的临时的神圣之所;她以前是个怀疑者、从不热衷于祈祷,现在她必须不劳而获;她必须从头开始组装一整套崇拜和乞求的圣坛。她争取抽象的崇高,不太拟人化的,更高层次的道德,不过要是这方神圣看着像是嘴里舔着块弗朗哥薄荷巧克力的马歇尔·菲尔德百货商店经理,那就随它去吧。阿门。告诉我你想要什么,母亲请求。还有你想怎么要?更多的慈善之举?现在就开始十亿个。慈善的想法?难一点,但当然行!当然!我来做饭,亲爱的;我来付房租。只消告诉我。你说什么?好吧,要不是对你,我该对谁说?喂?这儿我该跟谁讲话?你的上级?主管?等待?我能等待,我有一整天的时间,我有一整天该死的时间。

丈夫和她一起躺在床上,叹着气。"可怜的小家伙能够挺住这一切,只不过在十六岁的时候会因车祸而死。"他说。

讨价还价的妻子考虑着这点。"我们接受车祸。"她说。

"什么?"

"让我们成交吧!十六岁已经是完整的生命了!我们接受车祸,我们接受车祸,卡罗·梅丽尔[①]站着的那扇门背后的东西。"

现在马歇尔·菲尔德百货店经理又出现了。"拿走意外就是把生活从生活中带走。"他说。

电话响了。丈夫起来,离开了房间。

"可我不想要这些意外,"母亲说,"给!这些意外给你吧!"

"事先知道整个故事就是把自己变成机器,"经理继续道,"人之所以为人,就在于他们不知道未来。所以他们才会做那些宿命而好笑的事情。谁能说事情最后会变成怎样?这儿蕴藏着救赎,发现的唯一希望,还有——坦白说——趣味、趣味、趣味!

[①] 卡罗·梅丽尔(Carol Merrill,1941—),电视综艺节目《让我们成交》中的主持人的助手。

有些事情人们可能可以做了而不被惩罚。不单是拿走酒店毛巾。可能有伟大的禁忌的爱、长久的喜悦、动摇信念的农场机械意外。但你必须事先不知情,才能明白你的生活带给你什么样的故事。神秘即是一切。"

母亲,尽管羞怯,却变得咄咄逼人。"这就是他们在商品推销学院教的那套信口开河的鬼话吗?我们想要更少的意外、更少的努力和神秘,谢谢。K 到八①,我们能不能只要 K 到八?"现在这似乎是她所听过的最幸运、最美丽、最有音乐感的短语了:K 到八。那轻快的节奏。那念头。

经理继续尝试着。"我是说,'故事'的整个概念,因果的概念。人们对于这个世界的运作所拥有的所谓线索只不过是在时间的狂野中错误建立的一个可笑的形而上学的殖民制度。"

他们有枪吗?母亲开始在抽屉里寻找。

丈夫回到房间,观察着她。"哈!大破坏正是一切生命之谜!"他说着马歇尔·菲尔德的管理政策。他刚刚跟保险公司和医院开完电话会议。手术在星期五。"这全都不过是资本家对于哲学的龌龊概念。"

"也许这只不过是故事的真相,你还真不能把它政治化。"母亲说。现在只剩下他俩。

"你站在谁那边?"

"我在宝宝那边。"

"这个你记录了吗?"

"没。"

"没有?"

"没,我不能。不是这个!我是写小说的。这不是小说。"

---

① K 到八(K through eight),指从幼儿园到八年级。

"那就写非虚构作品,写一篇新闻报道,赚两块钱一个字。"

"那它得真实、充满资讯,我没受过训练。我没那么有技巧。况且,我有一条简便的个人原则,即艺术家不会抛弃艺术。人永远不该背弃生动的想象。就连写回忆录都会让我心烦。"

"好吧,编些故事,不过假装它们是真的。"

"我没上过那么多保险。"

"你让我紧张。"

"甜心,亲爱的,我没那么出色。我做不了这个。我能——我能做什么?我能写貌似好笑的电话对话。我能简洁地描写天气。我能写家庭宠物的疯狂出游。有时我能写这些。亲爱的,我只做力所能及的。我写对白日梦的谨慎反讽。我写隐私赖以建立的沼泽似的想法。可这个?我们的宝宝得了癌症?对不起。我要下车的地方已经过了两站。这是顶顶花哨草率的反讽。这是希罗尼穆斯·博斯①笔下的事实与人物,血和线条。这是场多愁善感之叙述的噩梦。这没法设计。这甚至没法为了准备设计而记录——"

"我们会需要钱。"

"更不必说在这么一种情况下的金钱补偿的道德界限——"

"要是另外一只肾也没了怎么办?要是他需要移植怎么办?那时道德界限又在哪里?我们该怎么做?烤蛋糕筹款?"

"我们可以把房子卖了。我讨厌这幢房子。它让我发疯。"

"那我们住在——哪里?"

"罗纳德·麦当劳的地方。我听说那儿不错。这是麦当劳至少能做的。"

"你可真有正义感。"

---

① 十五十六世纪的一位荷兰画家,画作多是关于人类的道德沉沦和罪恶。

"我努力了。我能说什么?"她停顿了一下,"这一切真的发生了?我一直在想它很快就会结束——一朵云的寿命应该只有十二个小时——然后我意识到发生的是一件永远不可能结束的事情。"

丈夫把脸埋在掌心,"我们可怜的宝宝。这怎么会发生在他身上?"他看向远处,盯着用作床头柜的书箱,"你觉得这些婴儿书籍有哪本是有用的?"他拿起里奇、斯波克、拿起《育儿宝典》,"上面有哪一页、哪个条目说到过'化疗'或'西克曼导管'或是'肾脏瘤'?哪里说到过'致癌作用'?你知道这些书醉心谈论的是什么?怎么拿一把他妈的勺子。"他开始把书从床头柜用力扔向远处的墙。

"嘿,"母亲说道,努力安慰着,"嘿,嘿,嘿。"但与他暴风雨般的咆哮相比,她的言辞只不过是个替补歌手——某个尚德尔,某个皮普——一支嘟哇小曲。书,现在更多的书,继续飞着。

做记录。

"怯懦的"[①]是一个词还是两个词?学生的作文已经把她的拼写给毁了。

是一个词。两个词——"微弱之心"——那会是什么?某个男扮女装的男同性恋的名字。

做记录。最终,你将独自承受。但在一开始,你和其他很多人一起承受。当你的孩子得了癌症时,你就被迅速带到了另一个星球,一个光头小男孩的星球。儿童肿瘤科,儿肿。你先用抗菌

[①] 怯懦的(fainthearted)是由 faint(微弱)和 hearted(心)两个词组合而成。

香皂洗手三十秒,然后才被允许进入旋转门。你在鞋子上套上纸鞋套。你压低声音。整个地方都是为你的噩梦而设计的。这儿就是你的梦魇即将开始的地方。我们为你准备好了一间房间。我们有帆布床。我们有冰箱。"几乎都是男孩,"一名护士说,"没人知道为什么。这有文件记录,但外面很多人仍然没有意识到这点。"小男孩们都来自名字动听的地方——简镇和苹果镇——中心地区的小镇,有巨大的垃圾填埋场、污染的农田径流、造纸厂、乔·麦卡锡①的坟墓(单单它就是一个巨大的毒源,母亲想。该测试一下那儿的土壤。)

所有的光头小男孩看起来都像兄弟。他们在儿肿科唯一的走廊里来回滚着他们的静脉注射针筒。那些性格活泼而又心情不错的,骑着静脉注射器的下端,他们欢快的大个子母亲拖着他们在走道里奔跑。嘻嘻!

母亲不觉得自己欢快、高大。在她脑子里,自己严厉、尖刻、瘦得像幽灵,正在外面某个消防通道一根接一根抽烟。她的心底躺着中西部的轻柔波浪,满怀抱负想成为——成为什么?成为长岛。它多么成功!一个又一个商场。发红的水,有毒的土豆。母亲深深地吸了一口,在毁了容的玉米地上吞云吐雾。当一个宝宝得了癌症,戒烟显得无比愚蠢。当一个宝宝得了癌症,你会想,我们在开什么玩笑?都点上烟吧。当一个宝宝得了癌症,你会想,是谁想出的这个主意?这是什么太空垃圾造成的?给我倒杯酒,这样我就能拒绝祝酒。

母亲不知道如何成为这些母亲中的一员,她们的金发、运动

---

① 美国共和党政治家,因煽动美国公众对共产主义政权和共产党夸张的恐惧和压迫而臭名昭著。

裤、运动鞋以及坚决的笑容可掬。她觉得自己没法做到相似的情形。她感觉自己跟她们毫无相似之处。比如，她认识太多生活在格林威治村的人。她从苏荷区的一家商店邮购生蚝和提拉米苏。她有四个真正的同性恋密友。她的丈夫让她做记录。

这些女人的运动裤是哪来的？她会弄清楚。

也许，她会从服装开始，从那儿开始下手。

她会根据陈词滥调生活，一次只活一天，还要树立积极的态度。去徒步！她但愿有更多有用的、真实的、有意思的事情，而现在看来，只有无聊的事情才是有用且真实的。一次一天。至少我们拥有健康。多么平常，多么废话，一次一天，这么做需要大脑吗？

虽然外科医生线条优美、威严、精练——他们猜对了他玩的是双打——但肿瘤科医生身上则有一种疯狂的、咖啡因过度摄入的科学家气质。他语速很快，知道很多研究和数字，还谈论数学。好！得有人会做数学！"这是个快速但懦弱的肿瘤，"他解释道，"典型情况下它会转移至肺。"他噼里啪啦报出一堆数字，时间范围和风险数据。快速但懦弱，母亲努力想象这种特征的组合，拼命想了又想，只能想到四年级的克劳迪娅·奥斯克，她在班上被点名时满脸通红几乎能哭出来，但在体育课上，从防火门至围墙的四分之一英里短跑没人能跑得过她。母亲现在把这个肿瘤当作是克劳迪娅·奥斯克。他们要抓住克劳迪娅·奥斯克，让她后悔。好吧！克劳迪娅·奥斯克必须死掉。尽管以前从来没提起过，但现在很清楚，克劳迪娅·奥斯克早就该死了。说到底她是谁？那么自以为是，从不让任何人跑过她。好吧，嘿，嘿，嘿！现在别看，克劳迪娅！

丈夫推推她，"你在听吗？"

"这种肿瘤发生在一只肾脏上的几率是一千五百分之一。现在,考虑到所有其他因素,第二只肾脏的发病几率大概是八分之一。"

"八分之一。"丈夫说,"不算差。至少它不是一千五百分之一里面的那个。"

母亲研究着有拯救地球标语的墙纸上天花板边沿的树木和鱼。拯救地球。对!但就是这幢大楼,窗户都没打开,外面靠近通风系统的地方停着一辆送货卡车,柴油烟漏进了通风系统。空气陈腐,令人犯恶心。

"真的,"肿瘤科医生说,"在他可能得的所有癌症里面,这大概是最好的了。"

"我们赢了。"母亲说。

"我知道,最好显然不是最恰当的词。瞧,你们俩需要休息一下。我们会看手术和组织结构的情况如何。然后我们会在下一个礼拜开始化疗。一丁点化疗,长春新碱和——"

"长春新碱?"母亲插嘴说,"基督的酒?"①

"名字挺怪,我知道。我们用的另一种药是放线菌素 D。有时候叫做'D 放线菌素',人们把 D 移到了前面。"

"他们把 D 移到了前面。"母亲重复道。

"对!"肿瘤科医生说,"我不知道为什么——他们就是这样!"

"基督喝了酒没能活下来。"丈夫说。

"他当然活下来了,"肿瘤科医生说着,朝宝宝点点头——他现在发现了满满一柜子医用床单和绷带,把它们全都拉出来扔

---

① 长春新碱(vincristine),一种抗肿瘤药。字面上,vin 有酒的意思,crist 与 Christ(基督)谐音。

到地板上。"我明天见你们,手术之后。"说完,肿瘤科医生离开了。

"或者,不如说,基督就是他的酒,"丈夫喃喃道。关于《新约》他所知的一切都是从《福音》原声带里零星听来的。"他的血就是酒。一个多么伟大的酿酒创意。"

"一丁点化疗。你难道不喜欢那一句吗?"母亲说,"一曲 D 放线菌素。我倒希望能看到莫扎特为一大沓钞票写写这首曲子。"

"过来,宝贝。"丈夫对宝宝说道,他现在已经把两只鞋子都扯掉了。

"他们把医学称为'不确切的科学'就够糟的了,"母亲说,"当他们开始把它称为'一种艺术',我就开始极度紧张。"

"是啊。要是我们需要艺术,我们会去美术馆,"丈夫抱起宝宝,"你是艺术家。"他对母亲说,语气带着一丝责备:"他们大概以为你会觉得创意令你安心。"

母亲叹了口气,"我只觉得它无可避免。我们去找点吃的,"于是他们乘电梯去了餐厅,那儿有一把高脚椅。在那儿,他们毫无察觉地吃了很多上面还贴着价格标签的苹果。

宝宝喜欢医院。他喜欢长长的走廊,他可以在上面奔跑。他喜欢一切有轮子的东西。大堂里的花车!("请别让你的儿子碰花。"卖花的说。"所有的展品我们都买下,"母亲立刻说道,然后又加了一句,"儿童医院里有真的孩子——难以置信,是吧?")宝宝喜欢其他的小男孩。有地方去!有人看!有房间可以逛!有重症监护病房。有创伤病房。宝宝微笑着挥手。多么可爱的癌症人格!包扎着绷带的公民们也微笑着挥挥手。在儿肿科,有光头的小男孩可以一起玩。乔伊、埃里克、提姆、莫特,还有托德(莫特!托德!)。有四岁的奈德,拿着他瘪了气的小橡皮球，上面有好玩的弯弯曲曲的软管。宝宝想要玩它。"这是我的，别碰它，"奈德说，"告诉宝宝别碰它。"

"宝宝，你得和别人分享，"母亲在几英尺远的椅子上说道。

突然，奈德的母亲——大个儿、金发、运动裤——从小提姆休息室旁出来了。"住手！住手！"她大喊，冲向宝宝和奈德，把宝宝推开。"别碰那个！"她朝宝宝喊叫，他只是个宝宝，大哭起来，因为他以前从没被人这样吼过。

奈德的妈妈朝大家怒目而视，"正在从奈德的肝里面抽液！"她拍着那个橡胶的玩意，哭了几声。

"噢我的天。"母亲说。她安慰着宝宝，他也在哭着。她和奈德互相看看，只有他俩的眼睛是干的。"对不起，"她对奈德说，接着又对他母亲说，"我真傻。我还以为他们在抢什么玩具呢。"

"它看上去确实像玩具。"奈德表示赞同，他微笑着。他是个天使。所有的小男孩都是天使，全是乖巧的光头小天使。而现在上帝正设法把他们带回去自己享用。在此面前，在这强大有力、压倒一切、玄奥神秘的东西面前，在上帝的旨意面前，她们只不过一群凡尘女子，算什么？她们是母亲，如此而已。你不能带走他！她们每天都在喊。你这个龌龊的老东西！滚出去！把手拿开！

"真对不起，"母亲又说道，"我不知道。"

奈德的母亲勉强笑笑，"你当然不知道。"她说着，走回了小提姆休息室。

小提姆休息室是儿肿科走廊尽头的一小块休息区域。有两张小沙发、一张茶几、一把摇椅、一台电视和一台录像机。有各种各样的录像：《生死时速》《沙丘》和《星球大战》。休息室的一面墙上挂着块金匾，上面是小提姆的名字。他的儿子曾在这所医院接受治疗，于是五年前他捐款造了这间休息室。这是间狭小的小休息室，你会怀疑，要是小提姆的儿子活下来的话它会造得大一点。然而他死在了这家医院，所以现在就有了这间小房间，一部分是感激，一部分是慷慨，一部分是去你妈的。

母亲筛选着录像带，不知道什么样的科幻小说能和癌症这部科幻小说抗衡——一个有自己分化的肌肉和骨细胞的肿瘤、一团虚无之物以及它想要成为什么的野心勃勃的疯狂念头：某样在你体内、取代你的东西，另一个生物体，然而却有着怪兽的建筑、魔鬼的蓄意破坏和混乱。想想白血病，一种偏激地以液体形式出现的肿瘤，在血液里到处隐匿地游荡。乔治·卢卡斯[①]，导导那个！

手术前夜，母亲已经把宝宝放在隔着两个房间远的有不锈钢围栏的婴儿床上睡觉，她和别的父母坐在小提姆休息室里，开始听起了故事：幼儿园里的白血病、小棒球联盟里的肉瘤、夏令营时发现的成神经细胞瘤。"埃里克滑进了三垒，可后来他的擦伤一直没好，"父母们拍着彼此的胳膊，谈论着别的儿童医院，好像它们是度假村似的，"你去年冬天在圣犹达？我们也是。你觉得它怎样？我们很喜欢那儿的工作人员。"工作辞掉了，婚姻破裂了，银行账户掏空了；表面上看，父母们已经承受住了难以承受的。他们谈的不是化疗带来昏迷的可能性，而是它们发生的次数。"他去年七月第一次昏迷，"奈德的母亲说，"那是段可怕的时光，但我们挺过来了。"

挺过去就是这儿的人们所做的。他们的生活中有一种根本不是勇敢的勇敢。它是自动的、毫不退缩的、人和机器的混合、一

---

① 美国导演，作品有《星球大战》系列和《夺宝奇兵》等。

场势均力敌的象棋大赛中强烈的、毋庸置疑的责任与疾病的对抗——一局没有尽头的看似假想拳击赛。不过在爱与死亡之间，假想的对手是什么？"大家都敬佩我们的勇气，"一个男人说，"他们根本不知道他们说的是什么。"

我能够离开这儿，母亲想。乘上一辆公交车离开，再也不回来，改名换姓。类似于重新安置目击者。

"勇气需要选择。"男人补充道。

宝宝可能会好起来。

"有选择，"一个戴着厚厚的麂皮发带的女人说，"你可以放弃。你可以崩溃。"

"不，你不能。没人这样。我从没见过。"男人说，"好吧，不是真正的崩溃。"这时休息室安静下来。有人在录像机上贴了幸运签语饼里的签。"乐观，"上面写着"使得一只水壶在热水里仍能引吭高歌。"下面有人贴了一张夏季星座的剪报。"癌症当道！"上面说。谁把它们贴上去的？某人的十二岁哥哥。一位父亲——乔伊的父亲——站起来把它们都撕了下来，用手揉成一团。

有翻动杂志的沙沙响声。

母亲清了清嗓子；"小提姆忘了造小酒吧。"她说。

奈德还醒着，他从房间里出来，走过走廊。走廊九点熄灯。他站在母亲的椅子边，对她说："你是哪里来的？你的宝宝怎么了？"

在他们自己的小房间里，她穿着运动裤时醒时寐，不时地跳起来看看宝宝。这就是运动裤的好处。万一有火灾。就怕万一。万一白天与黑夜的界限开始消解，不再有任何分别，所以何必假装？在她身旁的帆布床上，服了片安眠药的丈夫大声打着鼾，胳脖枕在头边，像是种日本折纸。他俩怎么可能待在家里，对着空空的高脚椅和空空的婴儿床？宝宝偶尔会醒来叫喊几声，她迅速跑过去，来到他身边，替他揉揉背，重新拉好床单。金属床头柜上的钟显示时间是三点零五分。然后是四点四十。然后是真正的早晨，这一天的开始，肾切除的日子。当它结束时她是会高兴还是奄奄一息，抑或两者皆有？这个星期的每一天到来时都那么巨大、空洞而陌生，像艘宇宙飞船，而这一艘尤其被照耀成亮灰色。

"他需要穿上这个。"一位护士——欢快而早到的约翰——递给母亲一件薄薄的绿色衣服，上面印着玫瑰和泰迪熊。她一阵恶心。她想这件罩衣，很快就会被溅上什么？

宝宝醒了，但仍睡眼惺忪。她拉起他的睡衣，"别忘了，亲爱的，"她低语着，给他脱衣穿衣，"我们每一刻、每一步都会和你在一起。当你以为自己已经熟睡，飘到很远的地方去，离开大家时，妈咪还是会在这儿。"如果她没有乘着公车逃离的话，"妈咪会照顾你。还有爸爸。"她希望宝宝没有觉察到她自己的恐惧和犹疑，她必须把这些在他面前藏起来，就像瘸腿一样。他饿了，没被允许进食，他不再觉得这个新地方好玩，而是开始担心起这儿的艰难。哦，我的宝贝，她想。房间开始旋转了一下。丈夫进来接手。"休息一下，"他对她说，"我会带他走上五分钟。"

她离开，但不知道该去哪里。走道里，一个社工模样的人员靠近她，她曾给他们看过关于麻醉的录像；父母如何陪伴孩子进入手术室，麻药是如何温柔而精确地使用。

"你看过录像了吗？"

"是。"母亲说。

"没有帮助吗？"

"我不知道。"母亲说。

"你有什么问题吗?"这个录像女人问,"你有什么问题吗?"

在母亲看来,这么问一个刚刚来到这个可怕的外星球似的地方的人是种荒谬惊人的客套。一个具体的问题会揭穿她身边排山倒海而至的一切怪异之物。

"现在没有,"母亲说,"现在,我只是要去一下洗手间。"

她回到宝宝的房间时,大家都在那儿:外科医生、麻醉师、所有的护士、社工。戴着蓝帽子和蓝手套,他们看起来像是丛勿忘我,而要忘记他们,谁能够?宝宝穿着他的泰迪熊小罩衫,显得又冷又惧怕。他伸出手,母亲把他从父亲怀里抱了过去,抚摩着他的背让他暖和一些。

"好吧,时间到了!"外科医生说道,挤出一个微笑。

"可以走了吗?"麻醉师说。

跟着是模糊的顺从和明亮的灯光。他们乘电梯下楼,来到一间大水泥房间。墙上是一长排一长排放满手术器械的架子。"孩子们通常会害怕蓝色。"一个护士说,当然。当然!"现在,你们俩谁想进手术室陪他麻醉?"

"我去。"母亲说。

"你肯定?"丈夫问。

"对,"她亲亲宝宝的头发,"卷毛头先生。"这儿人们总是这么叫他,这显得既粗鲁又亲切。女人们羡慕地看着他的长睫毛叫喊:"总是男孩子!总是男孩子!"

两名外科护士替母亲穿上蓝罩衣,戴上蓝棉布帽子。宝宝觉得很好玩,不停地拉着帽子,"这儿,"另一名护士说道,母亲跟随着她,"把宝宝放在台上。"

录像里,母亲抱着宝宝,烟会在宝宝鼻子下轻轻挥动,直到他睡着。而现在,没有了镜头或社工,麻醉师急着开始动手,避免整个房间漏到太多气体。他所选择的这个职业,其职业危险在

这儿只有这种人:儿科肿瘤病区咿呀学语的儿童

于接触气体和神经损伤,这已经开始让他担心。毫无疑问,他每晚都向他的老婆嘀咕这个。现在他打开开关,迅速把塑料嘴固定在宝宝的脸蛋和嘴唇上。

宝宝吓了一跳。母亲也吓了一跳。宝宝开始尖叫,塑料后面的脸涨得通红,但是没人听得见。他四肢乱动。"告诉他没事。"护士对母亲说。

没事?"没事。"母亲重复道,抓住他的手,但她知道他能看出并不是没事,因为他不单能看到她仍旧戴着那顶傻帽子,而且她的话也机械无力,她咬住嘴唇好让它们不要颤抖。恐慌之下,他想坐起来。他无法呼吸;他举起胳膊。再见,外面。然后,很快,他的眼睛闭了起来;他变得松软,不是陷入沉睡,而是靠近沉睡,一种古怪的绑架式的沉睡。现在他的恐惧深藏在他体内某个地方。

"进行得怎样?"等在外面的水泥房间的社工问。母亲歇斯底里,一名护士把她带了出来。

"完全不像片子上的!"她喊道,"根本不像片子上的!"

"片子?你是说录像?"社工问。

"根本不像那样!太野蛮了,不可饶恕!"

"啊,那太糟糕了。"她说道,现在她的角色已不再是提供错误信息的人,而是看门的。她轻抚着母亲的手臂,不过母亲甩开手,去找丈夫了。

她在桑葚色的大手术休息室里找到了他,他被带到了那儿,那儿有小泡沫塑料杯的免费热巧克力。门口装点着红色的玻璃纸花环。她已经彻底忘了已经这么临近圣诞节了。角落的钢琴师在弹奏《铃铛颂歌》,听起来不仅没有节日气氛,反而阴森森的,像是《驱魔人》里的主题曲。

远处墙上有只巨大的钟,像是手术室的观察口,一种对宝宝所受折磨的评估方式。四十五分钟的西克曼导管植入;两个半小时的肾切除术。然后,那之后,三个月的化疗。她膝盖上的杂志翻开在红宝石色的香水广告那页。

"还没有做记录。"丈夫说。

"没。"

"你知道,某种程度上,这就是你一直写的那种东西。"

"你可真是个人才,你知道么?这是生活。这不是'那种东西'。"

"可这就是小说那种东西:这是没法过活的生活,附加在房子上的那间怪房间,绕着科学未知的地球旋转的另一个月亮。"

"是我告诉你的。"

"我在引用你的话。"

她看着表,想着宝宝,"过了多久了?"

"不太久,太久,最后,也许都一样。"

"你觉得眼下这一刻他在经历什么?"

感染?刀出了差错?"我不知道。不过你知道么?我得走了。我得稍微走一走。"丈夫站了起来,在休息室里转了一圈,又回来坐下。

分钟之间的突触是无法游过的。一个小时像软糖那么稠厚。母亲感觉被耗尽了;她是一串铁丝串起的空罐头,一头山羊会来嗅嗅嚼嚼的东西,不时被一阵电流激活的东西。

她听到对讲机里在喊他们的名字。"在?在?"她迅速站了起来。她的话先她飞了出去,一群鸟呼出的气息。钢琴演奏已经停止。钢琴师不见了。她和丈夫来到主控台前,一个男人抬头朝他们微笑。他面前是一份病人姓名的复印名单。"是我们的小宝宝在里面,"母亲说,她看到了名单上宝宝的名字,便指着它,"有什么消息吗？一切都好吗？"

"是的，"男人说，"你的儿子很好。他们刚刚做完导管部分，现在开始进行肾脏那部分。"

"可已经两个小时了！哦我的老天，是不是出了什么问题？发生了什么？出了什么差错？"

"有没有出问题？"丈夫拉着自己的衣领。

"其实没有。只不过比预计的时间长了点。我被告知一切都好。他们想让你们知道。"

"谢谢。"丈夫说。他们转身朝刚才坐的地方走去。

"我要挺不住了，"母亲叹了口气，跌坐在一张有点像棒球手套的仿皮沙发椅里，"可在我走之前，我要把半座医院带走。"

"想来点咖啡吗？"丈夫问。

"我不知道，"母亲说，"不，我想不。不。你呢？"

"不，我也不要，我想。"他说。

"你想来点橙子吗？"

"噢，可能，我想，要是你有的话。"她从包里拿出一个橙子，就坐在那儿剥着它难剥的皮，果肉在她指尖裂开，果汁顺着手指流下，灼痛了倒刺。她和丈夫嚼着、吞着，悄悄把籽吐在纸巾上，然后看着最新医学研究的影印本，这是他们从主任医师那儿要来的。他们看着，在下面画着线，叹息着闭上眼睛，又过了一会儿，手术结束了。儿肿科的一个护士下来告诉他们。

"你们的小男孩正在恢复中。他情况很好。你们再过大概十五分钟就可以见到他了。"

这怎么能够形容呢？怎么能形容其中任何一部分呢？旅行和旅行的故事永远是两样不同的东西。叙述者是待在家里的那个，只不过后来把她的嘴巴压在旅行者的嘴上，为了让它工作，为了让嘴巴说、说、说。一个人不可能去一个地方并且谈论它；一个人不可能既看又说，不能真正做到。你可以去，然后回来的时候做出很多手部动作、用胳膊示意。嘴巴本身，以光速工作、听从眼睛指导的嘴巴，必然会呆无一言；如此迅速，如此多需要汇报的，它傻张着，像只被取走了铃铛的钟。那一切无法言说的生活！那正是叙述者进入的地方。叙述者带着她的吻、模仿和整理进来。叙述者来将嘴的迫切混乱变成一首缓慢、伪造的歌曲。

看到他是个恐怖的奇迹。他躺在婴儿床上，浑身插满了管子，四肢摊开，像个十字架上的男孩。他的胳膊被固定在纸板做的'不许乱动'里面，这样他就不能把管子拔出来。有膀胱导管、鼻胃插管，还有西克曼导管，在他的皮肤下面，插入颈部静脉，又从他的胸壁冒出，盖着长长的塑料盖子。他的腹部贴着很大一块绷带，滴着的吗啡令他头昏眼花，但当她穿过所有这些乙烯线路，弯腰抱住他时，他还是能看着她，她抱住他时，他哭了起来，然而是安静的哭，没有动作或声音。这是一个老人的哭泣：安静、没有看法、筋疲力尽。在这么小的小人身上，这是可怕而不自然的。她想要抱起宝宝跑开——离开这儿，离开这儿。她想要迅速掏出一把枪：不许乱动，呃？这一切才是我不允许发生的。你们别碰他！她想朝外科医生和打针的护士大喊：别再弄了！再不要！再不要！她会蜷缩起来躺在他的身旁，要是能够的话。但相反，因为他这些复杂的线管，她必须弯腰搂着他，给他唱歌，唱死亡和飞行的歌："我们要离开这个地方，就算这是我们最不愿意做的事。我们要离开这个地方……有更好的生活等着你我。"

非常一九六七。当时她十一岁，很敏感。

宝宝看着她，乞求的眼神，胳膊投降似的摊着。去哪儿？能去哪儿？带上我！带上我！

那晚,手术后的那晚,母亲和丈夫一起躺在帆布床上漂浮着。婴儿床边的荧光灯在黑暗中一直亮着。宝宝在服了药的睡眠中,呼吸均匀,但很弱。最开始大剂量的吗啡显然让他觉得像要往后摔倒——反正母亲是这么被告知的——宝宝受到惊动,不停地努力平衡身体,像是从树上被扔下去一样。"这样行吗?没什么可以做的吗?"护士每个小时进来一次,不同的护士——晚班看来短得离奇,换班频繁。要是宝宝乱动或不安,护士就从西克曼导管里给他更多的吗啡,然后离开去看别的病人。母亲在黯淡的灯光下起来看他。他嘴里接出的透明塑料吸管里有汩汩声。管子里已经积起了褐色的一丝一缕的东西。怎么了?母亲按铃叫了护士。是蕾内还是莎拉还是达西?她已经忘了。

"怎么,怎么了?"丈夫喃喃道,醒了。

"有问题了,"母亲说,"他的鼻胃插管里好像有血。"

"什么?"丈夫起了床,他也一样穿着运动裤。

护士——瓦莱莉——推开重重的房门,静悄悄地走了进来,"一切都好吗?"

"这儿有点问题。管子从他的胃里吸出血来了。看来像是已经刺穿了他的胃,现在他在内出血。看!"

瓦莱莉是个圣徒,但她的声音是标准的医院圣徒嗓音:一种叫人怒火中烧的药剂师的平静。它在说,在这儿一切都正常不过。死亡是正常的,痛苦是正常的,没有什么是不正常的,所以没有什么值得大惊小怪。"好吧,那么,我们来看看。"她举起塑料插管,努力往里面看,"唔,"她说,"我会叫值班医生来。"

因为这是所教学研究医院,所有的常规医生现在都在家里的传教士式床上睡觉。今晚,显然正如所有的周末夜晚一样,值班医生是个医学院学生。他看上去才十五岁,根本谈不上具备他试图传递的权威感。甚至连边都沾不上。他跟每个人握手,然后摸着自己的下巴,无疑是从他父母带他看过的某次晚餐表演中看来的。好像那下巴上真有胡子似的!好像那下巴上有可能长出胡子似的!《我们的小镇》!《吻我凯特》!《在公园赤足》!他是在试图说服别人,如果不是为了给人留下印象的话。

"我们有麻烦了。"母亲悄悄对丈夫说。她累了,厌倦了年轻人为了分数拼命。"我们这儿来了个《吻我凯特》医生。"

丈夫茫然地看着她,不明所以兼灵魂脱窍。

医学院学生手里举着插管,"我没看到有什么。"他说。

他不及格!"你没有?"母亲挤到他身旁,双手举起透明的管子。"那个,"她说,"就在这儿,还有这儿。"就在上个学期,她对自己的一个学生说:"要是你看不出为什么这一篇文章比那一篇好,我希望你出去在走廊里站着直到你明白为止。"压低声音有那么重要么?宝宝一直熟睡着。他被麻醉了,做着梦,在遥远的地方。

"唔,"医学院学生说,"可能胃部有些不适。"

"有些不适?"母亲冒火了,"这是血。这是血丝和血块。这个蠢东西正在把他的命给吸走!"生命!她开始哭了起来。

他们关掉了机器,带来了抗酸剂,通过插管喂给宝宝。然后他们又打开了机器。这次调到低挡。

"前面是在哪挡?"丈夫问。

"高挡,"瓦莱莉说,"医生的吩咐,尽管我不知道为什么。医生做的很多事情我都不知道原因。"

"也许他们……并不都那么聪明?"母亲提出。她同时感到宽慰和愤怒,空气中有祈祷和诉讼的情绪。然而最主要的,她感到感激。不是吗?她想她是的。然而,看看你为了保护一个孩子所做的一切,医院不过是生活这场残酷障碍赛的集中强化。

外科医生星期六早晨来看他。他走进来朝宝宝点点头,他醒着,不过因为吗啡而呆滞无神,眼睛像两颗看不见的黑葡萄。"宝宝看上去很好。"外科医生宣布。他看了看宝宝的绷带下面,"针脚看上去很好。"他说。宝宝的腹部被整个缝了针,像只棒球。"另外那只肾脏,我们昨天看到它表现很好。我们会给他的吗啡减点量,看看他星期一怎么样。"他清了清嗓子。"现在,"他看着屋子里的护士和医学院学生们说,"我希望能和母亲谈谈,单独谈。"

母亲的心脏猛跳了一下,"我?"

"是。"他说着,指了指,然后转过身去。

她站起来和他走进空空的走道,关上身后的门。会是什么呢?她听到宝宝在他的婴儿床里有些烦躁不安。她的大脑装满了痛苦和警觉。她发出的声音是粗哑的低语,"有什么——"

"有件特别的事情需要你做。"外科医生说道,非常严肃地转过头,站在那儿。

"是?"她的心脏怦怦直跳。她感觉自己没有足够的弹性接受更多的坏消息了。

"我需要你帮个忙。"

"当然。"她说,竭力为这个场合聚起力量和勇气,不管它们在哪里;她的嗓子已经紧缩成一团。

外科医生从他的白大褂里拿出一本薄薄的平装书,塞给她,"你能给你的小说签个名吗?"

母亲往下看,看到这确实是她写过的一本小说,关于十几岁的少女。

她抬起头。他的嘴咧得大大的,笑容生动,"我去年夏天读的，"他说，"我现在还记得里面的某些片段！那些姑娘惹上的麻烦可真多！"

这些天来所有的超现实时刻中，她想，这可能是最最超现实的。

"行。"她说，外科医生欢快地递给她一支笔。

"你可以就写上'给某某医生……'噢，我不需要告诉你怎么写。"

母亲在一张长椅上坐下，甩甩钢笔里的墨水。她宽慰地长舒了口气。噢，舒气的愉悦啊，有如爱情最美妙的时刻；有人正确地歌颂过如释重负的舒气吗？她把书翻到扉页。她深呼吸了一下。他干吗看关于豆蔻少女的小说？而且他为什么不买精装本？她题了一些真实的感激之辞，然后把书递还给他。

"他会没事吗？"

"孩子？孩子会很好，"他说，然后生硬地拍拍她的肩，"现在你自己保重。今天星期六，喝点酒吧。"

周末，宝宝睡觉时，母亲和丈夫一起坐在小提姆休息室里。丈夫坐立不安，一会儿去餐厅，一会儿为杂事跑开，为每个人跑着腿。他不在的时候，别的父母用他们的长篇传奇进一步款待她。儿童癌症和化疗的故事：孩子们的截肢、坏血、牙齿像页岩一样剥落、因化疗烧伤幼嫩的大脑而造成学习迟缓和障碍。不过紧随其后的是乐观得奇怪的尾声——有如木匠的花边般僵硬疯狂、如莴笋般脆爽而空洞、网一样错综复杂的结尾——啊，语言。"经历过肿瘤的一切，他现在好多了，我妻子的表妹的丈夫替他装上了新门牙，他两年半就读完了牙科，你能相信。我们抱最大的希望，我们顺其自然。生活很不容易。"

"生活是个大问题。"母亲同意。一半的她欢迎他们的故事。

自这个噩梦开始后漫长的几天里，一半的她已经迷恋上了灾难和战争故事。她只想听别人的悲伤和紧急状况。只有这种情形能和她自己的携手；别的一切都从她怨愤和铁石心肠的闪亮盾牌上弹开。甚至没有什么能在她脑海停留。毫无疑问，市侩庸俗的世界就是由此构成的，或者，我们是不是应该说从中招募的？父母们整日挤在小提姆休息室里——没人要看奥普拉秀。他们把奥普拉远远抛在身后。奥普拉对他们完全没有作用。他们就事论事地说话，而后陷入沉默，看《沙丘》或《星球大战》，里面有聪明闪亮的机器人，母亲现在完全不把他们看作机器人了，他们是遭遇了可怕事情的人类。

他们的朋友来探望，带着毛绒公仔，对着打瞌睡的宝宝说些"看上去很好"这样的温柔祝贺，尽管这房间已远远超出了公仔的界限。母亲再一次为客人准备了一盘薄荷味米兰诺曲奇和几杯外卖咖啡。她疯疯癫癫的朋友们全来了——两个在服用百忧解，一个为幸福之性福沉迷，一个最近刚把头发弄成绿色。"你的朋友把 de 放进了 fin de siècle[①]。"丈夫说。要是被无意听到，或是录下来，所有的婚姻谈话听着一定像是谁在开玩笑，不过通常没人在开玩笑。

她爱她的朋友们，尤其是现在，她们来了。平时她们会吵架，一连几个礼拜不说话。这是友谊吗？此刻、此处，这一定是，一定，她发誓这就是。其一，她们从不发表关于死亡的即兴精神说教，讲它如何是人生的一部分，它自然的潮起潮落，我们如何必须接受它，或是别的叫她恨不得挖掉几只眼睛的类似言语。像真正的朋友一样，他们不会采取那种以广阔的前景笼统

[①] 法语，意思是"世纪末的，颓废的"。

编就的鲁莽或高雅姿态。她们径直走进来，喃喃着"上帝呀！"，摇着头。况且，只有她们不会嘲笑她的愚蠢笑话，反而会提供她们自己的。小提姆和比特犬杂交会得到什么？孩子的病是精神的负担。她们知道如何以清澈的声音绝望地发笑；不像她丈夫的那些朋友，他们似乎只会让眼神更悲伤一些，同情地点着头。大家同情的表情是那么拒人以千里之外！当有人发出笑声时，她想，行，真好哇！一个朋友。视灾难如表演。

护士们来了又去，他们喊喊喳喳的声音既令人吃惊又令人安慰。别的父母把头探进来看看宝宝怎么样，说着鼓励的话。

绿头发挠挠脑袋，"这儿每个人都这么友好。这儿有没有人不做这种空洞的照本宣科的乐观状——还是这儿只有这种人？"

"这是现代中部医疗遇见现代中部家庭，"丈夫说，"在现代中西部。"

有人带来了外卖拉面，他们全都在电梯旁的走道里吃着，吃得精光。

父母们可以走礼仪通道。

"你得再生一个孩子，"另一个朋友，一个镇外的朋友在电话里说，"一个继承人、一个备用的。我们就是这么干的。我们又养了一个，以确保万一失去了第一个我们不会把自己给杀了。"

"真的？"

"我是认真的。"

"正式的自杀？你们难道不会只是把自己灌醉，灌成半辈子痴呆，然后就此了之吗？"

"绝不。我甚至知道自己会怎么干。有过一阵，在我们的第二个出来之前，我全都计划好了。"

"你怎么计划的？"

"我不能说得太具体,因为——嗨,宝贝!——孩子们现在在房间里。不过我会把大体想法拼出来:绳—子①。"

周日早晨,她去小提姆休息室,窝进沙发,坐在乔伊的父亲弗兰克身旁。他是个壮实的矮个子男人,有着这儿的父母们最终都会拥有的死水般没有起伏变化的表情。为了和儿子并肩作战,他已经剃了光头。他的小男孩已经跟癌症抗争了五年。问题在肝脏,有传言说乔伊只有三个星期可活了。她知道乔伊的母亲希瑟几年前就离开了弗兰克,是在他患癌症两年后,她现在已经再婚,又有了个孩子,一个名叫布列塔尼的女孩。母亲在这儿见过几次希瑟,以及她的新生活——可爱的小女孩和那个年轻、满头头发的新丈夫,他永远不会像她的第一任丈夫弗兰克那样疯狂而软弱地执着于乔伊的病而走不出来。希瑟来看乔伊,来说你好,然后再见,但她不是乔伊的主要人物,弗兰克才是。

弗兰克有满腹故事——关于医生、关于食物、关于护士、关于乔伊。乔伊对治疗满不在乎,有时候他离开自己的房间穿着浴袍出来看电视。他有黄疸,光头,尽管九岁了,看上去不过六岁。弗兰克已经把过去的四个半年头都献给了拯救乔伊的生命。刚刚诊断出癌症时,医生说乔伊有百分之二十的几率活过六个月。而现在已经快五年了,乔伊仍旧在这儿。这全都是因为弗兰克,为了全身心地照顾儿子,他很早就辞掉了咨询公司副总的职务。他对自己所放弃及所做的一切都非常自豪,但他很疲惫。他现在真的有点相信一切正在结束,这就是终点。他没有眼泪地说着这些。不再有泪水。

"你大概比这条走廊上任何人经历的都要多。"母亲说。

---

① 此处说话人将 R-O-P-E(绳子)逐个按音节发音,表示想自杀上吊。

"我能够给你讲故事。"他说。他俩之间有种酸臭味,她意识到他俩都好几天没洗澡了。

"给我讲一个,讲最糟糕的那个。"她知道他讨厌他的前妻,甚至更讨厌她的新丈夫。

"最糟糕的?它们全都是最糟的。这儿有一个:一天早上,我和我朋友出去吃早饭——这是我仅有的一次把乔伊单独留下,就离开了两个小时。等我回来,他的鼻胃导管里全都是血。他们把吸力开得太高了,把他的肠子都吸出来了。"

"哦我的天,这事刚刚出在我们身上。"母亲说。

"真的?"

"星期五晚上。"

"你在开玩笑。他们又让那种事发生了?我还狠狠教训了他们一通!"

"我猜我们的运气没那么好。我们来这儿第二晚就发生了你最糟糕的故事。"

"不过这地方不坏。"

"是吗?"

"嗯,我见过更差的。我带乔伊哪里都去过了。"

"他看上去很强壮。"实际上,此刻,乔伊看上去像僵尸,让她害怕。

"乔伊真他妈是个天才,生物学的天才。他们给了他六个月,记着。"

母亲点点头。

"六个月不太长。"弗兰克说,"六个月什么都不是。他当时四岁半。"

所有言语都如拳击来。她感觉心中涌上对这个男人的爱意和哀痛。她看向别处,看向窗外,视线经过医院停车场,移向黑色大理石般的天空和电眼睫毛似的月亮。"而现在他九岁了，"她说，"你是他的英雄。"

"他也是我的，"弗兰克说，尽管他语气中的疲惫似乎已经压倒了他，"他永远都是。对不起，"他说，"我得去看一下。他的呼吸一直不太好，见谅。"

"好消息和坏消息。"星期一，肿瘤科医生说。他敲了门，进了房间，站在那儿。他们的帆布床还没铺过。垃圾筒里的咖啡杯要满出来了。"我们已经拿到了病理学家的报告。坏消息是切除的那只肾脏上有若干机体病变，叫做'对打'，这跟另一只肾脏的高患病风险相关。好消息是肿瘤尚在第一阶段，细胞结构正常，小于五百克，这种情况下你们有资格参加一项全国试验，不进行化疗，而是用超声波对你们的孩子进行监测。并没有太大风险，病人会受到密切观察。这是相关文献。如果你们决定那么做，需要签一些表格。把这些全都看一下，我们可以进一步讨论。你们必须在四天内做出决定。"

机体病变？对打？它们逐渐枯萎，像 M & M 巧克力豆洒落在地板上。她只听到关于不做化疗的那部分，又一阵宽慰的叹息从她体内油然而生，溢出体外。在只有可忍受和不可忍受两种情况的生活里面，宽慰已是狂喜。

"不化疗？"丈夫说，"你推荐吗？"

肿瘤科医生耸耸肩，这些医生居然被允许做这么漫不经心的动作！"我了解化疗，我喜欢化疗，"肿瘤科医生说，"不过这由你们自己决定。这要看你们怎么想了。"

丈夫身子往前凑去，"那你不觉得既然我们已经占了上风，我们就该乘胜追击吗？我们不该用化疗踩扁它、打败它、把它消灭吗？"

母亲生气地重重拍了他一下,"亲爱的,你兴奋过头了!"她低语,发出的却是尖利的嘘声,"这是我们的好运气,"然后她温柔地加了一句,"我们不想让宝宝做化疗。"

丈夫转回头面向肿瘤科医生。"你怎么看?"

"有可能,"他说,又耸耸肩,"这有可能是你们的好运气。不过这五年里你们还不能肯定。"

丈夫回头看着母亲。"行,"他说,"行。"

宝宝变得愉快而强壮。他开始移动,坐起,进食。星期三早上,他被允许出院,不做化疗就出院。肿瘤科医生显得有点紧张。"你对此感到紧张?"母亲问。

"我当然紧张。"不过他耸耸肩,看来并没有那么紧张。"六周后超声波时见。"他说道,挥挥手然后离开,一边看着自己大大的黑皮鞋。

宝宝微笑着,甚至稍稍走动了一会儿,太阳从云层穿出,天使的合唱声渐强。护士来了。西克曼导管从宝宝的颈部和胸部取出来了,抗生素类液体也配给了他们。母亲整理他们的行李,宝宝吮吸着一瓶果汁,没有哭。

"不化疗?"一名护士说,"一丁点化疗都不做?"

"我们做的是观察并等待。"母亲说。

别的父母显得羡慕又担心。他们从没见过孩子留着头发和完好无损的白细胞离开这儿。

"你们会没事吧?"奈德的母亲问。

"担忧会要了我们的命。"丈夫说。

"但要是我们要做的只是担忧,"母亲责备道,"每一天,一百年,这很容易。这算不了什么。我会选择全世界所有的忧虑,要是它能把这个东西赶走的话。"

"没错，"奈德的母亲说，"跟别的一切相比，跟所有真正发生的事情相比，担忧算不了什么。"

丈夫摇着头。"我真是个业余选手。"他抱怨着。

"你们俩都做得非常出色，"另一个母亲说，"你们的宝宝很幸运，我希望你们一切顺利。"

丈夫热情地和她握手。"谢谢，"他说，"你一直都很出色。"

另一个母亲，埃里克的母亲，走到他们面前，"这一切都很艰难，"她说道，头歪向一侧，"但一路上也有很多伴随的美。"

伴随的美？谁有权享受这个东西？一个孩子病了，没人有权享受什么相随的美！

"谢谢你。"丈夫说。

乔伊的父亲，弗兰克，上来拥抱他们俩，"这是场旅程，"他说，他捏捏宝宝的下巴，"祝你好运，小家伙。"

"是的，非常感谢，"母亲说，"我们希望乔伊一切顺利。"她知道乔伊度过了一个艰难可怕的夜晚。

弗兰克耸耸肩，往后退了一步，"得走了，"他说。"再见！"

"再见。"她说道，然后他不见了。她咬住自己的嘴唇内侧，有些眼泪汪汪，然后她弯腰拿起尿片包，现在里面装满了小动物，拉链上系着氦气气球。背起它，母亲感觉自己刚刚赢得了大奖。现在所有的父母都消失在走廊尽头，往相反的方向。丈夫走近身旁，他一手从她身上接过宝宝，一手揉着她的背。他看得出她开始变得眼泪汪汪了。

"这些人可真好不是么？听到他们的故事你不觉得好过一些？"他问。

他为什么这样，总爱搞搞小团体；为什么连这个苦难的小团体也能安慰他？当涉及死亡和死去，这个大家庭可能得有人更势利一些。

"这些好人和他们的勇敢故事。"他们朝电梯走去时他继续说道,一边朝护士们挥手道别,甚至连宝宝也害羞地挥着手。拜拜!拜拜!"知道我们都在同一条船上,我们都处在这种境地,你不觉得安慰吗?"

可到底谁会想待在这条船上呢?母亲想着。这条船是梦魇之船。看看它驶向何处:一间银白色的房间;在那儿,就在你的视力、听力、触摸或被触摸的能力彻底消失之前,你必须看着你的孩子死去。

绳子!把绳子拿来。

"让我们走自己的路,"母亲说,"别待在这条船上。"

船上的女人!她从丈夫手上抱回了宝宝,用手拢拢宝宝的脸蛋,亲亲他的眉毛,然后,迅速地亲了亲他花朵般的嘴。宝宝的心脏——她能听见——充满活力地跳动着。"在我的有生之年,"母亲说道,按下电梯按钮——上或下,每个人最终都要从这儿离开——"我再也不想见到这些人里的任何一个。"

记录有了。

现在钱在哪里?

了不起的母亲

尽管她这辈子一直在他们周围，到她三十五岁时抱孩子这事才开始令她感到紧张——就是一开始，一阵怯意临阵从腹部荡上来。"阿德丽安，你想抱下宝宝吗？你介不介意？"总是这些话，从和她年龄相仿、显得善意而恳切的女人嘴里说出——一个以前的朋友，她的朋友正被儿语和恳求夺走。而阿德丽安会强迫自己深呼吸。抱孩子不再是自然之举，她已不再自然；而是对女性气质和世俗技能的测试。她被别人观察着。人们看着她会怎么做。她已进入了一个清教徒年代，一个人口统计学时刻——不管是什么；其间你能得到的最佳赞美是：你会是个了不起的母亲。二十世纪九十年代的狼哨。

于是在斯佩森家的劳动日野餐会上，当莎莉·斯佩森把孩子递给她时，阿德丽安像对宠物一样朝他咿咿呀呀，轻轻将他抱紧，用舌头发出咂咂的声音，充满爱意地柔声说："你好，小南瓜，你好，我的小南瓜，"她伸出手想赶走一只苍蝇，结果连接处的暗钉已经生锈的野餐长凳开始摇摇晃晃，在干草的气味和烤肉脂肪的噼啪声中，她失去了平衡；这长凳，这摇摇晃晃的野餐长凳，要把她掀翻！她仰天倒下，扭伤了脊椎。在这个疾速翻转的世界的慢动作中，她看到了黏土似的云朵、几张僵住的脸、一颗孤单的星星宛如喷气飞机的机头。宝宝的头撞在斯佩森家新铺好的院子里的挡土石墙上，致命的脑充血。阿德丽安去医院跟警方做完笔录后很快就回家了，之后七个月都没有离开她的阁楼公寓。大家为她担忧，深切的担忧，其中有马丁·波特，她交往的男人，几乎所有人，包括莎莉·斯佩森，她打电话给她哭着说她原谅她了，说阿德丽安不如永远别出来了。

马丁·波特通常带着辣椒芝士或是卡西巴粗麦粉蛋糕来看她，他已经成为她唯一的朋友。他离过婚，是位经济学家，不过他看上去更像个苏格兰伐木工——渐渐发白的头发、带红色斑点的胡子、爱穿一件金绿相间的法兰绒衬衫。他正准备出国。"我们可以结婚。"他建议。那样，他说，阿德丽安就能陪他一起去意大利北部，去阿尔卑斯山间专供学者和学术会议之用的一座庄园。她可以作为配偶前往。他们给配偶提供工作室，有的工作室有钢琴，有的有书桌或陶工转盘。"你随便做什么都行，"他关于第一世界帝国主义对第三世界金融体系之影响的研究第二稿正在完稿，"你可以画画，或是不画。你可以不画。"

她仔细地、饥渴地看着他，然后掉转视线。她仍然感觉笨拙庞大，笼中肌肉发达的杀手，需要令人消瘦的监狱食物。"你爱我，是吧。"她说。这七个月里，较好的情形下她穿着紧身衣午睡，吹着电扇，左耳捕捉着风，将它封存在脑中，如同贝壳里的悲伤海水。她感觉阴冷，在劫难逃。"或者你只是替我难过？"她用力拍打着一小群突然从一罐丢弃的健怡可乐里冒出来的蚊蚋。

"我不替你难过。"

"不吗？"

"我怜惜你。我已经爱上你了。我们都是成年人。人长大了就要办事。"他是个实际的人。他经常把系里的鸡尾酒年会叫做"站着候钱"。

"马丁，我不觉得我们能结婚。"

"我们当然能结婚。"他解开袖扣，像要卷起袖子似的。

"你不明白，"她说，"正常的生活对我来说再也不可能了。

我已经跑离了所有正常的道路,现在住在灌木丛里。我现在是个灌木丛女人。我觉得自己没法拥有正常的东西。婚姻是件正常的东西。你需要正常的求爱、正常的求婚。"她想不出别的。泪水刺痛她的眼睛。她一只手拒绝地挥了挥,它如同一个巨大的、凶残的物件经过她的视野。

"正常的求爱、正常的求婚。"马丁说道。他脱下他的衬衣、长裤和鞋子,只穿着袜子和内衣躺在床上,整个身体紧贴着她,"我要娶你,不管你喜不喜欢,"他双手捧住她的脸,渴望地看着她的嘴,"我要娶你,直到你吐。"

在马尔本撒机场,一名几乎不会讲英文的司机来接他们,幸好他举着块牌子,上面写着赫希博恩庄园。阿德丽安和马丁走到他跟前时,他点头说:"你好,早上好,波特先生?"往庄园的路开了两小时,上山,下山,穿过田野和几座小村庄,但直到司机在一座他称之为"叫人头晕的母亲"的陡峭山坡前停下,庄园的铁门自动打开复而在他们身后关上,盘旋而上的车道经过壮观的花园、阳光灿烂的葡萄园和成排的灰泥建筑,阿德丽安才意识到马丁受邀来此是多大的荣幸。这是他赢来的,而且他会在这儿住一个月。

"这感觉像不像蜜月?"她问他。

"什么?哦,蜜月。对。"他转过头漫不经心地拍拍她的大腿。

他在倒时差,是这个原因。她抚平自己的裙子,它又皱又湿。"对,我能看到我俩一起变老,"她说,捏捏他的手,"在接下来的几个礼拜里,事实上是。"要是她还会再结婚,她要好好把它们都做一遍:尴尬的仪式、叫人发窘的亲戚、累赘的不利于生态保护的礼物。她和马丁只是去了市政厅,然后叫他们的亲戚朋友们别送礼物，而是把钱捐给绿色和平组织。然而，现在，当他们在庄园入口的扁鼻石狮前，在那完美的勿忘我和紫杉木花坛、闪闪发亮的玻璃门前放慢脚步，阿德丽安长长吁了口气。鲸鱼，她立刻想道，鲸鱼拿走了我的水晶。

他们被一名叫卡洛的操双语的优雅男仆带到楼上的"普林奇佩撒"房间，房间宽敞典雅——钢琴、大床、用模板刻印着水果装饰画的梳妆柜。女仆每天两次打扫房间，卡洛说。有甜威化饼、毛巾、矿泉水和薄荷糖。晚餐八点开始，早餐九点结束。卡洛躬身离去后，马丁甩掉鞋子，倒在古老的装饰着挂毯的躺椅上。"我听说墙上这些十五世纪的'赝品'油画之所以被视作赝品只是出于税务原因，"他悄声说，"要是你明白我的意思的话。"

"是嘛，"阿德丽安说。她感觉自己像是占领冬宫的那些工人中的一个。她自己的声音轰隆作响，"你知道，墨索里尼就是在这儿被抓获的，想想看。"

马丁显得很茫然。"你指什么？"

"他曾在这儿。他们逮住了他。我不知道。我在读相关的一本小书。别管我。"她扑通倒在床上。马丁已经开始换衣服了。只是男女朋友的时候他表现得要好些，带着辣椒芝士。她把脸深深埋进枕头，嘴巴像狗一样张着。她一直睡到了六点，梦见一个宝宝在她怀里，结果它变成了一摞盘子，而她必须表演杂耍，将它们抛向空中。

一声巨响把她吵醒——一只行李箱掉了下来。每个人都必须着正装出席晚宴，马丁正在把东西使劲往外拽，嘟嘟囔囔穿好上衣，戴上领带。阿德丽安起床、泡澡、穿上长筒丝袜；由于她已经好几个月没这么做了，它像理发店旋转彩柱上的条纹一般绕在她腿上。

"你走起路来活像拉伤了韧带。"他们离开时马丁说道,一边锁上房门。

阿德丽安把膝盖处的丝袜往上拉,但这没用,"告诉我你喜欢我的裙子,马丁,不然我肯定会回房间再也不出来了。"

"我喜欢你的裙子。它很棒。你很棒。我很棒。"他说,像在做词形变化练习似的。他拉起她的胳膊,两人一瘸一拐走下旋转楼梯——旋转弧度大吗?是!弧度很大!——来到餐厅,卡洛把他们领进去找到自己的座位。桌位的安排每晚都不同,卡洛用短促而清晰的意大利口音说道:"为了支持思想的交叉授粉。"

"什么?"阿德丽安说。

约莫有三十五个人,全都人到中年,都带着学者糅合了欢快和倦意的奇怪表情。"介于调情和小剐蹭之间。"马丁有一次这么形容。阿德丽安的座位在他的对面,在房间的另外一头,她两边分别是一位叫约阿希姆·德·弗洛的写有关僧侣的著作的历史学家,及一位致力于追寻"真挚的行板乐曲"的音乐学家。大家都坐在华丽的木椅上,椅背上雕刻着喷水嘴似的头,从坐者的两肩后面探出来,仿佛是个警告。

"德·弗洛,"阿德丽安没话找话,从她的意式薄切生牛肉片转向僧侣男,"那不是'花的'意思吗[①]?"她最近了解到灾难是"凶星"的意思,正寻找机会在谈话中炫耀一下,晒晒这个趣闻。

僧侣男看看她,"你是谁的家属吧?"

"是,"她说,她往下看看,又重新往上看,"不过,我丈夫也是。"

"你不是编剧吧,嗯?"

"不是,"她说,"我是个画家。其实,是个版画家。其实,

[①] 德·弗洛(De Flore)的名字在法语中"花"的意思。

更是个——现在我正在转型。"

他点点头,重新埋头吃了起来,"我总是担心他们开始把编剧也请过来。"

有芝麻菜沙拉,主菜是炖小牛肉。现在她转向音乐学家,"那么你总觉得它们不够真挚?那些行板?"她飞快地越过别的脑袋假装小姑娘似的朝马丁挥挥手。

"是小七和弦的运用,"音乐学家嘟哝道,"如此富于欺骗性、泛滥。"

"要不是菜太好吃,我现在就走人了。"她对马丁说。他们正躺在床上,在他们有如铺着地毯的溜冰场一样的房间,她知道,他们在这儿可能要过几个礼拜才可能有性生活。"'如此富于欺骗性、泛滥'"她带着尖锐的鼻音说道。这样的声音马丁以前只听到过一次,是在一次系会上,主持会议的那个满腹牢骚的临时主席模仿着不在场的同事们。"你难道能这样使用泛滥这个词吗?"

"等你在工作室安定下来,你就会感觉好多了。"马丁说着,打起了瞌睡。他在被子下摸着找到她的手,紧紧握着。

"我想离婚。"阿德丽安耳语道。

"我可不同意。"他说道,把她的手拿到自己胸前,放在那儿,像一个曼陀林,一条沉睡的项链,接着他开始轻轻打起了呼噜,有如最安静的暖气片。

他们分到了袋装午餐,被告知好好工作。马丁的工作室是某座花园中央的一个现代玻璃立方体。阿德丽安的则是座有霉味的石屋,需要走二十分钟的上山路,沿着一条有小蜥蜴窜过的泥路,来到一片林木茂盛的枕地。她用拿到的钥匙开了门,走进去,立刻坐下来吃掉了整袋午餐——迅速、情不自禁,尽管才上午九点半。两个苹果,一些奶酪,还有个果酱三明治。"果冻面包。"她大声说道,举起三明治,在光线下细细看着。

她把她的速写本放在工作台上,开始了她不停杀死蜘蛛,然后画下它们被碾碎的悲惨身体的上午。这些蜘蛛是星形的,长着毛,像螃蟹一样疾走着。它们是陨落的星星,煞星。他们是地球动物在天堂里的试验。她经常不得不踩它们两次——它们很大,跑得很快。踩一次通常只会让它们跑得更快。

她正在完成的是这粗心的宇宙的工作,杀机大起,四下走动,像个警察。她对生命的个人慈悲已在庄园的晚餐谈话中用尽。她没有多余的同情可给,只有一支铅笔和一只鞋子。

"现成的艺术品?"马丁说,淋浴完毕用浴巾把自己擦干,他们要为傍晚的鸡尾酒会换装。

"现成的蜘蛛,"她说,"一盘精美的本土佳肴。"马丁发出吼叫似的笑声,令她警惕。她看看他,又看看自己的鞋。他需要她。明天她一定得去镇上找双性感的意大利凉鞋,把她的脚趾沟露出来。她得带他跳舞。他们得拥抱彼此,把彼此带回爱中,不然他们会在这儿疯掉。他们已经开始变得好挖苦、傲慢、暴力。他们中间的一个会伸出一条腿,而另一个会绊倒。类似那样的事情。

晚餐时,她坐在一位中世纪学家旁边,他刚刚完成关于《坎特伯雷故事集》的第六本书。

"第六本。"阿德丽安重复。

"里面有很多内容。"他辩解道。

"当然。"她说。

"我读得很深入,"他补充道,"我读得很认真。"

"多好。"

他仔细看看她,"当然,你大概觉得我该写本关于凯特·斯蒂文斯的书。"她不带感情色彩地点点头。"我明白了。"他说。

卡洛端来的甜点是白巧克力奶油蛋糕,她决定咖啡和甜点时间主要用来谈论它。像这样的甜品不是做出来的,是生出来的,她会说。她已经开始为菜品练习、排练起来。"我是说,"她朝她左边的瑞典物理学家说道,"直到今天,我对白巧克力的看法一直是何必?有什么意义?你大可以去吃该死的蜡。"她胳膊肘撑在桌上,手靠近脸放着,她焦虑地越过物理学家朝长桌另一头的马丁微笑。她在空中舞动着手指——像虫子的腿。

"是啊,当然,"物理学家说道,皱着眉头,"你一定是……嗯,你是谁的家属吧?"

上午,她开始和几个别的家属聚在一起——她们打算印一些小背心——在音乐室里健身。这样,她就能避免在早餐时听到类似海德格尔和意识形态这样的字眼;这些词早上听总觉得太早了。女人们把锦缎沙发往后拉,在地毯上腾出一块地方,她们可以在上面做做臀部和大腿运动,领操的是瑞典物理学家的妻子。上、下,上、下。

"我猜这能让你放松。"她身旁的白发女人说。

"波旁威士忌让你放松,"阿德丽安说,"这个则塑造你的线条。"

"波旁威士忌塑造你的线条。"一个来自巴西的红发女人说。

"你们一定要去拜访一下下面村子里的这个人。"白发女人低语。她穿着一件斯伯丁的体育用品 T 恤。

"什么人?"

"是啊,什么人?"金发女人问。

白发女人停下动作,递给她们每人一张从她的短裤口袋里掏出的名片,"她是个美国按摩师。我们很多人都去了。里拉或美元她都收，无所谓。你得提前几天电话预约。"

阿德丽安把名片插在腰带上，"谢谢，"她说，接着继续跟收费处栏杆似的上下摆动着腿。

晚餐有音阶火鸡。"我在想这个是怎么做的？"阿德丽安大声说。

"亲爱的，"她左手的法国历史学家说，"永远别问。想想就行了。"然后他继续批判着低级的理智主义、隐秘的比喻、族谱的偶然性。

"是啊，"阿德丽安说，"像这样的菜确实散发着一种全方位的历史现实，至少在我看来是这样。"她很快地扭过头。

她右手坐着一位文化人类学家，刚从某国回来，她在那儿研究杀害婴儿的情况。

"是，"阿德丽安说，"杀害婴儿。"

"他们处于某种极其恐怖的状态的边缘。这是整个的未来，也是我们的未来，他们将会发生很可怕的事。你会感觉到这点。"

"多么吓人。"阿德丽安说。她没法继续进食、继续刀叉上下的机械动作。她把刀叉紧挨着放在盘子上。

"女人必须申请一种许可证才能生孩子。一切都是贿赂和定量供应。我们徒步走进山里，一只鸟、一头动物也没看见。这么多年来，什么都被吃光了。"

阿德丽安感觉到自己胳膊内侧有个小秤砣消失复又折返，消失复又折返，像是某种历史，像是万事万物的故事。"你是哪里人？"阿德丽安问，她听不出她的口音。

"慕尼黑，"女人说，"啤酒节的故乡。"她有点恼火地动着她的菜，接着朝阿德丽安转回头，颇为正式地微笑着，"我是看着这些穿绿毛毡的成年人在大街上呕吐长大的。"

阿德丽安也回以微笑。那么，现在这将是她了解这个世界的方式，通过餐桌上的句子；别人对她麻木迟钝的模糊痛苦的蒸馏提纯。这，于她，将是知识——换挡至聆听，清空她的怀抱，别人的经历在她大脑的空房间里行走，寻找坐下的地方。

"我？"她经常这么说，"我只不过是苏·班纳特学院的辍学生。"人们会礼貌地点头，问："那是哪里的？"

第二天早上，在房间里，她坐在电话旁发呆。马丁已经去他的工作室了。他的书进展得无比好，他说。这让阿德丽安有一种不舒服、被遗弃的感觉——不开心、孤立无援——这让她感觉自己连家属都算不上。她是谁？母亲的反面，配偶的反面。

她是女蜘蛛人。

她拿起电话，拨到外线，打了名片上按摩师的电话。

"你好[①]！"另一头的声音说道。

"嗯，你好，请问，能讲英语吗？"

"噢，是的，"那声音说，"我是明尼苏达的。"

"真的啊！"阿德丽安说，她躺下来，在天花板上搜寻着话题，"我有一次订了份明尼苏达的鬼屋通讯。"她说。

"是，"那声音有点不耐烦地说，"明尼苏达到处都是鬼屋通讯。"

"我还住过一次鬼屋，"阿德丽安说，"在大学的时候。我和五个室友。"

按摩师偷偷地清了清嗓子，"是。我有一次还被叫去替鬼屋驱鬼。今天有什么能帮你的吗？"

"你曾经？"

[①] 原文为意大利语。

"曾经？噢，那房子，是的。我到了那儿之后，那地方需要的只是清扫一下。于是我清扫了一下，洗碟子，擦灰。"

"对，"阿德丽安说，"我们的屋子也会那样闹鬼。"

有一段古怪的沉默，其间阿德丽安感觉房间里有什么绷紧而潮湿的东西，她开始不停摆弄着床上的午餐袋，紧张地把三明治打开，感觉自己当时要是回头，就在脖子夹着听筒的那当儿，那孩子会在那儿，在她身后，现在稍微长大了一点，是个学步幼儿，由她死去的双亲扶着像幽灵一样朝她走来，一幕被错误和梦境破坏的圣诞剧。

"我今天有什么能帮你的吗？"按摩师再次问道，语气坚决。

帮助？阿德丽安心不在焉地想着，想起在某些国家，不是用牙齿仙女[1]的故事哄孩子，而是牙齿蜘蛛。牙齿蜘蛛能偷走你们的孩子，然后把他们混乱，再还给你一个交换孩子，一个被调包的孩子。

"我想约在星期四，"她说，"如果可以的话，麻烦了。"

晚餐有炖蛤蜊，在酒中蒸泡的橡胶似的肉引发了关于软体动物与甲壳动物解剖学的评论。阿德丽安叹息着，咀嚼着。喝鸡尾酒时，人们就肽与兔子验孕展开了长久的讨论。

"现在，你知道，龙虾有所谓的半阴茎。"她身旁的男人说道。他是位海洋生物学家，流行病学家或是人类学家。她已经忘了。

"半阴茎。"阿德丽安有些抓狂地扫视着房间。

"对，"他咧嘴笑着，"当然，不是谁在亲密时刻都特别想听

---

[1] 是西方国家传说中的妖精。传说小孩脱掉乳齿后，将乳齿放在枕底，夜晚牙仙就会取走牙齿，换成一个金币，象征小孩将来要换上恒齿。

到的术语。"

"对,"阿德丽安说道,也微笑着,她顿了顿,"你是谁的家属吗?"

他右手的某人抓住了他的胳膊,他现在朝那个方向转过身去,说着啊是呀,他确实认识某某教授……去年她不是在布鲁塞尔的圣经释学会议上发表讲演吗?

波特酒栗子蛋糕和咖啡上来了。阿德丽安左手的女人终于转向她,把杯子放在杯托上,发出刺耳的叮当声。

"你知道,大厨有艾滋病。"女人说。

阿德丽安在椅子里愣了愣,"不,我不知道,"这女人是谁?

"那给你什么感觉?"

"什么?"

"那给你什么感觉?"她清晰缓慢地说道,像个阅读老师。

"我不知道,"阿德丽安说,对着自己的栗子蛋糕发愁,"当然会替我们担心会不会失去他。"

女人微笑着,"非常有意思。"她伸手从桌下拿起包说:"其实大厨没有得艾滋病——至少我不知道。我只是进行一项调查,测试一下人们对艾滋病、同性恋的反应和对传染的大体概念。我是名社会学家。这是我研究的一部分,我今天下午刚到,我的名字叫玛丽-克莱尔。"

阿德丽安朝半阴茎男转回头,"你觉得这儿的人恶劣吗?"她问。

他慈父般地朝她微笑。"当然。"他说。接着是长时间的沉默,伴随着咀嚼的声音,"不过这个地方像明信片一样美。"

"是啊,嗯,"阿德丽安说,"我从没寄过这种明信片。不管我去哪里,我总是寄那种印着关于猫的笑话的明信片。"

他的手很快地在她肩膀上放了一下,"我们会替你找到些猫笑话的。"他好笑地扫视着房间，然后看了看他的表。

她已经被困在紧急状态中了，像只雏鸟。但也许这段婚姻会令人安慰，也许它会像个舒服的热水澡，一只飞出屋顶的浴缸里的舒服的热水澡。

晚上，她和马丁几乎像夫妻一样了，背对背地贴卧着，置身于某种健忘的爱情中——一个冰冷静止的天堂；里面的一句话或一个触摸偶尔会如月亮爆发，旋即消失，被遗忘。她挪动胳膊，搂住他，感觉他那么庞大，装满了她的怀抱。

给她按摩师名片的白发女人叫凯特·斯伯丁，僧侣男的妻子。早饭后她邀阿德丽安去慢跑。她们在狮子旁碰头。凯特又穿了件斯伯丁 T 恤，她们沿砾石路往外朝花园走去。"这儿像明信片一样美，不是吗？"凯特说。湖对面，山峦仿佛掌管着依偎其下的赤褐色村庄的琐事。正值五月，阿尔卑斯山脉白雪皑皑的帽子不见了，一如护士放下了头发。空气变暖，一切都有可能发生。

阿德丽安叹息着。"你觉得人们在这儿有性生活么？"

凯特微笑，"你是指随便的性？客人之间的？"

阿德丽安有点恼火，"随便的性？不，我不是指随便的性。我说的是困难、随机、深奥、西尔斯百货的性，我说的是婚姻。"

凯特笑了起来，如同尖声吠叫，这不知怎的刺伤了阿德丽安的感情。

阿德丽安把袜子拉紧，"我不相信随便的性，"她停了停，"我相信随便的婚姻。"

"别看我，"凯特说，"我嫁给我丈夫是因为我深爱着他。"

"是吧，嗯，"阿德丽安说，"我嫁给我丈夫是因为我以为这是个认识男人的好办法。"

现在,凯特真正在微笑了。她的白发像是老奶奶的,但她的脸却很年轻,小麦色,牙齿晶莹湿润,乳白色的门牙有腰果的弧度。

"我全都试过了,可就是不管用。"阿德丽安补充道,原地跑着步。

凯特走近她,按摩着阿德丽安的颈部。她的皮肤又皱又干,"你还没去看明尼苏达的伊尔克,是吗?"

阿德丽安假装不安,"我看上去有那么紧张、那么迷失、那么……"这时她仿佛肌肉痉挛一般张开手臂,"我明天去。"

他是个漂亮的孩子,你不觉得吗?床上,马丁一直抱着她,直到从地上面翻下来,紧握着她的手熟睡。至少还有这个,丈夫睡在妻子身旁,与一个好丈夫相依入睡。这对她颇为重要。她可以想见婚姻将如何随年月汇聚起力量,它是得到社会首肯的动物性安慰,它的夜生活是一场关于爱情的梦幻舞蹈。她醒着,躺着回忆自己的父亲最终老病到母亲没法再跟他睡在一张床上——那污秽、那气味——她不得不把包着尿布发臭的他挪到隔壁客房去。与丈夫如此告别,她母亲曾痛哭流涕。最终如此这般失去他,将他像死人一样驱逐不予理会,不再与他同床共枕。她哭得像个孩子。对他真正的死亡,她倒没那么悲痛。葬礼上,她严肃冷淡,请大家去家里用了安静、优雅的午茶。等两年过去,她自己被诊断出癌症时,她的幽默感又稍稍回来了。"沉默的杀手,"她会说,眨眨眼睛,"沉默的杀手。"她重复着,很有乐趣,然而没人知道该说什么来回答。而临终时,她不停地抓住护士的衣摆问:"为什么没有人来看我?"没人住得那么近,阿德丽安解释。没有谁跟谁住得那么近了。

了不起的母亲 255

阿德丽安放下调羹,"这汤可不有趣?"她不特别朝着任何人地说道,"婚汤!"婚姻之汤。她认定,这大概有点像婚姻自身:一个好想法,像所有的想法一样,别扭地存于世间。

"我希望你不是个女诗人,"她身边的英国地质学家说,"上个月我们这儿来过一个女诗人,结果把我们搞得很不安宁。"

"是吗。"汤后面上的是鱿鱼墨汁意式烩饭。

"是,她不停地把昆虫叫做'上帝的印刷工'。一天晚餐后,她让我们全都留下来听她朗诵她的诗,那似乎主要就是由一句不断重复的'他毛茸茸的奇异果蛋蛋'组成的。"

"'毛茸茸的奇异果',"阿德丽安重复道,搜寻着能表达真挚的行板的句子。她自己也曾经写过一首诗,叫做《雾夜垃圾车》,是关于某个收垃圾的夜晚,她的一次长时间的伤感的散步。

地质学家对着烩饭怪笑了一下,等待着阿德丽安再说些什么,可她现在正看着另一桌上的马丁。他坐在昨晚坐她旁边的社会学家身旁,阿德丽安看着,发现马丁一脸恶心地从社会学家看向他自己的盘子,然后又看看社会学家。"那个厨师?"他大声说道,然后扔下叉子,把椅子往外推。

社会学家皱着眉头,"你不及格,"她说。

"我明天要去一个女按摩师那儿。"马丁正仰卧在床上,阿德丽安骑坐在他胯部,这通常是他们喜欢的交谈方式。录音机播放着她带来的一盒曼迪·帕汀金的磁带。

"女按摩师,是啊,我听说了。"

"你听说了?"

"当然,昨晚他们在饭桌上谈论这个。"

"谁在说?"她已经感觉到内心的占有欲,感觉到孤单。

"噢,就是他们中间的某个人。"马丁说道,微笑着无所谓地挥挥手。

"他们,"阿德丽安冷冷地说,"你是指家属之一,不是吗?为什么这儿的家属全都是女人?为什么女学者们没有家属?"

"有些有,我想。只不过没在这儿。"

"在哪儿?"

"你能动一下吗?"他烦躁地说,"你坐在我的腰上了。"

"好。"她说着爬了下去。

第二天早上,她下山经过山坡梯田圆锥形的常绿植物——真像是宫殿的庭园,某个名叫索菲亚或是乔瓦娜的忧郁公主的宫殿——在蜿蜒的小路上走了十分钟,来到村子锁着的大门前。夜里下过了雨,金色和淡紫色的蜗牛装点着石阶,有时就在正中央,时不时让阿德丽安飞快地扭动脚踝。一种舞步,她想。现代屈膝舞。非常玛莎·葛莱姆。别杀死我们,我们会杀死你。走过通向大门的最后几级台阶,她按下自动打开大门的蜂鸣器,飞快地冲了出去,以便及时离开。你有三十秒时间。标牌上这么说。有三十秒的时间走出去。快!从村子回来需要钥匙才能进来,她像抓护身符一样紧紧抓着它。

她必须沿着圣卡罗路去马真塔路,经过一家意大利雪糕店、一家有花环一样的辫子面包和切成鸟状的麦芬蛋糕的面包房。她紧紧贴在一幢楼房的墙上让车辆经过。她看看名片。有人跟她说过,女按摩师在一家药房的楼上,现在她看到了,一块小小的招牌上写着维塔按摩店,她推开外面的门走了上去。

楼上,穿过一道开着的门,她走进一间成排摆放着书籍的房间:素食的书、治疗的书、果汁的书。一个画框上栖立着一只白色的鸡尾鹦鹉,脑袋上有印度女人那样的一点红。画面上是科莫湖或嘎尔达湖，不过要是你眨眨眼，它又会变成一个头骨，中间有一道暗礁般的裂纹。

"阿德丽安。"一个穿着紫色农妇连衣裙的女人微笑着说。大把浓密的挑染过的头发和一张快乐的宽脸，脸上的粉色深浅不一。她走上前来握握阿德丽安的手。"我是伊尔克。"

"嗯。"阿德丽安说。

鸡尾鹦鹉突然飞离了刚才的栖息处，落在伊尔克的肩头。它啄着她的头发，然后责备地看着阿德丽安。

伊尔克的眼睛飞快地扫视着阿德丽安，迅速的阅读，雷达扫描。接着她看看表，"你现在可以进里面的房间，我很快就过来。你可以把衣服都脱掉，还有首饰——手表或戒指。不过要是你想，也可以穿着内衣。你喜欢怎样都可以。"

"大部分人都怎样？"阿德丽安有些费劲、醒目地咽了咽口水。

伊尔克笑笑，"有的这样，有的那样。"

"好吧，"阿德丽安说着，抓起她的手袋。她盯着那只鸡尾鹦鹉，"我只是不想破坏现状。"

她小心翼翼走向伊尔克指的那件后室，拉开厚厚的帘子。里面是个巨大的壁龛——没有窗，一片黑暗，角落有一小盏蓝莹莹的灯。正中是一张新铺好法兰绒床单的按摩床，床单带着折痕。床底装着内置的扩音器，里面传出怪异的合唱，没有歌词的小调的嗬嗬啊啊啊，类似打击乐的嗞嗞叫喊，阿德丽安听着像是"耶稣最好，耶稣最好"，不过也有可能是"芝士，我怀疑"[1] 头顶上挂着一顶白色的星星、月牙和鸽子组成的风动饰物。蓝色的墙上

---

[1] 这里用的谐音双关，阿德丽安将"Jesus is best, Jesus is best"（耶稣最好，耶稣最好）听成了"Chess, i suspect"（芝士，我怀疑）。

有更多的云朵和雪花。这是间孩子的房间,一间宝宝的房间,一切都竭力做到甜美无害。

阿德丽安脱去全部衣服,她的耳环、手表、戒指。她已经开始习惯了马丁给她的这枚戒指,所以脱下它令她既伤感又兴奋,是对通奸之风景的一瞥。她的另一枚戒指是烟青色的石英石,是密尔沃基一个看手相的——一个在某家德国餐馆设摊、穿得像健身教练的男人——让她买了戴在右手食指上的,说是可以带来力量。

"哪种力量?"她当时问。

"真实的那种,"他说,"你的这个。"他在她的左手旁挥了挥,指着她戴着的绿松石细银戒,"没分量。"

"我喜欢能打扮你的算命师,"后来在回家的路上,她在车上对马丁说。这是在斯佩森家的野餐事故之前,那时一切还没显得那么不真实,她想让马丁爱上她。"一个长得像迈克·迪克塔却能替你挑选首饰的男人。"

"一个说你敏感,很快就会从某个戴眼镜的人那儿得到钞票的男人,他怎么想出这种东西的?"

"你觉得我不敏感。"

"我是指钱和眼镜那部分,"他说,"还有说什么别人会认为你是个走投无路的人,但你会挺过去,活着看到这个世界发生巨大的变化,很阴暗。"

"那确实很阴暗。"她赞同。他们看向外面亮着路灯的高速公路,萤火虫撞在挡风玻璃上留下痕渍,全是发着磷光的金色,车好似在群星间飞驰,他们不断沉默着。"像你这样的人,"她说,"跟像我这样的人约会,一定很难。"

"你为什么这么说?"他当时问。

她爬上按摩床,褪去了饰物以及饰物的力量,钻进法兰绒床单下,有一瞬间她因感觉麻木而害怕,在一个陌生的房间赤身裸体,甚至比在医生的办公室更赤裸,在那儿你还戴着首饰,如同宫女。但这样也让她感觉新鲜,把身体引向这儿,狗一般温顺的身体,狗一般想要讨好的身体。她躺着等待,看着风动月亮缓缓转动,绕转了半圈,而床下的扬声器里传来了新的声音,勃拉姆斯摇篮曲的电子合成版本。一个婴儿。她将再次成为一个婴儿。也许她会变成那个斯佩森男孩。他本是个漂亮的宝宝。

伊尔克静悄悄地走了进来,那么突然地出现在阿德丽安脑后,把她吓了一跳。

"往我这边挪一点。"伊尔克低语。往我这边挪一点,阿德丽安移动着,直到能感觉自己的头顶碰到伊尔克的腹部。鸡尾鹦鹉嗖的一声飞了进来,停在旁边的一把椅子上。

"你是不是有点紧张?"她说,她双手拇指压着阿德丽安的额头中央。伊尔克的手有力、小而骨感。套着皮套的爪子。她按得越重,阿德丽安感觉越舒服,她的一切疙瘩念头都解开跑了出来,钻进伊尔克的拇指。

"深呼吸,"伊尔克说,"你不放松的话不能深呼吸。"

阿德丽安把肚子挺起又收回。

"你是从赫希博恩庄园来的,是吧?"伊尔克的声音是洞悉一切般的微笑。

"呃。"

"我就知道,"伊尔克说,"那儿的人都非常紧张。硬得像木板。"伊尔克的手从阿德丽安的额头往下顺着她的眉毛移到脸庞,不停划着小圈捏着,像是要打碎较为脆弱的那些毛细血管。她捧住阿德丽安的头拉了一下,发出闷闷的啪的一声。接着她用指节在阿德丽安的颈部压着,"你知道为什么吗?"

阿德丽安哼唧了一下。

"因为他们受教育过度,再也不能和自己的母亲交谈了。这让他们有点疯狂。他们已经真正丧失了自己的母语。所以他们来找我。我是他们的母亲,而他们完全不必说话。"

"当然,他们付钱给你。"

"那当然。"

阿德丽安突然陷入长久的坠落——愉悦、投降、目光呆滞地死去、一团在室内释放的热气。伊尔克揉着阿德丽安的耳垂,像理发师一样用指节抓着她的头皮,拉着她的脖子、手指和手臂,好像它们是被卡住的东西似的。阿德丽安会变成一个宝宝,加入所有在天堂的宝宝们,它们住在那儿。

伊尔克开始在阿德丽安的手臂上推檀木精油、下压、摩挲、熨烫,飞快地瞥上一眼,犹如德加笔下的某个洗衣妇。阿德丽安再次闭上眼睛,听着音乐,那已经由合成摇篮曲变成了长笛的复调音乐和雷雨声。这样的手在她身上,她感觉有些被宽恕了,她开始想着宽恕这个概念,生活中多么需要它:宽恕每个人,你自己、你爱的人,而后等待被他们宽恕。这些宽恕该从何而来呢?如此取之不尽的大量供给到底在何方?

"你在哪?"伊尔克低语,"你在很远的地方。"

阿德丽安不清楚。她在哪儿?在她自己的脑子里,像个梦境;在她肺部的风箱里。她是什么?也许是个孩子。也许是具尸体。也许是暴雨森林中的一片蕨叶,一只鸣叫的鸟。床单被折起,手开始在她全身移动了。也许她是在床下面,和音乐一起,或是在她自己臀部的某个发霉角落。她感觉伊尔克在她的胸口推油,经过乳房中间,沿着肋骨来到腹部,画着圈。"这儿有什么卡住了,"伊尔克说,"有东西失灵了。"接着她又把床单往上拉了回去,"你冷吗?"她问,尽管阿德丽安没回答,伊尔克又另外拿了条毯子来,神奇的加热过的毯子,把它盖在阿德丽安

了不起的母亲　261

身上。"好了，"伊尔克说。她拉起毯子，只让阿德丽安的脚露在外面。她在她的脚底、脚趾上推油；有什么从阿德丽安身体里被挤了出去，像一颗橄榄。她感觉像要哭泣一般。她感觉像是婴儿耶稣，长大的耶稣。穷人永远与我们同在。死去的基督。芝士最好，芝士最好。

在外面的房间，伊尔克在她的书桌旁收钱，三万五里拉。"我可以给你便宜到三万，要是你决定经常来的话。你会经常过来吗？"伊尔克问。

阿德丽安摸索着钱包，她在桌旁的藤编摇椅里坐了下来，"是，"她说，"当然。"

伊尔克已经戴上了阅读眼镜，现在她翻开预约册，查看着后面的星期。她翻过一页，又把它翻回来。她从镜框上面看着阿德丽安。"你希望多久来一次？"

"每天。"阿德丽安说。

"每天？"

伊尔克的呵呵大笑让阿德丽安有些担心。"每隔一天？"阿德丽安满怀希望地看了她一眼。也许按摩让她着了魔，摧毁了她。也许她已经爱上了它。

伊尔克看回本子，耸耸肩，"每隔一天，"她慢慢重复着，那是查看日程安排时保持谈话的一种方式，"两点怎样？"

"周一、周三和周五？"

"也许我们可以偶尔安排个周六。"

"行，好，"阿德丽安把钱放在桌上，站了起来。伊尔克带她走到门前，很正式地伸出手。她的脸已经从先前的粉红变成了怪异发亮的橙色。

"谢谢，"阿德丽安说。她握了握伊尔克的手，不过又凑上前吻了吻她的脸颊，她要把这种商务气息吻掉。"再见。"她说。她小心翼翼走下楼梯，她还没完全回到自己体内。她必须慢慢走。她感觉有点像是刚刚见过了上帝，不过也有点像是刚刚见过了娼妓。到了外面，她小心地朝庄园往回走，不过先在雪糕店停了停，买了一小杯榛果冰淇淋。油滑，带着烤面包的焦香，有黄油的质感，有如可口的力娇酒，她想着美国的冰淇淋有多不一样，现如今那儿太多的冰淇淋看着都好似被芭比娃娃用饼干袭击过了。

"嘿，马丁，认识你真高兴。"阿德丽安说道，微笑着。她伸出一只手和他握了握，另一只手拍着他的背，"你一直是个有风度的人。我希望不会有不愉快。"

"你刚做过按摩，"他有些冷淡地说，"做得怎么样？"

"用你的话说，'很放松'。要用我的话说……，嗯，我不说。"

马丁把她拉到床边，"亲一下告诉我。"他说。

"我只亲，"她说道，亲着。

"我会搞定的。"他说。不过这时她停了下来，走进浴室为晚餐沐浴。

晚餐有乡下浓汤，接着是烤香肠伴菠菜。他们来这儿后，她第一次坐在马丁身旁，他在她左手斜对角。他坐在又一位经济学家身旁，正和他热烈谈论着一本关于分工和经济政策的书。"可韦坎德的那个理论是从波耶那儿抄来的！"马丁在汤里重重拨弄着勺子，直到侍者来把碗收走。

"不如说，"那个男人平静地说，"这是一种敬意。"

"如果那叫'敬意'，"马丁摆弄着他的叉子，说道，"我倒想向大通曼哈顿银行聊表'敬意'。"

"我想大家都感觉到其中有很多不严密之处,理应得到进一步阐述。"

"对。一个双胞胎的手足只不过是对文本的阐述。"

"为什么不呢?"那位经济学家微笑着。他心平气和,大概是供方那派的。

可怜的马丁,阿德丽安想,可怜的凯恩斯派马丁,可怜的马克思主义者马丁,涨红了脸,冒着汗。"列宁的左派?"她曾听到他朝一位农学家叫嚷,"列宁的左派?你说的是列侬姐妹乐队吧!"可怜的不信上帝、在俄亥俄州长大的无神论者马丁。"圣诞节,"有一次他告诉她,"我们总是去科学商店敬奉本生灯①。"

她得找到那件合适的上衣,配合适的香水,在贵妃椅上裸着肩,小猫似地说"你好,男人先生"跟他打招呼。把他带去斯冯德拉塔教堂旁的湖边,和他云雨一番。雇个人吧。她转向她身旁的学者,他上午刚到。

"你飞得顺利吗?"她问,她再也不为自己在晚餐桌上的寒暄难为情了。

"正是飞这个词,"他说,"我需要飞离我的公寓、我的账单、我的破汽车,到一个能照顾我的地方。"

"是这样,我想,"她说,"不过他们不会帮你修车,甚至不会提起,我发现。"

"我是古根海姆学者。"他说。

"多好!"她想起纽约的博物馆,还有她在那儿的礼品店买的一对耳环,不过她从来没戴过,因为它们看上去总像是碎了一

---

① 实验室常用的高温加热工具之一,以德国化学家罗伯特·威廉·本生(1811—1899)的名字命名。

样，尽管本来就是那样的。

"不过我没向基金会申请足够的钱，我不知道你能要多少，我没有申请和大家一样多的数目，结果收到的少得多。"

阿德丽安颇为同情，"就是说你没得到常规的古根海姆基金，而是一小笔古根海姆基金。"

"是的。"他说。

"小古根海姆。"她说。

他有些烦恼地笑笑。"对。"

"那么你现在得住在小古根海姆镇了。"

他伸向一根香肠的叉子停住了，"是的。我听说这儿会有机智妙语。"

她试着撇起嘴唇，像他那样。

"对不起，"他说，"我只是在开玩笑。"

"时差。"她说。

"是的。"

"小时差，"她朝他笑着，"儿语，我们热爱它，"她顿了顿，"当然，上个星期，我们不会这样。你来得有点晚了。"

他本是个漂亮的宝宝。黑暗中，有撞击的声音，像非洲手鼓，还有短笛声。她不能看，因为她看到的话会感到震惊，另一个女人的手在她全身游动。她只是闭着眼，注意力集中于屈从，集中于它令人放松的软弱。有时她专注于伊尔克的手的所在之处——在脚上，在后腰。

"你父母已经不在人世了，是吧？"伊尔克在黑暗中说道。

"是。"

"他们年纪很轻就死了吗？"

"中等，他们中等寿命，我是个绝经期怀上的计划外的孩子。"

"你想知道我对你的感觉吗?"

"好啊。"

"我感觉到巨大深沉的温柔,但我还感觉到你因什么而屈辱。"

"屈辱?"真够日本,阿德丽安喜欢它的发音。

"是,你有深藏着的恐惧,就在这儿。"伊尔克的手放在阿德丽安的胸廓正下方。

阿德丽安深呼吸了一下,吸气吐气,"我杀死了一个孩子。"她低语。

"对,我们都杀死过一个孩子——我们心中都有一个孩子。所以人们才来我这儿,好与它重聚。"

"不,我杀死了一个真的孩子。"

伊尔克非常安静,然后她说:"你现在可以侧卧。你可以把这个枕头放在你头下,把那个放在两个膝盖之间。"阿德丽安笨拙地翻过身。终于,伊尔克说:"这个国家,它的教皇、它的教堂,让女人成为凶手。你一定不能让它对你这么做。往我这儿靠一点,就是这样。"

不是这样,阿德丽安想道,在这暂时的画面叠化中,看到生和死,看到开端与结尾,它们如何是同样安静的黑,之后是同样的虚无;这世间每个人的生命似乎都是某间房间里的一场电影。先是黑暗,接着是光亮,随后又是黑暗,但这全都是错开的,这样在某处总是有光。

不是这样,不是这样,她想,不过,谢谢你。

那天下午她离开后,在一家店里找糖吃,她走得很慢,下午的光线的角度让她有点睁不开眼,但她还是相信自己看到马丁在这条窄窄的街上朝她走来,像是他有时神似的伐木工那样走来。然而她眯起眼看时,却没能抓住他的视线,而他突然往左走进了一条窄巷。等她来到街角时,他已经消失不见。多么古怪,她想。她曾感觉靠近某物,靠近他,而后突然又不复如此。她往回走上通往庄园的小路,去敲他工作室的门,但他不在。

"你很好闻。"她跟马丁打招呼。那已是一段时间之后了,她刚回到房间,发现他在那儿。"你刚泡过澡吗?"

"有一小会儿了。"他说。

她挑逗地在他身边蜷起身子。"不是淋浴?是浸浴?你在里面放了什么香浴盐了吗?"

"我泡了个非常男性的澡。"马丁说。

她又在他身上闻闻,"你用的是什么香味?"

"男人的香味,"他说,"石头。我泡了个石头香味的澡。"

"你洗的是泡泡浴吗?"她的脑袋歪向一侧。

他微笑着,"是的,不过我,呃,是自己制造的泡泡。"

"是吗?"她捏着他的二头肌。

"是啊,我用拳头砸水。"

她走向录音机,放进磁带。她看看马丁,他突然显得不太开心,"这音乐让你心烦,是不是?"

马丁有些局促,"只不过——他为什么不能从头到尾唱完一首歌呢?"

她考虑着,"因为他是大杂烩先生?"

"你没带别的来?"

"没。"

她走回马丁身旁坐下,在静默中闻着他的味道,仿佛它很古怪似的。

晚餐有小牛肉、嫩豌豆和鱼子酱意面。"扼杀于萌芽状态,"

阿德丽安叹息着,"早来的霜冻。"一个肥胖的年长男人来晚了,把他的椅子往外拉,压在了她脚上,又在上面坐了下来。她尖叫起来。

"哦,天,对不起。"男人说着,忙不迭地抬起身。

"没事,"阿德丽安说,"我肯定没事。"

然而第二天早晨健身时,阿德丽安做抬腿运动时仔细研究着自己的脚。大脚趾肿胀发青,指甲松动了,以奇怪的角度翘着,"你的脚趾甲保不住咯。"凯特说。

"很好。"阿德丽安说。

"我也发生过这事,在我第一次结婚时,我丈夫把一本字典砸在我脚上了。那种潜意识的事情。愤怒好比非常大的书。"

"你以前结过婚?"

"哦,是啊,"她叹了口气,"我有过那种排练式婚姻,你知道,就是你是个女权主义者,训练了一个男人,然后另一个女权主义者跑来得到了那个男人。"

"我不知道,"阿德丽安愁眉苦脸,"我想女权主义和得到那个男人这两者出现在同一个句子里有些不对劲。"

"是,嗯——"

"你当时难过吗?"

"当然。不过那时,什么都是我做,我坚持财务独立,坚持完全自立,我上班,我照顾孩子,我付款买房,我烧饭做菜,我打扫卫生,我发现自己在喊:'这就是女权主义?谢谢你们,格洛里亚和贝蒂!'"

"可现在你和别人在一起了。"

"受过教育,自动清洗,带电池。"

"别人把他训练好了,你把他偷过来。"

凯特微笑着,"当然。什么,我很疯狂?"

"那脚趾后来怎样了?"

"指甲掉下来了,重新长出来的那片很松,颜色发暗,过去总是吓到孩子。"

"噢。"阿德丽安说。

"为什么关于乔叟有人要出版六本书?"阿德丽安在看着马丁穿衣服,她还在抽烟。这座庄园的稀奇之一在于,抽烟的戒了烟,而不抽烟的开始抽起了烟。人们在和自己的另一个自我接触,别人遗留下的烟非常充足,房门外就有成盒的。

"你得了解学术出版,"马丁说,"没人看这些书,大家只是同意出版别人的书,这是一大个圈子行为,这是份庞大的经济协议。要是仔细想想,它可能违反了谢尔曼反托拉斯法。"

"圈子行为?"她不确定地说,香烟让她头晕。

"是啊。"马丁说着,重新打着领带结。

"可六本关于乔叟的书?为什么不出一本,比如说,凯特·斯蒂文斯的书呢?"

"别看我,"马丁说,"我是圈子里的。"

她叹了口气,"那么我该对你歌唱,制造气氛的音乐。"她编了一段浪漫的亚洲风格的曲调,拿着烟在房间里舞蹈,仿佛在飘着,肢体是翅膀。"这是我的希望之舞,"她说,"如此充满希望。"

接着便是晚餐时间了。

鸡尾鹦鹉看来已经习惯了阿德丽安,会吹两次口哨,然后飞进后室,飞快地栖落在画框上,和她一起等待伊尔克。阿德丽安会闭上眼睛,做深呼吸,把法兰绒床单拉到腋下,紧紧的,像件纱笼。

伊尔克的脸出现在上方的黑暗之中,好像她是位母亲,来查看一下摇篮似的,"你今天好吗?"

阿德丽安睁开眼,看到伊尔克穿了一件T恤,上面印着祈祷。*爱抚石头*。

祈祷。"很好,"阿德丽安说,"我很好。"*爱抚石头*。

伊尔克的手指穿过阿德丽安的头发,她轻轻地哼唱着。

"今天放的是什么音乐?"阿德丽安问。和马丁一样,她也已经厌烦了曼迪·帕汀金的磁带,他那完全无拘无束的兴高采烈。

"蟋蟀和榆树。"伊尔克低语。

"蟋蟀和榆树。"

"蟋蟀和榆树,还有一点竖琴。"

伊尔克开始围着按摩床走动,拉着阿德丽安的四肢,重重压着她的肌腱,"我今天做的是编舞按摩,"伊尔克说,"所以我穿着这条裙子。"

阿德丽安没注意到裙子。相反,在幽暗的灯光下,尽管墙上有被照亮的云彩,她感觉自己沉入了体内死亡般的深池里,沉入孤单、失败和指责的黑井里。"你现在可以翻过身。"她听到伊尔克说。她在法兰绒床单里挣扎了一下,扭动着身体,直到伊尔克来帮她的忙,好像她是个护士而阿德丽安是老弱病残一样——中风病人,那就是她。她已经变成了一个中风病人。接着阿德丽安把脸埋进按摩床献给她的铺着毛巾的洞里,("摇篮",伊尔克这么叫它),她开始无声地哭了起来,对她身体的深刻触摸将她融化为某种动物的悲伤、鞋子的皮革及盐水的等同物。她开始理解为什么有人会想要活在这种幽冥的地方,活在沉睡、饮酒或是这个所带来的融化里。这似乎更真实,比正常生活忙碌复杂的闪光更让灵魂觉得亲切。伊尔克的手臂靠向她,她的胸部轻轻地碰到阿德丽安的头，它现在似乎和身体的其他部分仅有着丝缕关联。身体突然显得像是大脑上的肿瘤，只是一种呈现的方式，一辆货车；思想的赛车现在被瓦解了，破碎地躺在这床上。"你的斜方肌这儿有个结，"伊尔克说，揉捏着阿德丽安的肩，"我能感觉到这个结的底部，就在这儿。"她补充道，用力压着，把她的肩膀弄得有点淤青，接着她松开手。"放松，"她说，"完全放松，放走一切。"

"我会死掉的。"阿德丽安说。音乐变得激昂，她没听清伊尔克的回答，虽然听起来有点像是"改变是好事"，不过也有可能是"不太可能。"伊尔克拉着阿德丽安的脚趾，甚至挤着受伤的那只，它松动的指甲，底下有裂缝的皮肤，随后她将阿德丽安留在黑暗之中，留在音乐之中，尽管阿德丽安觉得离开的是自己，宛如垂死之人，如一列驶离的火车。她感觉愤怒从她背部松开，毫无目的地在她体内四处飘荡，那不知道该对什么或谁发作的怒火，尽管它继续发作着。

她被伊尔克轻轻摇醒，"阿德丽安，起来。我的另一个客人很快要来了。"

"我一定是睡着了，"阿德丽安说，"对不起。"

她慢慢爬起来，穿上衣服，走进外面的房间；鸡尾鹦鹉呼地一下和她一起飞了出去，蹭到了她的脑袋。

"我感觉像是被低空扫射了一样。"她说道，抓着头发。

伊尔克皱起眉头。

"你的鸟。我是说被你的鸟。那儿"——她回头指着按摩室——"那儿很棒。"她把手伸进钱包准备付钱。伊尔克已经把摇椅移到了房间的另一边，这样就不再有任何可以坐或者逗留的地方了。"你想要里拉还是美元？"她问道，伊尔克相当坚决地说"我喜欢里拉"时，她有点吃惊。

伊尔克对她厌烦了，就是那样。阿德丽安的体验是宗教式的，而伊尔克——伊尔克只不过是社交性的。阿德丽安递过钱，伊尔克从她手里接了过去，然后打开外面的门，凑上前给了阿德丽安逐客的吻——左，右——接着在她身后关上了门。

阿德丽安如陷迷雾，她两腿发软，眼睛不适应光线。外面，在药房门口，要不是她当心，就被一辆车撞倒了。伊尔克怎么能把身体散了架般发懵的人就这样赶到繁忙的街上？阿德丽安感觉身体软弱无力，浑浑噩噩。这很好，她假设。矢量分解。她缓缓地挪动着脚步，小心翼翼地，她的玛莎·格莱姆舞步，在马路和商店之间狭窄的人行道上。当她转过街角朝通往赫希博恩庄园的小路走去时，马丁，她丈夫，就在她面前，正转过一个街角朝她的方向走来。

"嗨！"她说，这样突然遇到他，在她现在称之为"场地"以外的地方，这真叫她高兴，"你是去药房吗？"她问。

"呃，是的。"马丁说，他上前来吻吻她的脸庞。

"要人陪吗？"

他显得有些茫然，好像他希望独自一个人似的，也许他是要去买避孕套。

"噢，算了。"她高兴地说，"我们回头见，在场地楼上，晚餐前。"

"很好，"他说着，拉起她的手，走了两步，温柔地在空中放开她的手。

她走开，走向一个小公园——列奥纳多公园——经过公共汽艇站台。在一株绽放得特别热烈的杜鹃花旁坐着一个黑皮肤的矮个子女人，脖子上系着一条鲜艳的绿松石色印花大手帕。她摆了张桌，招牌上写着"算命：塔罗和面相"。阿德丽安在她对面的空椅子上坐了下来。"美国人。"她说。

"我看面相、手相或牌。"系着蓝围巾的女人说。

阿德丽安看着自己的手,她不想看面相,她已经那样生活了。在庄园一直都是这样,人们努力解读你的脸——用呆板的表情和因晦涩而显得恶意的言辞叫你发愣,这样你就不能读懂他们的脸,而他们一直忙着读你的。这些都叫她毛骨悚然,像是某处海报上的一个孤单头像。

"牌最好,"女人说,"一万里拉。"

"行,"阿德丽安说,她还在看着自己摊开的双手的纹路,那上面生命的干涸河床,"就牌吧。"

女人洗牌,发掉一半的牌,每次都放成万字形。接着,看都没看牌一眼,她莽撞地往前靠,对阿德丽安说:"你在性方面不满足。我说的对吗?"

"牌上是这样说的吗?"

"总体上。你得从整副牌做出解释。"

"这张牌说的是什么?"阿德丽安问,指着一张画着一些赤裸的尸体从棺材里跳出来的牌。

"一张牌不能说明什么。要看牌的整体感觉,"她飞快地把剩下的牌发在其他牌上面,"你在寻找指引,某种指引,因为现在和你一起的男人不能让你快乐。我说的对吗?"

"也许。"阿德丽安说,她已经把手伸进手袋准备付了一万里拉走人。

"我说得对,"女人说着,接过钱,递给阿德丽安一张小小的名片,"明天过来。到我店里来。我有一种粉。"

阿德丽安从公园里漫步出去,经过一群正从大巴上下车的游客,朝赫希博恩庄园走去——穿过她用自己的钥匙打开的大门,走上长长的石头台阶来到岬顶。她没有回庄园去,而是走进树林,朝她的工作室走去,走向她在悲伤中纪念过的死蜘蛛。她决定走一条不同的路，不是通往工作室的那条，而是通向远处山上石阶更陡峭的那条，走向山顶的一片开阔草地，边缘有一处小小的罗马遗迹——这座山上原来的堡垒一角依旧屹立在那儿。站在草地中央，她不知是怎么了——是一阵暖风，或是徒步上山热了，她脱掉了所有的衣服，躺在草地上，凝视着四周灰蒙蒙的天空。她的两侧，树木的枝条交错着伸向天空，好似挑花绳。更靠近头顶的地方，她研究着一个银色的斑点，是架喷气式飞机，它白色流线上的金属头好像温度计的尖端。这枚大头针的头里面有一百个人，阿德丽安想。或者，它就是一枚大头针的头？一样东西什么时候是真的小，什么时候只不过是距离问题？树枝似乎在向内入侵，旋转着，一会向左，一会向右，如同什么机械的东西。她开始迷糊过去，看见了漂亮的斯佩森宝宝，戴着小丑帽叽里咕噜柔声说着话；她看见马丁在泳池里愤怒地游泳；她看见自己撒播的生育之珠，她体内所有的卵子，如一盒木薯淀粉从山崖滚落。在她看来，她这一生需要了解的一切她已经在这个或那个时候了解了，只是她还没能一次性弄明白所有这一切，在同一时刻，同一瞬间。它们被撒落一地，她必须离开，忘记一个，才能得到另一个。一个阴影碰到她，进入她，她能感觉自己退入身体深处死亡所在的地方，就像对屋子里的熟人一样跟它打招呼；说你好，准备好迎接可能出现的一切——那可能会是个向导，可能是派给你的那个向导，带你重新回到自己的生活的向导。

有人在轻轻地摇着她。她迷迷糊糊醒来，看见一个年长的陌生女人苍白、天国似的脸俯视着她，仿佛阿德丽安是一只茶杯底部的什么怪东西似的。女人穿着一身白——白色短裤、白色开衫毛衣，白色的头巾。向导。

"你是……向导？"阿德丽安低语。

"是的，亲爱的。"女人用稍带英国味的口音说，听着像是北方的善良巫婆。

"你是?"阿德丽安问。

"对,"女人说,"而且我带了队上来参观古塞,可我有点担心你可能不会喜欢我们这个时候全部经过这儿,嗯——你没事吧?"

阿德丽安现在醒得更透了,坐了起来,看到草地尽头的那队游客,是她先前在下面镇子上看到的从大巴上下来的那拨人。

"是,谢谢,"阿德丽安咕哝道。她又躺下来想着这些,把自己藏在草墙里,孩子似的企图糊弄事实,"哦我的天。"她终于说道,在自己左边摸索着找到了衣服,恐慌之下紧紧抓住放在胸前。她深呼吸了一下,然后穿上衣服,尽可能靠近地面躺着,很难被瞥见,一条回到自己皮里的蛇,或许,是换了一颗爬行动物的心脏。然后她站了起来,拉上裤子拉链,扣上腰带搭扣,挥挥手,挺起胸,勇敢地走过大巴和游客,尽管他们尽量不盯着她看,却还是盯着看了。

到了这个时候,庄园的每个人都在私底下模仿起了别人。"马丁,你在做之前该宣布一下模仿的是谁,"阿德丽安说道,一边为晚餐换着装,"我看不太出来。"

"后臀尖牛排雅皮士!"马丁对着天花板激昂陈词,"他们自己大脑中的传奇!他们自己房间里的谣言!"

"你自己,你在表演你自己。"她把他的领子拉直,尽量像个贤妻的样子。

晚餐有炖海鲜汤、什锦沙拉和松子鱼,一片薄如叶片的鱼肉。从餐厅的每个角落,谈话的片段——修辞的带刺铁丝,愤怒而晦涩——向她飘来。"作为一名美学家,你不可能对崇高的事物不感兴趣!"或"怎么,那是我听过最肤浅的东西!"或"老天，跟他讲讲英国农民起义吧，好吗？"然而没人直接对她说话。她没有话题，谈不上，没什么她喜欢的，可能除了电影和影星。马丁坐在远处的桌上，背对着她，听着僧侣男讲话。在这样的时候，她想，带上一个小手偶可能是个好主意。

她在自己的大腿上摆动着手指。

最终，她身边的某个人转过身，做了自我介绍。他脸上长着罂粟籽似的胡子，他似乎是在朝下看着，看着自己嘴巴的动作。她问他到眼下为止对这儿感觉如何，结果得到了一段奥托曼帝国的简史。她点头微笑着，最后，他揉着自己的黑胡子，同情地看着她，说："我们并不是人生的好广告。不是吗？"

"这儿确实很吵。"她承认。他显得有点受伤，于是她加了一句，"不过我喜欢那样，真的。"

晚餐结束后她和马丁一起晚间散步，她试图展开一段关于名人和影星的谈话，"我一直在想卡洛琳公主的丈夫遇刺的事情。"她说。

马丁没说话。

"那个可怜的家族，"阿德丽安说，"发生了那么多悲剧。"

马丁瞪着她，"是，"他故作滑稽地说，"那个可怜、被诅咒的家族。我一直在想，我能帮上什么忙？我能做些什么？我想了又想，我想了那么多，我真是无助。我举手认输，结果什么都没做。我多么无助！"他开始加快脚步，走在她前面，往下走进村庄。阿德丽安开始小跑着跟上他。她觉得精神错乱。婚姻，她想，没错，就是个精神病院。

靠近主广场的一盏街灯下，那个女人又在算命：塔罗和面相的招牌下摆起了摊。她看见阿德丽安时，喊道："告诉我你的生日，女士，还有你丈夫的生日，我会给你们看星盘，告诉你们是否匹配！或者——"她停了停，怀疑地看看快速经过的马丁，

"或者我现在就能告诉你。"

"你以前找过这个女人?"马丁问道,放慢了脚步。阿德丽安抓住他的胳膊,把他引开。

"我需要变换一下风景。"

现在他停下了脚步。"好吧。"他同情地说,经过一番调整后他变得平静些了,"谁能怪你呢。"阿德丽安拉起他的手,感到一种充满感激的婚姻之爱——孤独,在意大利,在夜晚,在五月。归根结底,有什么爱不是感激之爱呢?月光把湖面照亮,像电鱼,像一群银鱼。

"你在干吗?"第二天下午阿德丽安问伊尔克。灯光特别暗,不过有一盏射灯打在了伊尔克母亲的照片上,这个月她把它放在一张边桌上,纪念母亲节。这位母亲看着像幽灵,像祭品。要是伊尔克真是个巫婆该怎么办?要是为了纪念她母亲要收集体液、毛发和指甲作为供奉怎么办?

"我在把你的气场拍松,"她说,"它今天非常暗,烧得只剩模糊的边。"她在推拿阿德丽安的脚趾。而阿德丽安突然有种恐怖电影的幻觉:伊尔克的壁柜里是一罐罐替撒旦收集的脚趾汁液,而撒旦会被发现是伊尔克的母亲。也许伊尔克会突然弯下腰来咬阿德丽安的肩膀,吸她的血。阿德丽安怎能控制这样的念头呢?她感觉自己的气场像尖叫的猫的毛一样蓬松。她头一次想象自己不再到这儿来了。再见。永别。这将是段短暂的外遇,微不足道之事;派对时在门廊上的一次闲聊。

幸而,有别的事让阿德丽安忙碌。

她开始对蜘蛛进行喷绘,其结果很有趣。她能看到自己回去后向某个经纪人解释说这作品代表的是蛛网般的孤独——一次边缘震动的内部回响（经验主义的，振聋发聩的）而蜘蛛从中央窜出，欲吞噬敲锣人和锣。消失不见。她能看到经纪人记下她的电话号码，把它写在一张极其破烂的纸片上。

偶尔还有晚餐后的歌咏会，学者和家属带着不同程度的醉意和健忘聚在钢琴周围。"好吧，你学到的可能就是那样，哈罗德，但它不是这么唱的。"

还有芦笋节，在卡洛的建议下，她和穿着她那些 T 恤的凯特·斯伯丁——行啊，已经穿着 T 恤了，凯特——决定参加。她们乘着一艘水翼船穿过湖面，沿着一条陡峭的路爬上一座教堂广场。路程漫漫，非常累人，阿德丽安开始把它叫做"芦笋死亡之路。"

"也许并没有什么节日。"她提出，吭哧吭哧喘着气，但凯特继续走着，走在她前面。

"去燃脂！"凯特说道，她太热爱健身了。

阿德丽安叹了口气。直到去年，她还以为人们说的是"去赏鸟"。眼下林子里就有几只在叽叽喳喳，伴随着两座教堂此起彼伏的整点钟声。她和凯特终于来到芦笋节的地方，发现那只是个很小的仪式，几个人为几把他们形容为"漂亮、漂亮"的芦笋开出高价，收入归当地教堂。

"我以前种过芦笋。"下山的路上凯特说。这次她们走了一条不同的路，湖水和赭石色的村子在她们面前展开，宁静而遥远。路旁，彩色粉笔画色调的野花开着，像肥皂。

"我从来种不活芦笋，"阿德丽安说。小时候，她喜欢的菜是"节日酱汁芦笋"。"我倒是种过一次胡萝卜。不过它那么小，我只把它放在剪贴簿里。"

"你还去伊尔克那儿吗？"

"这个礼拜吧。你呢？"

"她已经被订满了,我都没法再订了。你知道,所有的学者都定期去她那儿。"

"真的?"

"噢,是的,"凯特通晓一切似的说,"他们像一角银币那么紧张。"阿德丽安已经能闻到菲亚特、渡轮和送货车的烟味,芦笋节已很遥远。

"像一角银币那么紧张?"

回到庄园,阿德丽安等待着马丁,他进屋后,檀香木的气息,她体内的所有小小破灭都告诉她:他在见女按摩师。

她在他脖子香甜的抛物线处闻了闻,退后一步。"我想知道你去按摩有多久了。别对我撒谎。"她慢慢地说道,声音硬得像尖钉,焦虑令他的脸皱缩,他的嘴垮了下来,眼睛变成小珠子似的,显得害怕。

"什么让你觉得我在——"他开口说道,"好吧,就一两次。"

她从他身边跳开,开始在房间里愤怒地来回踱步,摸着家具,不看他。"你怎么能这样?"她问,"你知道我去那儿对我意味着什么!你怎么能不告诉我?"她从梳妆台上拿起一本书——《工业关系体系》——又把它重重放了回去。"你怎么能这样插一脚进来?你怎么能这样偷偷摸摸,这么不诚实?"

"我非常抱歉。"他说。

"是啊,嘿,我也是,"阿德丽安说,"回家后,我要离婚。"她现在就能看到了,空空的公寓,变质的帕尔玛干酪茄子,所有的万圣节她都会去应门铃,一个把小孩子吓坏的醉醺醺的离婚女人,对他们的服装有着过多的热情,"我他妈感觉如此屈辱!"她身旁似乎没有什么能保持稳定了,没有什么能持久。

马丁沉默无语,她也沉默无语,然后他开始说话,满带恳求。又是恳求,如卡车在她的生活边缘隆隆驶过。"我们在这儿都那么孤单,"他说,"不过我一直都在等你。这是过去八个月里我一直在做的。尽量不让什么打扰到你,让你慢慢来,确保你吃东西,给见鬼的斯佩森夫妇买新的野餐长凳,把你带到一个什么都有可能发生的地方,一个你甚至可能会离开我的地方,但至少能最终回到生活中来——"

"你这么做了?"

"做什么?"

"你给斯佩森夫妇买了张新的野餐长凳?"

"是的,我买了。"

她考虑着,"他们没觉得你这样居心叵测吗?"

"噢……我想,是,他们大概会觉得居心叵测。"

可怜的丧子的斯佩森夫妇,还有马丁以及他的所有努力——为了向她表明他站在她这边,不管那意味着什么,他总是全力以赴,那既是他的希望又是他的耻辱——关于这一切,阿德丽安想得越多,就越觉得自己可笑,完全不讲道理。她的怒火如同一只鸭子笨拙地跑开。她现在的感觉正如当她冷漠严厉的父母终于变得年老体弱、瘦骨嶙峋、皮肤松垂,被病弱保护着,一如宝宝被可爱保护着,它应当被保护着,那时,她徒余怒火——发育不成熟的少女的怒火——不恰当而完好无损的怒火。她会和父母拥抱着道别,拥抱着他们那柔软的空皮囊,你们去哪儿了?

时光,阿德丽安想,好一场喧嚣。

马丁突然哭了起来。他坐在床沿,朝里蜷曲着,柔软、毛茸茸的脸埋在又大又硬的手里,脑袋耷拉在他衬衫明亮的格子里。

她感觉头晕,别过脸看向窗户。一阵雾飘了进来,在夜晚的灯光下,天空和湖面呈现出一种奇异的蓝,像莫奈的画。"我从没见你哭过。"她说。

"是啊，我会哭，"他说，"我甚至看体育版的时候都会哭，要是比赛太势均力敌的话。看着我，阿德丽安，你从来没有真正看过我。"

但她只能继续看向窗外，手指摸着百叶窗和窗框。她感觉在很远的地方，好似已经回了家，在晚餐时间穿过住区：猫儿叫得像宝宝，宝宝叫得像鸟儿，父亲们下班回了家，他们臂弯里的孩子用没有牙齿的嘴牙牙学语，空气将他们花儿般的嗓子变成一个歌唱的花园，窗户里飘出饭菜的味道。

"现在我们在一起，"马丁说，"它对我们的意味虽不同，我们也得设法好好过。"

窗外，越过斯冯德拉塔的教堂钟楼，雾被驱散的地方，她觉得自己看见了一颗孤星，像是架遥远的喷气飞机的机头；有人在黏土似的云端。她转过身，有一阵，它们似乎全都在马丁的眼中，所有赦免的死者都在他的脸上，那个死去的宝贝的天使如炫目的生命一样发光，她走向他，寻找心中最好的本领去保护他、环抱他，噢，了不起的心。"请你，原谅我。"她说。

他低语，"当然，唯有如此，当然。"